SAS

LA SOURCE YAHALOM

DU MÊME AUTEUR AUX PRESSES DE LA CITÉ

Nº 1 S.A.S. A ISTANBUL
Nº 2 S.A.S. CONTRE C.I.A.
Nº 3 S.A.S. OPÉRATION APOCALYPSE
Nº 4 SAMBA POUR S.A.S.
Nº 5 S.A.S. RENDEZ-VOUS A SAN FRANCISCO
Nº 6 S.A.S. DOSSIER KENNEDY
Nº 7 S.A.S. BROIE DU NOIR
Nº 8 S.A.S. AUX CARAIBES
Nº 9 S.A.S. A L'OUEST DE JÉRUSALEM
Nº 10 S.A.S. L'OR DE LA RIVIÈRE KWAI
Nº 11 S.A.S. MAGIE NOIRE A NEW YORK
Nº 12 S.A.S. LES TROIS VEUVES DE HONG KONG
Nº 13 S.A.S. L'ABOMINABLE SIRÈNE
Nº 14 S.A.S. LES PENDUS DE BAGDAD
Nº 15 S.A.S. LA PANTHÈRE D'HOLLYWOOD
Nº 16 S.A.S. ESCALE A PAGO-PAGO
Nº 17 S.A.S. AMOK A BALI
Nº 18 S.A.S. QUE VIVA GUEVARA
Nº 19 S.A.S. CYCLONE A L'ONU
Nº 20 S.A.S. MISSION A SAIGON
Nº 21 S.A.S. LE BAL DE LA COMTESSE ADLER
Nº 22 S.A.S. LES PARIAS DE CEYLAN
Nº 23 S.A.S. MASSACRE A AMMAN
Nº 24 S.A.S. REQUIEM POUR TONTONS MACOUTES
Nº 25 S.A.S. L'HOMME DE KABUL
Nº 26 S.A.S. MORT A BEYROUTH
Nº 27 S.A.S. SAFARI A LA PAZ
Nº 28 S.A.S. L'HÉROINE DE VIENTIANE
Nº 29 S.A.S. BERLIN CHECK POINT CHARLIE
Nº 30 S.A.S. MOURIR POUR ZANZIBAR
Nº 31 S.A.S. L'ANGE DE MONTEVIDEO
Nº 32 S.A.S. MURDER INC. LAS VEGAS
Nº 33 S.A.S. RENDEZ-VOUS A BORIS GLEB
Nº 34 S.A.S. KILL HENRY KISSINGER !
Nº 35 S.A.S. ROULETTE CAMBODGIENNE
Nº 36 S.A.S. FURIE A BELFAST
Nº 37 S.A.S. GUÊPIER EN ANGOLA
Nº 38 S.A.S. LES OTAGES DE TOKYO
Nº 39 S.A.S. L'ORDRE RÈGNE A SANTIAGO
Nº 40 S.A.S. LES SORCIERS DU TAGE
Nº 41 S.A.S. EMBARGO
Nº 42 S.A.S. LE DISPARU DE SINGAPOUR
Nº 43 S.A.S. COMPTE A REBOURS EN RHODÉSIE
Nº 44 S.A.S. MEURTRE A ATHÈNES
Nº 45 S.A.S. LE TRÉSOR DU NÉGUS
Nº 46 S.A.S. PROTECTION POUR TEDDY BEAR
Nº 47 S.A.S. MISSION IMPOSSIBLE EN SOMALIE
Nº 48 S.A.S. MARATHON A SPANISH HARLEM
Nº 49 S.A.S. NAUFRAGE AUX SEYCHELLES
Nº 50 S.A.S. LE PRINTEMPS DE VARSOVIE
Nº 51 S.A.S. LE GARDIEN D'ISRAËL
Nº 52 S.A.S. PANIQUE AU ZAÏRE
Nº 53 S.A.S. CROISADE A MANAGUA
Nº 54 S.A.S. VOIR MALTE ET MOURIR
Nº 55 S.A.S. SHANGHAI EXPRESS
Nº 56 S.A.S. OPÉRATION MATADOR
Nº 57 S.A.S. DUEL A BARRANQUILLA
Nº 58 S.A.S. PIÈGE A BUDAPEST
Nº 59 S.A.S. CARNAGE A ABU DHABI
Nº 60 S.A.S. TERREUR A SAN SALVADOR
Nº 61 S.A.S. LE COMPLOT DU CAIRE
Nº 62 S.A.S. VENGEANCE ROMAINE
Nº 63 S.A.S. DES ARMES POUR KHARTOUM
Nº 64 S.A.S. TORNADE SUR MANILLE
Nº 65 S.A.S. LE FUGITIF DE HAMBOURG
Nº 66 S.A.S. OBJECTIF REAGAN
Nº 67 S.A.S. ROUGE GRENADE
Nº 68 S.A.S. COMMANDO SUR TUNIS
Nº 69 S.A.S. LE TUEUR DE MIAMI
Nº 70 S.A.S. LA FILIÈRE BULGARE
Nº 71 S.A.S. AVENTURE AU SURINAM
Nº 72 S.A.S. EMBUSCADE A LA KHYBER PASS
Nº 73 S.A.S. LE VOL 007 NE RÉPOND PLUS
Nº 74 S.A.S. LES POUS DE BAALBEK
Nº 75 S.A.S. LES ENRAGÉS D'AMSTERDAM
Nº 76 S.A.S. PUTSCH A OUAGADOUGOU

Nº 77 S.A.S. LA BLONDE DE PRÉTORIA
Nº 78 S.A.S. LA VEUVE DE L'AYATOLLAH
Nº 79 S.A.S. CHASSE A L'HOMME AU PÉROU
Nº 80 S.A.S. L'AFFAIRE KIRSANOV
Nº 81 S.A.S. MORT A GANDHI
Nº 82 S.A.S. DANSE MACABRE A BELGRADE
Nº 83 S.A.S. COUP D'ÉTAT AU YEMEN
Nº 84 S.A.S. LE PLAN NASSER
Nº 85 S.A.S. EMBROUILLES A PANAMA
Nº 86 S.A.S. LA MADONE DE STOCKHOLM
Nº 87 S.A.S. L'OTAGE D'OMAN
Nº 88 S.A.S. ESCALE A GIBRALTAR
L'IRRÉSISTIBLE ASCENSION DE MOHAMMAD REZA, SHAH D'IRAN
LA CHINE S'ÉVEILLE
LA CUISINE APHRODISIAQUE DE S.A.S.
PAPILLON ÉPINGLÉ
LES DOSSIERS SECRETS DE LA BRIGADE MONDAINE
LES DOSSIERS ROSES DE LA BRIGADE MONDAINE

AUX ÉDITIONS VAUVENARGUES

LA MORT AUX CHATS
LES SOUCIS DE SI-SIOU

AUX ÉDITIONS GÉRARD DE VILLIERS

Nº 89 S.A.S. AVENTURE EN SIERRA LEONE
Nº 90 S.A.S. LA TAUPE DE LANGLEY
Nº 91 S.A.S. LES AMAZONES DE PYONGYANG
Nº 92 S.A.S. LES TUEURS DE BRUXELLES
Nº 93 S.A.S. VISA POUR CUBA
Nº 94 S.A.S. ARNAQUE A BRUNEI
Nº 95 S.A.S. LOI MARTIALE A KABOUL
Nº 96 S.A.S. L'INCONNU DE LENINGRAD
Nº 97 S.A.S. CAUCHEMAR EN COLOMBIE
Nº 98 S.A.S. CROISADE EN BIRMANIE
Nº 99 S.A.S. MISSION A MOSCOU
Nº 100 S.A.S. LES CANONS DE BAGDAD
Nº 101 S.A.S. LA PISTE DE BRAZZAVILLE
Nº 102 S.A.S. LA SOLUTION ROUGE
Nº 103 S.A.S. LA VENGEANCE DE SADDAM HUSSEIN
Nº 104 S.A.S. MANIP A ZAGREB
Nº 105 S.A.S. KGB CONTRE KGB
Nº 106 S.A.S. LE DISPARU DES CANARIES
Nº 107 S.A.S. ALERTE AU PLUTONIUM
Nº 108 S.A.S. COUP D'ÉTAT A TRIPOLI
Nº 109 S.A.S. MISSION SARAJEVO
Nº 110 S.A.S. TUEZ RIGOBERTA MENCHU
Nº 111 S.A.S. AU NOM D'ALLAH
Nº 112 S.A.S. VENGEANCE A BEYROUTH
Nº 113 S.A.S. LES TROMPETTES DE JÉRICHO
Nº 114 S.A.S. L'OR DE MOSCOU
Nº 115 S.A.S. LES CROISÉS DE L'APARTHEID
Nº 116 S.A.S. LA TRAQUE CARLOS
Nº 117 S.A.S. TUERIE A MARRAKECH
Nº 118 S.A.S. L'OTAGE DU TRIANGLE D'OR
Nº 119 S.A.S. LE CARTEL DE SÉBASTOPOL
Nº 120 S.A.S. RAMENEZ-MOI LA TÊTE D'EL COYOTE
Nº 121 S.A.S. LA RÉSOLUTION 687
Nº 122 S.A.S. OPÉRATION LUCIFER
Nº 123 S.A.S. VENGEANCE TCHÉTCHÈNE
Nº 124 S.A.S. TU TUERAS TON PROCHAIN
Nº 125 S.A.S. VENGEZ LE VOL 800
Nº 126 S.A.S. UNE LETTRE POUR LA MAISON-BLANCHE
Nº 127 S.A.S. HONG KONG EXPRESS
Nº 128 S.A.S. ZAÏRE ADIEU

LE GUIDE S.A.S. 1989

AUX ÉDITIONS MALKO PRODUCTIONS

Nº 129 S.A.S. LA MANIPULATION YGGDRASIL
Nº 130 S.A.S. MORTELLE JAMAÏQUE
Nº 131 S.A.S. LA PESTE NOIRE DE BAGDAD
Nº 132 S.A.S. L'ESPION DU VATICAN
Nº 133 S.A.S. ALBANIE MISSION IMPOSSIBLE

GÉRARD DE VILLIERS

SAS

LA SOURCE YAHALOM

Remerciements à TIR 1000
Club de Tir et Armurerie
90, rue Jeanne d'Arc
75013 PARIS. 01 45 83 34 41

ISBN 2-84267-073-6

CHAPITRE PREMIER

Stacy Lak poussa la porte du *Cipriani* et ne put guère aller plus loin. Une dizaine de personnes attendaient debout, entre l'entrée et le bar, qu'on leur attribue une table. C'était bondé et incroyablement bruyant... Beaucoup de femmes à la voix haut perchée qui s'égosillaient à qui mieux mieux pour couvrir le bruit de fond. Sergio, l'élégant maître d'hôtel chargé des réservations, debout près de son pupitre, se retourna, aperçut Stacy Lak et son visage un peu mou s'imprégna aussitôt d'une stupéfaction douloureuse.

— Mrs. Lak ! *Good afternoon.* Vous n'aviez pas réservé ?

— Hélas non, Sergio ! fit la jeune femme avec un sourire désolé. Je ne pensais pas venir. C'est vraiment *impossible* de me trouver une petite table ?

Sergio secoua la tête, grave comme un médecin se préparant à annoncer à un patient qu'il souffre d'un cancer terminal.

— Difficile ! Très difficile, Mrs. Lak. Regardez !

Il désignait le moutonnement de clients en train de s'empiffrer de pâtes à la truffe blanche, la spécialité du jour, à soixante-quinze dollars la portion. Le restaurant *Cipriani*, installé au rez-de-chaussée de l'hôtel *Sherry-Netherland*, entre l'hôtel *Pierre* et l'antiquaire *A la Vieille Russie*, n'offrait à la vue qu'une étroite porte sans même un auvent, et deux baies vitrées protégées par de pudiques rideaux blancs. Pourtant, installé au cœur de Manhattan, face au *Plaza Hotel* et à Central Park, au coin de Fifth Avenue et de la 59e Rue, c'était un des restaurants les plus chers et les plus snobs de New York. Avec ses bouquets de roses jaunes un peu partout, ses murs coquille d'œuf, son long bar en acajou et ses petites tables carrées très rapprochées, il était la réplique du *Harry's Bar* de Venise. Pourtant, le plafond bas le rendait aussi bruyant qu'une volière, les garçons traitaient les clients avec une désinvolture presque méprisante, les élégantes New-Yorkaises qui y picoraient payaient des additions monstrueuses, mais, triomphe du snobisme, il fallait quand même réserver une semaine à l'avance...

Un garçon entraîna le groupe qui piétinait devant le bar vers deux tables enfin libérées, et Stacy Lak aperçut immédiatement la table vide face à la porte, jouxtant un des grands piliers d'acajou du bar.

— Et celle-là ? demanda-t-elle à Sergio, en pointant le doigt dans sa direction.

L'Italien eut une mimique désolée.

— Elle est réservée, Mrs. Lak. Pour une très fidèle cliente qui l'occupe presque tous les jours.

— Elle n'est pas là...

Adossée à l'énorme fortune de son mari iranien, Stacy Lak avait décidé de ne pas se laisser faire. Elle plongea la main dans son sac Hermès et un billet de cent dollars changea discrètement de main. Sergio poussa un soupir à fendre le cœur et se résigna.

— Elle est en retard mais elle va sûrement venir, précisa-t-il. Installez-vous-y en attendant. Mais dès qu'elle arrive, n'est-ce pas...

Il laissa sa phrase en suspens et Stacy Lak lui adressa un sourire éblouissant. C'était dommage de gaspiller trente mille dollars d'orthodontie pour un simple maître d'hôtel, mais les circonstances l'exigeaient.

— N'ayez aucune crainte, Sergio, jura-t-elle, je ne m'incrusterai pas.

— Merci, Mrs. Lak, répliqua le maître d'hôtel, soulagé. A propos, vous avez un tailleur magnifique !

— Merci, Sergio, fit-elle, flattée ; il vient de chez Mary Gray.

Elle était très fière de cet ensemble en maille violette, élégamment gansé, boutonné ras du cou, assez collant pour qu'on devine son importante poitrine. Un peu trop chaud pour ce superbe 1er septembre. Heureusement qu'il y avait du vent. A peine assise, Stacy Lak ouvrit le menu. Une fois qu'elle aurait commandé, ni Dieu ni Diable ne la délogerait de cette table. En haut du menu une inscription avertissait : « L'usage du téléphone portable interfère avec la préparation du rizotto. » Au-dessous, une seconde recommandation : « Nous demandons à notre aimable clientèle féminine de ne pas abuser de parfums trop forts ou trop sexys. »

Il n'y avait que *Cipriani* pour se permettre ce genre de mise en garde...

Ayant décidé de se contenter du plat du jour, quelques spaghettis aux truffes blanches, Stacy Lak promena un regard satisfait sur les dernières arrivantes, qui, *elles*, piétinaient encore debout, et alluma une cigarette avec son Zippo recarrossé en or massif par Tiffany.

*

* *

Olivia de Portello s'engagea d'un pas décidé sur le passage pour piétons au croisement de Madison Avenue avec la 57e Rue alors que le feu était au vert. Comme un énorme bus de la NYTA [1] dévalant la 57e Rue fonçait sur elle, la jeune femme brandit la canne blanche qui ne la quittait jamais. Dans un hurlement de freins, le bus pila avec brutalité, déclenchant un concert de klaxons. A New York, on n'écrasait pas les aveugles, même s'ils traversaient au vert. Olivia de Portello avait presque atteint le trottoir opposé quand un appel la fit se retourner.

Un apollon aux magnifiques yeux bleus et à l'épaisse chevelure noire rejetée en arrière, le visage plein de charme en dépit de ses traits un peu empâtés, vêtu d'un costume de toile

1. New York Transit Authority.

beige et d'une chemise de sport rouge, lui adressait de grands signes, du trottoir de Madison Avenue. En dépit de sa faible acuité visuelle, Olivia le reconnut sans peine et fit aussitôt demi-tour, forçant le bus à freiner de nouveau. La canne blanche à l'horizontale, elle fonça vers lui.

Sans être totalement aveugle, Olivia était atteinte d'une maladie rare, la *retinitis pigmentose*, compliquée d'une dégénérescence de la *macula*. Ce qui avait réduit sa vision à deux ou trois dixièmes. Comme cette affection était évolutive, dans peu de temps, elle serait *vraiment* aveugle...

Arrivée au trottoir, elle se jeta dans les bras du grand jeune homme brun. Avec ses sourcils fournis qui se rejoignaient presque, ses grands yeux, ses traits réguliers, sa bouche épaisse bien dessinée, il avait un physique de jeune premier.

— Qu'est-ce que tu fais là ? s'exclama Olivia.

— Je suis arrivé tout à l'heure par le *shuttle* [1]. Je suis passé chez toi et le portier m'a dit que tu venais de partir à pied. Alors, j'ai couru derrière toi.

Les beaux yeux bleus d'Olivia s'embuèrent d'émotion et elle glissa son bras sous le sien.

— Viens, je t'emmène déjeuner chez *Cipriani*.

Le beau brun marqua une hésitation, la fixa avec un sourire ambigu.

— Je n'ai pas beaucoup de temps. J'ai un *meeting* à trois heures.

Il était déjà une heure dix.

En dépit de sa cécité partielle, Olivia n'eut aucun mal à déchiffrer l'expression du regard du jeune homme. Avec un petit roucoulement heureux, elle se dressa sur la pointe des pieds pour appuyer ses lèvres contre la bouche épaisse et bien ourlée.

— Tu as raison, souffla-t-elle. On va rentrer. Au fond, je n'ai pas très faim.

Ils remontèrent Madison Avenue jusqu'à la 56e Rue. L'immeuble blanc où demeurait Olivia de Portello était presque au coin. Le portier salua le couple d'un sourire complice et

1. La navette.

ils s'engouffrèrent dans l'ascenseur. A peine étaient-ils dans la cabine que le jeune homme écrasa sa bouche contre celle d'Olivia. En même temps, sa main disparut sous la courte jupe de son tailleur. Troussée comme une bonniche, la jeune femme protesta d'une voix mourante :

— Attends !

Les doigts de son amant avaient déjà écarté le satin de sa culotte, pour s'emparer de son clitoris qu'il se mit à masser doucement. Olivia sentit ses jambes se dérober sous elle. Pendue au cou de son partenaire, elle ouvrit ses jambes autant que le permettait sa jupe étroite. Déjà, son bassin était secoué de frissons. Elle n'avait jamais pu résister à cette caresse.

Immense baiseuse, Olivia de Portello avait joui dans tous les ascenseurs de New York. Il lui suffisait, avec un partenaire habile, de quelques étages pour atteindre le plaisir. Lorsque la cabine s'arrêta au huitième, elle venait, balayée par un fabuleux orgasme, de pousser un soupir bref et violent. Titubant légèrement, elle traversa le petit palier, voyant mille soleils. Sa main tremblait tellement que son amant dut mettre lui-même la clef dans la serrure... A peine dans l'appartement, ils furent accueillis par les miaulements rauques de Whisky et Vodka, les deux siamois aux yeux aussi bleus que ceux de leur maîtresse.

L'amant d'Olivia referma la porte d'un coup de pied et plaqua la jeune femme contre le mur de l'entrée tendu de soie grège. Fébrilement, il défit les premiers boutons du tailleur mauve, découvrant un Wonderbra en dentelle noire bien rempli. Bien que dotée d'une superbe poitrine, Olivia trouvait qu'elle n'en avait jamais assez...

Son amant fit jaillir ses seins du soutien-gorge et les prit à pleines mains, écartant les breloques suspendues à une grosse chaîne d'or, une *figua* brésilienne, un bouddha, un face-à-main, une croix.

Le bassin en avant, les yeux clos, le souffle court, Olivia savourait cette brutale prise de possession. Son ventre la brûlait, comme si des millions d'épingles s'enfonçaient dans la chair délicate de son sexe. Soumise, ravie, transformée en poupée molle, elle laissait son amant lui maltraiter les seins, pincer les pointes, les malaxer dans ses grandes mains.

— Tu aimes, tu aimes ? demanda anxieusement le jeune homme.

Il était toujours angoissé, avide d'être le meilleur.

— Oui ! souffla Olivia. Oui !

Fébrilement, elle fit descendre le zip du pantalon de toile, libérant un long sexe raide, auquel elle s'accrocha comme un naufragé à sa bouée.

Avec un grognement excité, son amant abandonna les seins déjà marbrés de marques rouges pour remonter à deux mains la jupe du tailleur, découvrant les bas noirs bien tirés sur les cuisses très blanches. D'un geste preste, il fit glisser la culotte de satin noir le long des jambes d'Olivia et se plaqua à elle. Lorsque Olivia sentit le membre chaud et dur contre son ventre, elle crut défaillir.

Déjà, le jeune homme pliait les genoux. Il tâtonna un peu et, d'un puissant coup de reins, l'embrocha jusqu'à la garde.

Olivia en eut le souffle coupé. Elle avait l'impression que l'épée de chair lui remontait jusqu'au cœur. Elle bascula son bassin en avant pour qu'il la pénètre mieux, ouvrit les jambes, appuyée au mur uniquement par les épaules. Son amant la labourait avec lenteur, les mains crochées dans ses hanches, contemplant son visage noyé de plaisir. De nouveau, elle sentit un orgasme monter, irrésistible, et se mit à onduler sous lui, haletante.

Avec une cruauté calculée, son amant se retira alors, lui arrachant une protestation véhémente.

— Non !

Mais déjà, il la prenait par la main, l'entraînant jusqu'à la chambre à coucher. Il la poussa sur le lit où elle tomba à plat ventre. Il lui saisit les hanches et la fit s'agenouiller. Olivia poussa un cri aigu lorsqu'elle sentit le long membre l'investir par-derrière. Cette fois, son amant ne s'interrompit pas, se lançant chaque fois en avant de toutes ses forces, comme pour l'ouvrir en deux, solidement cramponné à ses hanches. Olivia ne mit pas longtemps à jouir, avec un hurlement sauvage. Aussitôt, son amant l'imita, se vidant en elle d'un ultime élan.

Ils retombèrent ensemble sur le lit de cuivre qu'Olivia avait commandé spécialement chez Claude Dalle, à Paris, en raison des possibilités intéressantes qu'il offrait. Elle ne détestait pas se faire attacher... Ils reprirent leur souffle. Un des siamois sauta à côté d'eux et vint flairer avec intérêt le sexe encore tendu du jeune homme. Olivia baissa les yeux sur sa Breitling Aérospace à l'affichage géant, conçu spécialement pour sa vue déficiente. Deux heures cinq.

— Tu as encore un peu de temps ? demanda-t-elle.

— Un petit peu.

Avec un sourire gourmand, elle prit entre deux doigts le sexe amolli de son amant et l'enfonça doucement dans sa bouche. Elle avait encore envie de jouir et cela ne lui ferait pas de mal de sauter un repas.

*
* *

Le gros homme en T-shirt et pantalon noir de « Diesel », protégé par des lunettes noires enveloppantes, un gros sac de toile pendant sur le ventre, descendait le trottoir est de Fifth Avenue, se faufilant sur ses rollers à travers la foule. Il devait bien avoir la cinquantaine mais personne ne s'étonnait de le voir équipé comme un jeune homme. Les rollers étaient « in » à New York, sans limite d'âge. Non polluants, rapides et économiques. Dans une ville où on ne pouvait se déplacer qu'en métro, en bus ou en taxi, en raison des restrictions draconiennes de stationnement, c'était un moyen sportif de se déplacer rapidement.

Sans s'arrêter, le « roller » sortit un *bagel*[1] du sac qui lui pendait sur le ventre et mordit dedans. Arrivé à la hauteur de l'hôtel *Sherry-Netherland*, il ralentit puis s'arrêta, comme s'il cherchait son chemin. Pendant quelques instants, il observa la façade de pierre grise du *Cipriani*, achevant de mastiquer son *bagel*.

1. Sorte de brioche.

L'ayant terminé, il se dirigea vers la porte du restaurant, toujours sur ses rollers, et la poussa.

Sergio, le maître d'hôtel du *Cipriani*, se rembrunit légèrement en le voyant. Le gros homme, avec son T-shirt noir, son pantalon informe, ses lunettes noires, n'était pas exactement le genre de la maison... Cependant, à New York, il fallait se méfier. Un jour, Sergio avait indiqué l'entrée de service au propriétaire du World Trade Center qui était habillé comme un plombier. Arborant son plus beau sourire commercial, il interpella le nouvel arrivant :

— *Sir*, vous avez une réservation ?

Sans lui répondre, l'inconnu fit un pas en direction de la table où Stacy Lak était en train d'attaquer ses spaghettis aux truffes blanches. Juste en face de lui. Devant autant d'assurance, Sergio se désintéressa du gros homme en noir. Visiblement, il était attendu.

*

* *

Stacy Lak leva les yeux sur l'homme qui venait de s'arrêter devant sa table, se demandant si elle l'avait déjà vu quelque part. D'un geste naturel, l'inconnu souleva le rabat de son sac et y plongea la main. Quand il la ressortit, elle tenait un objet noir mat. Stacy Lak n'avait jamais vu de près un pistolet-mitrailleur, mais sentit quand même qu'elle était en danger. Son hurlement fit se retourner une douzaine de clients et sursauter Sergio. Sans la moindre émotion, le gros homme en noir braqua son arme sur l'élégante jeune femme et appuya sur la détente. Il y eut une série de « plouf » sourds, noyés dans le brouhaha des conversations. Stacy Lak, rejetée contre le mur, tressauta comme une marionnette agitée par d'invisibles fils, puis s'effondra sur le côté.

Le tueur avait déjà remis son arme dans son sac de toile et faisait demi-tour. Si le regard de Sergio n'était pas tombé sur le visage ensanglanté de sa cliente, le maître d'hôtel ne se serait douté de rien. Comme dans un rêve, il vit le gros homme repasser devant lui, sans se presser, et sortir du restaurant.

A part les voisins immédiats de la victime, personne ne s'était aperçu de rien, tant le niveau sonore du restaurant était élevé.

Sergio mit quelques secondes à réagir puis, sans réfléchir, bondit à la poursuite du tueur. Débouchant sur le trottoir, il aperçut le gros homme au feu de la 59e Rue, qui se préparait à traverser Fifth Avenue en direction de Central Park et de l'hôtel *Plaza*. Horrifié, impuissant, il regarda autour de lui, cherchant du secours. Son cœur bondit dans sa poitrine. Une voiture de police était immobilisée à quelques mètres de lui, sur Fifth Avenue, attendant que le feu passe au vert. Il courut jusqu'à elle, en glapissant :

— *Officer ! Officer !*

Credence Chandler, la policière noire qui conduisait, leva la tête et demanda d'un ton blasé :

— *Yes, sir ?*

— Il vient d'y avoir un homicide ! balbutia Sergio. Dans le restaurant. L'assassin est là-bas, le gros type en noir ! Regardez, il traverse.

Au mot « homicide », la policière noire jaillit de la voiture bleue et regarda dans la direction indiquée. Juste au moment où le gros homme se retournait dans leur direction. Il les fixa quelques instants, puis continua tranquillement à traverser.

Il paraissait si calme que Credence Chandler se demanda si elle n'avait pas affaire à un fou... New York était plein de paranos. Juste à ce moment, un second maître d'hôtel jaillit du *Cipriani* et cria à Sergio :

— *Call the police ! Call the police !* Elle est morte.

Cette fois, Credence Chandler prit conscience de la gravité de la situation. Elle jeta un ordre à son équipier, demeuré à l'intérieur du *cruiser*[1]. Celui-ci déclencha immédiatement la sirène et le gyrophare, avant de bondir à l'extérieur. Le tueur avait déjà traversé Fifth Avenue et contournait Grand Army

1. Voiture de patrouille.

Plaza, longeant les fiacres à l'arrêt. Il filait sur ses rollers sans se retourner.

Les deux policiers défirent ensemble la bride de leur pistolet, un gros Browning 9 mm, et s'élancèrent, traversant Fifth Avenue en biais. Avec cette circulation, impossible d'utiliser la voiture. Tout en courant, Credence Chandler appela à l'aide dans le micro accroché sur son épaule. Si le tueur prenait trop d'avance, il serait impossible de le retrouver. Courant coudes au corps sur la chaussée de la 59e Rue longeant Central Park, son équipier sur ses talons, elle hurla de toute la force de ses poumons :

— *Police ! Freeze !* [1]

Le gros homme en noir accéléra. Sur ses rollers, il allait facilement les distancer. Credence Chandler, sans hésiter, tira un coup de feu en l'air et hurla de nouveau :

— *Stop ! Or I shoot you !*

Elle aurait pu facilement l'atteindre, mais tirer dans le dos d'un suspect qui s'enfuyait, c'était mal vu. Les ordres étaient « zéro bavure ». Son appel se perdit dans le brouhaha de la circulation, mais le coup de feu attira l'attention des cochers des fiacres alignés à l'arrêt le long du trottoir. L'un d'entre eux aperçut l'homme en noir et les deux policiers à ses trousses. Sans hésitation, il sauta de son siège sur la chaussée, brandissant son grand fouet, les bras écartés. Avec ses cent quatre-vingt-douze centimètres, il ne craignait pas grand monde...

Le tueur réalisa qu'il lui barrait la route. A gauche, il y avait les voitures se traînant sur la 59e Rue et à droite, la rangée de fiacres le long du trottoir.

Se mettant en roue libre, il plongea les mains dans son sac noir et en ressortit son arme. Personne n'entendit les détonations, mais le cocher tituba, lâcha son fouet et s'écroula entre les roues de son fiacre. Le meurtrier bifurqua alors brutalement, se faufilant entre deux fiacres pour monter sur le trottoir longeant Central Park.

1. Police ! Ne bougez plus !

*
* *

Credence Chandler vit tomber le chauffeur de fiacre. Bien qu'elle n'ait pas vu l'arme du tueur qui lui tournait le dos, elle comprit immédiatement ce qui se passait. Cela changeait toutes les données. Elle n'était plus en présence d'un suspect, mais d'un criminel. Tout en courant, elle jeta dans son micro :

— Homicide sur la 59e en face du *Plaza*, envoyez une ambulance. Le meurtrier s'enfuit vers l'ouest. Gros homme en noir, chaussé de rollers. Armé et dangereux.

Filant sur le trottoir de la 59e Rue, le tueur reprenait de l'avance. Bientôt, il se perdrait dans la foule. Credence Chandler enrageait, distancée. Son partenaire, moins sportif qu'elle, était encore plus loin. Soudain, à une centaine de mètres devant elle, au milieu de la circulation, elle aperçut une voiture de patrouille qui venait d'enclencher son gyrophare et sa sirène.

On avait capté son message.

A nouveau, elle cria dans son micro, sur la fréquence police :

— *Pull to the curb ! He is running full west.* [1]

La voiture du Midtown North Precinct pila, bloquant la circulation.

Quelques instants plus tard, Credence Chandler vit surgir sur le trottoir, devant le tueur, deux uniformes bleus. Ses collègues allaient lui barrer la route !

Le gros homme en noir les avait aperçus aussi. Il s'arrêta net, se retourna, vit Credence Chandler qui courait dans sa direction. Pensant probablement qu'il s'en sortirait mieux contre une femme que face à deux hommes, il fit demi-tour et fonça sur elle. Credence Chandler le vit plonger les mains dans le grand sac noir pendu sur son ventre. Le pouls à 120, elle s'arrêta, cala solidement la crosse de son Browning dans

1. Garez-vous ! Il va vers l'ouest.

ses deux mains et, les jambes écartées, penchée en avant comme à l'entraînement, hurla :

— *Freeze ! Now !*

A cause du bruit de la circulation, l'homme ne l'entendit sûrement pas, mais son attitude était sans équivoque. La gorge sèche, elle attendit de voir le pistolet-mitrailleur émerger du sac noir avant d'ouvrir le feu.

Le gros pistolet sautait dans sa main. Le souffle bloqué, elle le ramenait vers le bas après chaque détonation. Elle ne se rendit même pas compte qu'elle avait vidé tout son chargeur. Soudain, la culasse resta ouverte et le percuteur claqua dans le vide. Pétrifiée d'horreur, elle eut d'abord l'impression de ne pas avoir touché sa cible. Le gros homme en noir continuait à foncer vers elle sur ses rollers. Fiévreusement, elle saisit un second chargeur dans sa ceinture. Elle n'eut pas le temps de le glisser dans la crosse du Browning.

Le tueur, après avoir titubé, venait de s'effondrer à trois mètres d'elle, et restait immobile sur le trottoir.

Le cœur battant la chamade, Credence Chandler remit le chargeur neuf dans son arme, fit monter une balle dans le canon et avança avec précautions vers l'homme étendu sur le trottoir.

— *Freeze !* répéta-t-elle. *Pull out your arms !* [1]

Les deux autres policiers du Midtown North Precinct arrivèrent à leur tour, essoufflés. L'homme en noir ne bougeait toujours pas. Un des policiers se pencha et le retourna sur le dos. Ses yeux fixes leur apprirent tout de suite qu'il était mort. Plusieurs des projectiles tirés par Credence Chandler l'avaient atteint en pleine poitrine. Des sirènes jappaient maintenant de tous les côtés. Une nuée d'uniformes emplit le trottoir de la 59e Rue.

Ils fouillèrent le mort, sortirent de son sac un pistolet-mitrailleur Skorpio, prolongé par un silencieux.

— C'est un tueur de la Mafia ou des Narcos, avança un des policiers. Un professionnel.

Au fond du sac, ils trouvèrent un passeport belge. Au nom

1. Etendez les bras !

de Gilbert Rimbert, domicilié à Shaarbeek, 9 Ridderstraat, Belgique. Il était vierge, à part un visa d'entrée aux Etats-Unis daté de la semaine précédente.

— C'est un boulot pour le FBI, laissa tomber un des policiers.

Credence Chandler, choquée, demeurait silencieuse, regardant l'homme qu'elle avait tué. C'était la première fois que cela lui arrivait.

— Il faudrait aller au *Cipriani*, dit-elle, c'est là que se trouve la victime.

*
* *

Le bruit de volière du *Cipriani* avait fait place à un silence de mort. Les seuls à bouger dans le restaurant étaient les policiers en uniforme et en civil, presque aussi nombreux que les clients. Ceux-ci avaient été priés de ne pas bouger jusqu'à nouvel ordre. On relevait leur identité afin de les interroger par la suite. Les policiers du *Homicide Squad* étaient mal à l'aise : il n'y avait que des gens riches et connus qui commençaient déjà à se plaindre.

Pour la vingtième fois, Sergio, pâle comme un linge, racontait ce qu'il avait vu. C'est à dire pas grand-chose.

— Vous connaissiez bien cette femme ? demanda le lieutenant du *Homicide Squad*.

— Bien sûr, c'était une très bonne cliente, répondit le maître d'hôtel, c'est pour cela que je l'ai acceptée sans réservation. La personne qui avait réservé cette table n'est pas venue.

— Vous avez l'impression que le tueur connaissait la victime ? demanda le policier.

— Il s'est dirigé vers elle sans hésiter, répondit Sergio.

— Ils se sont parlé ?

— Je ne sais pas. Je leur tournais le dos.

— Qu'est-ce que vous savez d'elle ?

Sergio secoua la tête, embarrassé.

— Pas grand-chose. Son mari a une très grosse fortune. C'est un Iranien. Elle ne travaille pas.

— Et sur le plan sentimental ?

— Je ne sais rien.

Le détective comprit qu'il n'apprendrait rien de plus. Il se retourna vers le corps allongé sur la banquette, recouvert de plusieurs nappes déjà tachées de sang. Un bout de tailleur mauve en dépassait. Stacy Lak avait été foudroyée par plusieurs projectiles de 9 mm dans la poitrine et dans la tête.

On n'avait pas encore pu joindre son mari.

Le lieutenant de police regarda le cadavre, perplexe. Ce meurtre était l'œuvre d'un professionnel. Mais pourquoi un tueur belge était-il venu abattre dans un restaurant à la mode une Américaine mariée à un richissime Iranien ? C'était évidemment un contrat.

Mais pour le compte de qui ?

CHAPITRE II

Norman Biden pénétra dans le bureau du directeur de la Division des Opérations, au septième étage du Main Building, au cœur du complexe de Langley abritant les quinze mille employés de la CIA.

— *Sir*, j'ai récupéré le dossier ! annonça-t-il, un sourire radieux aux lèvres.

— Par qui ? demanda aussitôt Dan Leroy, le DDO, craignant une possible complication.

— Un type du « Bureau »[1] à qui j'ai rendu pas mal de services. Il doit être affecté à Moscou et je lui ai promis qu'on l'aiderait là-bas. Il m'a juré que personne n'était au courant.

— Comment a-t-il eu accès à ce dossier ?

— Il l'a demandé à New York, en prétextant qu'il voulait poser des questions à des gens d'ici, mouillés dans l'Irangate.

— Pourquoi l'Irangate ?

— Le mari de la victime est iranien...

Dan Leroy jeta un regard inquiet à son subordonné, un des chefs de mission de la Division des Opérations.

— Il y a quelque chose de vrai là-dedans ?

— Rien, affirma aussitôt Norman Biden. Hormouz Lak n'a jamais fait de politique. Il a quitté l'Iran en 1979, juste avant l'arrivée au pouvoir de l'ayatollah Khomeiny. Il était à la tête d'une fortune considérable et l'a encore augmentée

1. FBI.

depuis. Je l'ai fait « cribler ». Son nom n'apparaît dans aucune des magouilles iraniennes. Il vit à New York, fait des affaires légales et mène une vie de famille paisible avec sa femme qui était ravissante. Son ex-assistante qu'il a épousée.

— Classique, laissa tomber Dan Leroy.

Rassuré, il prit une Gauloise blonde dans le paquet posé sur son bureau et l'alluma avec son Zippo siglé CIA. Autrefois en poste à Paris, il y avait pris le goût des cigarettes françaises.

Stacy Lak avait été assassinée à New York dix jours plus tôt et le FBI ne possédait pas le plus petit début de piste, bien que la jeune femme ait été passée au crible. Tout était transparent. Une existence de riche mondaine, sans souci, sans même une aventure amoureuse. Pour son mari, c'était pareil. Un homme intègre, appartenant à la secte des Ba'ais, c'est-à-dire qu'il ne buvait pas, ne fumait pas et ne trompait pas sa femme. Côté business, tout était limpide : des associés américains, des affaires « clean ». Jamais de conflits, pas même un litige trouble. Effondré à la suite du meurtre incompréhensible de sa femme, il avait promis une prime d'un million de dollars à quiconque éluciderait le mystère.

Les clients du *Cipriani* avaient été eux aussi passés au crible. A part quelques escrocs et un bouquet de putes, cela n'avait rien donné.

Le FBI avait même pensé à un racket dirigé contre le restaurant, mais la Mafia ne s'y était jamais intéressée. Stacy Lak semblait avoir été abattu sans raison.

Du côté du tueur, cela ne valait pas mieux. Le passeport trouvé sur lui était un faux extrêmement bien confectionné dont une photocopie figurait dans le dossier. Il avait pris son visa à son arrivée à Kennedy Airport, en provenance de Bruxelles. La piste s'arrêtait là. Il avait dû utiliser un autre passeport pour arriver en Belgique. Ses empreintes digitales avaient été diffusées à toutes les agences fédérales et aux cent dix-huit pays reliés à Interpol. Sans le moindre résultat.

Il semblait venu d'une autre planète. Tous ses vêtements et ses rollers avaient été achetés à New York. Dans sa chambre au *Holiday Inn* de la 57e Rue, on n'avait strictement rien trouvé. Son portrait avait été diffusé partout, en vain. Aucune trace dans aucun fichier de police. Et pourtant, il s'était comporté avec un sang-froid stupéfiant, en tueur professionnel. Autre élément troublant : il portait dans le conduit auditif de son oreille droite un minuscule récepteur radio VHF, totalement invisible de l'extérieur. Ce *microEar* VHF fonctionnant dans la bande des 138 à 190 Mhz pouvait recevoir des communications à plusieurs kilomètres de distance, sans aucun équipement extérieur. Il avait été adopté par le FBI, le *Secret Service* et plusieurs unités de Forces Spéciales à travers le monde. Sa présence sur le tueur indiquait une opération planifiée, en liaison avec d'autres complices. L'enquête avait prouvé que ce jour-là, Stacy Lak était venue à pied de son domicile du 470 Park Avenue au *Cipriani*. Elle était donc facile à surveiller.

Dan Leroy lut attentivement le mémo du FBI, tout en tirant distraitement sur sa Gauloise blonde. Les expertises balistiques n'avaient rien donné. Impossible de découvrir l'origine du pistolet-mitrailleur Skorpio : ses numéros avaient été effacés à l'acide. Des armes semblables, il y en avait dans le monde entier. Elle pouvait avoir été achetée aux Etats-Unis ou amenée d'un pays étranger.

Norman Biden se gratta la gorge et demanda.

— *Sir,* pourquoi vous intéressez-vous tant à ce dossier ?

La CIA avait tenu à se procurer le dossier du FBI sans le demander officiellement, pour éviter que le « Bureau », à son habitude, le « lobotomise ». Dans le cas présent, hélas !, le résultat n'était guère plus brillant. Rien de plus que ce que les journaux avaient imprimé...

Dan Leroy referma la chemise et leva la tête avec un sourire entendu. Bien qu'ex-joueur de base-ball, il avait beaucoup de finesse.

— C'est un processus entièrement spéculatif, avoua-t-il. D'abord le fait que le mari de la morte soit iranien. Même si le FBI n'a rien trouvé, nous sommes mieux équipés qu'eux pour continuer les recherches. Ensuite, il y a le *modus operandi.* Un « contrat ». Une arme automatique équipée d'un silencieux, un tueur intraçable, un appareil VHF sophistiqué, un faux passeport d'une qualité exceptionnelle. Pas de mobile apparent. A votre avis, cela fait penser à quoi ?

— La Mafia ? Enfin, une des mafias.

— Oui, approuva le DDO. Et ensuite ?

Norman Biden réfléchit quelques secondes avant d'avancer :

— Un Service ?

Le visage de Dan Leroy s'éclaira et il se rejeta en arrière dans son fauteuil, tirant cette fois avec volupté sur sa Gauloise blonde.

— Eh oui ! fit-il avant de souffler la fumée. Ce qui m'a fait tiquer dans les récits de la presse, c'est le passeport. Même les mafieux les plus riches ne disposent pas du matériel pour fabriquer de « vrais-faux » passeports. Il n'y a que les spécialistes des Services. Ce type n'a pas eu de chance. Si une voiture de police n'avait pas été bloquée dans les embouteillages en face du restaurant, on ne saurait *rien* de ce meurtre.

— OK, qu'est-ce qu'on fait maintenant ? interrogea Norman Biden.

— Vous allez voir de ma part la TD[1] et vous leur dites de se pencher sur ce passeport. Peut-être que cela ne mènera à rien. Dans ce cas, on attendra le miracle qu'un truc sorte. Mais s'ils ont une idée, on la suivra.

*

* *

Norman Biden regarda la campagne noyée de brouillard qui entourait l'aéroport de Bucarest. Le ciel était plat et noir, comme une toile cirée. Les bâtiments de l'aérogare décrépis et sales, les employés bougons, mal habillés, le visage revêche sous des casquettes plates. Nicolas Ceaucescu était mort depuis presque dix ans, mais le pays ne semblait guère avoir changé. Si on lui avait dit, une semaine plus tôt, qu'il se retrouverait en Roumanie, il ne l'aurait pas cru. Seulement,

1. Technical Division.

comme l'avait espéré Dan Leroy, la Technical Division de la CIA avait une idée...

A peine eut-il franchi le contrôle de police qu'il aperçut un jeune homme en imperméable portant une pancarte à son nom. Il s'approcha.

— Je suis John Jay, annonça le jeune homme. Le COS[1] m'a demandé de venir vous accueillir. Je vous ai réservé une chambre à l'*Intercontinental*, c'est tout près de l'ambassade. Nous avons rendez-vous cet après-midi au SRI[2] avec le général Tudor Postelnicu.

— Ils acceptent de collaborer ? s'étonna, ravi, l'agent de la CIA.

John Jay prit sa valise et eut un sourire malin.

— J'ai fait ce qu'il fallait... Avec eux, c'est plus facile qu'avec les gens de la DIE[3] qui ne nous aiment pas beaucoup. Enfin, j'espère que vous ne serez pas venu pour rien...

Ils prirent place dans une Chevrolet noire qui ressemblait à une Rolls au milieu des vieilles Dacia et Oltcit, mêlées à quelques Mercedes fatiguées. La chaussée Kiseleff, qui descendait vers le cœur de la ville, était bordée de vieilles villas ou de hideux immeubles collectifs gris. Une tristesse sans nom se dégageait de cette ville plate, presque sans boutiques, aux boulevards trop larges pour la maigre circulation, que baignait une pluie fine et glaciale. Norman Biden regretta le soleil de Washington, où le mois de septembre était magnifique.

L'*Intercontinental*, tout à côté de l'opéra, était un peu moins sinistre que le reste de la ville. John Jay précisa à Norman Biden :

— Je viens vous prendre à deux heures et demie. Reposez-vous un peu.

Norman Biden se jeta sous une douche, assommé par le *jetlag*. Son enquête avait démarré mollement. La Technical Division de la CIA était incapable de lui indiquer une piste

1. Chief of Station.
2. Serviciul Roman de Informatii.
3. Departementul de Informatii Externa.

crédible. La seule indication qu'il ait obtenue portait sur la qualité exceptionnelle du faux passeport de l'assassin de Stacy Lak. Seul un laboratoire très bien équipé avait pu le fabriquer. Même les Belges, à qui on l'avait soumis, n'y avaient vu que du feu... Alors, il s'était mis au téléphone, contactant les Services des différents pays avec lesquels la CIA avait des accords.

Travail fastidieux mais qui avait fini par porter ses fruits... Après de multiples réponses négatives, le BND [1] allemand lui avait envoyé un fax indiquant que ce passeport ressemblait beaucoup à des documents similaires saisis en ex-Allemagne de l'Est. Ces passeports avaient appartenu au groupe terroriste Carlos et, d'après les gens de la Stasi, avaient été fabriqués par la Securitate roumaine !

On avait faxé à Norman Biden la photocopie d'un passeport belge qui ressemblait comme un frère jumeau à celui du tueur de Stacy Lak. Il avait ensuite fallu plusieurs jours de négociations pour que les Roumains acceptent de le recevoir. Désormais, il touchait au but. Enroulé dans une serviette, il décida de se reposer un peu. Il dormait profondément quand le téléphone sonna. Il n'eut que le temps de se rhabiller à toute vitesse.

A peine installé dans la Chevrolet, il demanda anxieusement.

— Vous pensez que ça va marcher ?

Avec un sourire entendu, John Jay sortit de sa poche un écrin et l'ouvrit. Il contenait un superbe chronographe Breitling Blackbird en acier satiné.

— Le général Postelnicu *adore* les belles montres, répliqua-t-il. Il devrait se montrer coopératif.

*

* *

Le général Tudor Postelnicu avait la cinquantaine massive et souriante, sous une épaisse crinière noire. Vêtu d'un cos-

1. Bundesnachrichtendienst.

tume croisé sombre mal coupé, il avait l'allure neutre de tous les apparatchiks de l'Est. Avec une habileté de prestidigitateur, il fit disparaître dans un tiroir l'écrin contenant la Breitling Blackbird et serra vigoureusement la main de John Jay.

Compromis jusqu'aux yeux avec le régime Ceaucescu, il avait fait un beau rétablissement en lançant un mandat d'arrêt contre les Ceaucescu, lors de la « révolution ». Ce qui lui avait permis de conserver son poste. A côté de lui, se trouvait une femme interprète au visage ingrat, en pantalon, qui parlait anglais avec un accent chantant. Le bureau du général se trouvait au troisième étage de l'immeuble du SRI, juste en face du palais Ceaucescu. Une pièce froide aux murs nus, à peine meublée et aux vitres sales. Norman Biden expliqua le motif de sa visite. Tandis qu'il parlait, un nouveau venu se glissa dans le bureau. Petit, rondouillard, engoncé dans une canadienne verdâtre. Il resta debout dans un coin. Lorsque l'agent de la CIA eut terminé, le général Postelnicu le remercia d'un sourire chaleureux et annonça par l'intermédiaire de l'interprète :

— Je suis content de pouvoir collaborer avec vous. J'ai fait venir le lieutenant-colonel Dimitriu Popescu, qui a dirigé jusqu'en 1985 le service chargé de confectionner certains documents. Pouvez-vous lui montrer ce que vous avez apporté ?

Norman Biden lui tendit la photocopie du passeport belge que le lieutenant-colonel Popescu examina longuement avant de la lui rendre avec un commentaire en roumain.

— Il pense que ce document a bien été confectionné par son service, annonça l'interprète.

Norman Biden faillit dire « bingo ! ». Il se contenta d'un sourire chaleureux à l'intention de l'officier en retraite et demanda :

— A qui ces passeports étaient-ils destinés ?

Le lieutenant-colonel se lança alors dans un long discours, lapidairement traduit quelques instants plus tard par l'interprète.

— Il ne sait pas.

L'agent de la CIA crut avoir mal entendu.

— Comment, il ne sait pas ! Il les a bien donnés à *quelqu'un* ?

Nouvel échange en roumain. Le général écoutait en fumant une cigarette, détaché. Il faisait froid dans le bureau.

— Ces passeports étaient commandés par la DIE, traduisit l'interprète. C'est à eux qu'on les a remis.

Le général Postelnicu intervint alors.

— La DIE est notre Service « extérieur », annonça-t-il. C'était une commande de leur part.

Maîtrisant sa fureur, Norman Biden insista :

— Il faut donc que je rencontre quelqu'un de la DIE ?

— Je pense que ce serait mieux, convint le général Postelnicu.

Norman Biden se tourna vers John Jay.

— Vous pouvez arranger cela ?

L'Américain hocha la tête avec un sourire un peu contraint.

— Certainement. Général, pouvez-vous m'indiquer la personne adéquate ?

— Absolument, fit le général roumain avec empressement. Je vous téléphonerai un peu plus tard. Il faut que je me renseigne.

Visiblement, il tenait à mériter sa Breitling.

Les deux Américains quittèrent le bureau, un peu sur leur faim. Le « Génie des Carpathes » était mort, mais les Roumains restaient toujours aussi tordus. Dans le couloir, John Jay remarqua à voix basse :

— Cela ne va pas être facile avec la DIE... Nous n'avons pratiquement aucun contact avec eux. C'est là que se sont réfugiés tous les anciens de la Securitate, et ils n'ont pas changé de mentalité. Enfin, je pense que le général Postelnicu est *obligé* de nous aider.

La nuit était tombée d'un coup et Norman Biden, terrassé par le *jetlag*, rêvait à un lit comme un chien rêve à un os. Se maudissant d'être venu de si loin, pour si peu. Il avait quand même la confirmation que le passeport de l'assassin de Stacy Lak avait bien été fabriqué à Bucarest. La vraie question était de savoir : pour qui ?

*
* *

— Nous avons rendez-vous avec un colonel à la retraite, Vado Ilescu, annonça au téléphone John Jay, le lendemain matin. Il nous attend à midi chez lui.

— Bravo ! fit Norman Biden qui n'avait pas dormi plus de cinq heures. Il appartenait à la DIE ?

— C'est à lui qu'on a remis les passeports fabriqués, d'après le général Postelnicu. Il y en avait une centaine. Certains ont refait surface depuis, d'autres pas. Ce sont les Allemands qui en ont récupéré le plus.

Après avoir raccroché, l'envoyé spécial de la CIA se rallongea. Du balcon, on avait une vue imprenable sur le Théâtre national et un chantier. Les chambres étaient froides et impersonnelles, comme le reste de la ville. Il se força à lire un roman policier pour tuer le temps et descendit à midi moins le quart.

Aidé par un plan de Bucarest, John Jay s'enfonça dans un quartier de villas presque élégantes, un peu à l'est. On avait l'impression d'avoir déjà quitté la ville. Il s'arrêta devant un pavillon en pierre grise, entouré d'un jardinet mal entretenu. Le colonel Ilescu devait les guetter car il ouvrit la porte avant même qu'ils aient eu le temps de sonner. Un chauve, trapu, le visage fermé. Après une brève poignée de mains, il les fit entrer dans un salon méticuleusement rangé avcc d'horribles chromos au mur, dont un portrait de Nicolas Ceaucescu. Ils s'assirent tous en face d'une table basse et John Jay attaqua. Le colonel Ilescu parlait anglais. Il écouta John Jay puis laissa tomber :

— Je me souviens très bien de cette commande de mon chef.

— A qui étaient destinés ces passeports ?

Le colonel en retraite ne se démonta pas.

— Je n'ai pas le droit de vous le dire. Lorsque j'ai quitté le Service, on m'a fait signer un engagement écrit, annonça-t-il d'une voix égale. Je regrette.

Au moins, c'était franc...

Norman Biden sentit qu'il fallait intervenir.

— La Roumanie et les Etats-Unis sont désormais des pays alliés, souligna-t-il, le Pacte de Varsovie n'existe plus, l'Union soviétique non plus. Nous avons besoin de cette information pour trouver le responsable d'un meurtre.

Le colonel Ilescu fixa la table vernie, pas concerné. Visiblement, il n'attendait qu'une chose : que les deux hommes s'en aillent... John Jay et Norman Biden se relayèrent près de deux heures pour tenter de le faire craquer. Sans le moindre résultat. Le colonel ne leur offrit même pas un café et encore moins à manger. Il avait visiblement obéi à des ordres supérieurs en recevant les deux Américains, mais n'avait pas l'intention de révéler quoi que ce soit. De guerre lasse, Norman Biden et John Jay prirent congé. Ils n'échangèrent pas un mot jusqu'à l'ambassade, rue Théodore-Arghezi. Le chef de station, James Sperry, ressemblait, avec sa barbe grise bien taillée et son air doux, à un ancien gauchiste. Il écouta le récit des deux hommes sans paraître s'émouvoir, puis secoua la tête, sans dissimuler son découragement.

— Ça ne m'étonne pas ! Il n'y a pas un seul pays de l'Est qui soit resté aussi communiste que la Roumanie. La révolution de 1990 est une manip montée par la Securitate pour permettre aux apparatchiks communistes de conserver leur mainmise sur le pays ! Cela a parfaitement marché ! Souvenez-vous des faux charniers de Timisoara. Il y a aujourd'hui deux catégories de gens en Roumanie : ceux qui refusent ostensiblement de collaborer et ceux qui font semblant. Vous avez eu affaire aux deux...

Norman Biden lui jeta un regard découragé.

— Donc, je vais repartir les mains vides ?

Le COS ne répondit pas tout de suite. Quelques instants plus tard, il laissa tomber avec prudence :

— Il y a peut-être une chance, minuscule. L'ancien patron de la Securitate, Nicolas Pacepa.

— Il acceptera de parler ? demanda Norman Biden, échaudé par l'accueil du colonel Ilescu.

— Il l'a déjà fait sur d'autres sujets.

— Où est-il ?

— Au pénitencier de Bucarest. Il a été condamné à vingt ans de prison pour ses crimes. On l'a mis là où il expédiait les ennemis du régime Ceaucescu. C'est une horrible canaille mais il essaie de donner des gages pour sortir plus vite. Comme il a soixante-sept ans, cela presse.

— On peut le voir dans sa prison ? demanda Norman Biden, de nouveau plein d'espoir.

— John Jay peut arranger cela, je pense, trancha le chef de station. Il est en bon terme avec le procureur général militaire de Roumanie. Celui-ci tient à nous faire plaisir. Lui aussi a besoin de redorer son blason.

John Jay se leva.

— Je vais tout de suite le voir.

Norman Biden se leva à son tour, titubant de fatigue.

— Je voudrais envoyer un câble à Langley, demanda-t-il. Le type du chiffre est libre ?

— Attendez demain, conseilla James Sperry. Vous aurez peut-être de bonnes nouvelles.

Ils se séparèrent sur cet « espoir ».

L'envoyé spécial de la CIA venait de rentrer à pied à l'*Intercontinental* lorsque son téléphone sonna.

— Le procureur général nous a donné l'autorisation de rencontrer Nicolas Pacepa, annonça John Jay, ravi. Nous allons à la prison demain matin.

*
* *

Derrière la gigantesque porte de fer à la peinture écaillée surgit un univers kafkaïen. Une grande cour où traînaient quelques prisonniers au visage creusé par la malnutrition. Ils jetèrent un regard absent aux visiteurs, accompagnés de l'inévitable interprète. Un gardien les conduisit jusqu'à un parloir sombre comme une cave, où une table coupée de multiples entailles était scellée au sol, entre deux tabourets. On entendait des bruits de pas, des appels chuchotés. Il faisait un froid glacial. Des gonds grincèrent et un gardien poussa devant lui un homme aux cheveux blancs hirsutes qui flottait dans un survêtement gris dépassant d'une robe de chambre élimée. Norman Biden se dit que c'était le portrait craché de Ceaucescu. Son visage était ridé comme une vieille pomme, des rides si profondes qu'elles semblaient avoir été creusées à la main ! John Jay posa sur la table un étui en carton contenant une bouteille de cognac Otard XO et le poussa vers le prisonnier qui l'attira immédiatement avec une avidité enfantine. Il dit quelques mots en roumain et l'interprète sortit aussitôt de sa poche un paquet de Gauloises blondes. Le vieil homme s'en empara avidement et alluma une cigarette.

Pendant un temps qui parut très long à Norman Biden, il tira dessus, le regard absent, puis consentit à s'apercevoir de la présence de ses interlocuteurs... Il posa une question à laquelle l'interprète répondit aussitôt. Nicolas Pacepa se lança alors dans un long monologue, traduit au fur et à mesure.

— Il se plaint de l'injustice de son sort, expliqua l'interprète. C'est vrai, il était l'homme de confiance de Ceaucescu, mais il n'a jamais fait qu'obéir aux ordres. Il a soixante-sept ans, beaucoup de tension et il ne peut pas se soigner. D'autres sont en liberté...

Le plaidoyer *pro domo* continua pendant presque une demi-heure. Enfin, l'interprète parvint à poser une question précise. Nicolas Pacepa ferma les yeux quelques secondes, comme pour se concentrer, puis laissa tomber quelques mots.

— Il se souvient très bien de la commande de faux passeports qu'il a passée à la DIE.

— A qui ces passeports étaient-ils destinés ?

Nouveau flot de paroles, traduit au fur et à mesure.

— La plupart étaient destinés au groupe Carlos, expliqua Pacepa. Sur la demande personnelle du président Ceaucescu. On les lui a remis, ainsi que de l'argent et de l'explosif.

Norman Biden ouvrit sa serviette et en sortit la photocopie du passeport belge utilisé par l'assassin de Stacy Lak ; il la poussa vers le prisonnier.

— Et celui-ci ? Faisait-il partie du lot ?

Nicolas Pacepa prit le passeport et l'examina longuement,

après avoir chaussé des lunettes à monture de fer dont un des verres était brisé. Il reposa le document sur la table et dit quelques mots.

— Celui-ci ne faisait pas partie du lot, annonça l'interprète.

Apparemment, le vieil homme possédait une excellente mémoire. Norman Biden était sur des charbons ardents. Il insista :

— A qui votre service a-t-il remis ce passeport belge ?

Silence. Bruits de gamelle dans le couloir. Puis Nicolas Pacepa laissa tomber quelques mots d'une voix précise.

— C'est lui-même qui a remis ce passeport à un homme qui est venu le chercher en personne à Bucarest.

— Qui ? demandèrent d'une seule voix les deux Américains.

— Un certain Nabil Nawatmeh, un combattant palestinien. En 1988. Juste avant les événements, traduisit l'interprète.

— Un Palestinien ? Pourquoi ? demanda Norman Biden.

Nicolas Pacepa secoua la tête et lança une longue phrase, traduite aussitôt.

— Il ne sait pas. Il obéissait aux ordres du Conducator. Cet homme lui a dit qu'il avait l'intention de commettre des attentats en Israël et qu'il avait besoin d'un faux passeport pour y pénétrer. Il a également reçu des explosifs.

Nicolas Pacepa se tut et alluma une autre Gauloise blonde. Norman Biden était perplexe. Ou le vieil apparatchik les menait en bateau, ou quelque chose ne collait pas.

— A quel groupe appartenait ce Nawatmeh ? demanda-t-il.

— Georges Habbache.

Un communiste palestinien dont le groupe avait commis de nombreux attentats anti-israéliens. Ce qui expliquait la complicité de la Roumanie, pays communiste.

— Qu'est-il devenu ? interrogea Norman Biden.

— Comment voulez-vous que je le sache ! fut la réponse de Nicolas Pacepa. Je suis coupé du monde. Il est peut-être mort, ou en fuite, ou toujours au Liban. Cela m'est égal.

Pouvez-vous me faire envoyer des livres et des médicaments ? J'ai de l'hypertension.

Il dicta à l'interprète le nom d'un médicament puis se leva, prit le carton avec la bouteille de cognac Otard XO, et sans même dire au revoir, tapa au battant de fer pour appeler un gardien. Il disparut ensuite dans le couloir sombre sans se retourner.

Les deux Américains se retrouvèrent dans la Chevrolet, en compagnie de l'interprète.

— Qu'en pensez-vous ? demanda Norman Biden.

John Jay hocha la tête.

— Il a l'air de dire la vérité. Nicolas Ceaucescu aidait des tas de terroristes à qui il demandait en échange d'éliminer des opposants roumains. En plus, les Services roumains étaient en très bons termes avec le groupe Habbache. Il faut essayer de savoir ce qu'est devenu ce Palestinien, ça ne doit pas être très difficile.

Norman Biden ne répondit pas, plongé dans ses pensées. Il ne voyait pas pourquoi un Palestinien serait venu à New York abattre une mondaine sans activité politique. En plus, le meurtrier n'était pas arabe. En tout cas, la piste roumaine était la bonne. Il ne restait plus qu'à la remonter plus loin, si c'était encore possible : dix ans s'étaient écoulés depuis. Lui ne rêvait plus qu'à une chose : quitter ce pays sinistre et reprendre l'avion pour Washington.

La Division des Opérations, avec ses puissants moyens, serait probablement à même de retrouver la trace de ce Nabil Nawatmeh et de découvrir comment le passeport fabriqué par les Services roumains avait échoué à New York, dans la poche d'un mystérieux meurtrier.

CHAPITRE III

La grande salle du *Bernardin* était pleine à craquer, comme tous les soirs. Le restaurant de poissons, coqueluche des New-Yorkais, ne désemplissait pas depuis son ouverture, quatre ans plus tôt. Un maître d'hôtel conduisit Malko à une table où deux hommes étaient déjà installés. L'un avait des cheveux plats grisonnants, des lunettes à monture d'acier, un visage tout en longueur avec un nez pointu ; l'autre, plus corpulent, un visage plein, des yeux malins, une tignasse en désordre, l'apparence négligée. Ils se levèrent courtoisement, et l'homme aux lunettes de fer annonça :

— Je suis Jeffrey Townsend. Voici Reynold Hurst qui dirige notre structure new-yorkaise. Avez-vous fait bon voyage ?

— Sans problème, affirma Malko en s'asseyant. Je ne m'attendais pas à trouver une température aussi clémente.

Arrivé trois heures plus tôt, le *jetlag* ne l'avait pas encore rattrapé.

En cette fin septembre, on chauffait déjà au château de Liezen, mais à New York, c'était l'*indian summer*. Une fois de plus, Malko, à peine revenu d'Albanie [1], avait abandonné la pulpeuse Alexandra, sur la demande de la CIA. Heureusement, New York était plus civilisé que Tirana... Jeffrey Townsend était le *deputy* du directeur de la Division des Opérations, la structure gérant toutes les actions clandestines

1. Voir SAS nº 133, *Albanie : Mission impossible.*

de la Central Intelligence Agency. Il était donc venu de Washington pour le rencontrer. A New York, la CIA, n'ayant théoriquement pas le droit d'opérer sur le territoire américain, possédait une antenne et quelques « safe-houses » discrètes.

Il se plongea dans le menu, commanda une bisque de homard et un bar importé du Chili. Jeffrey Townsend se pencha vers lui en souriant.

— Regardez à droite, nous avons un voisin célèbre.

Effectivement, Woody Allen se trouvait à la table voisine, accompagnée de sa jeune épouse coréenne au visage plat comme un fer à repasser... Malko goûta un peu de Meursault, laissant les deux Américains continuer au Defender « Cinq ans d'âge », et adressa un sourire innocent à Jeffrey Townsend.

— Je suppose que si vous me traitez aussi royalement, vous devez avoir une raison sérieuse.

Jeffrey Townsend eut un sourire ambigu.

— Mon cher Malko, nous vous traitons *toujours* royalement. Princièrement, devrais-je dire. Mais vous le méritez, votre performance en Albanie a été tout à fait remarquable. Je dois dire que, vis-à-vis du State Department, vous avez sauvé l'honneur de l'Agence.

— Merci, dit Malko en goûtant sa bisque de homard. Parlez-moi donc de ce qui m'amène à New York.

— Avez-vous entendu parler d'un meurtre commis il y a environ trois semaines au restaurant *Cipriani* ? La victime était une femme du monde, Stacy Lak.

— Non, avoua Malko. Dites-m'en plus.

Lorsqu'il eut terminé sa bisque, il savait tout de ce meurtre encore inexpliqué. Il attendit que le garçon ait changé les assiettes pour demander :

— Est-ce que cette affaire ne serait pas liée à l'Irangate ?

Jeffrey Townsend eut un sourire indulgent.

— Cela a été évidemment notre première hypothèse. Mais nous avons eu beau fouiller le passé d'Hormouz Lak, nous n'avons rien trouvé. Il est totalement *clean*.

— Pourquoi ne laissez-vous pas le FBI effectuer son enquête ?

— Ils l'ont *de facto* terminée, précisa Reynold Hurst. Aucune piste, aucun indice.

— Ils ne sont pas au courant de votre expédition roumaine ?

— Bien sûr que non ! précisa aussitôt Jeffrey Townsend. *Personne* n'est au courant.

— Avez-vous pu retrouver la trace de ce Palestinien à qui les Roumains ont remis le passeport belge ?

— Oui, répondit Jeffrey Townsend, et c'est la raison pour laquelle nous vous avons demandé de venir à New York. Il a été arrêté dans un hôtel de Tel Aviv, il y a plus de huit ans. Après s'être grièvement blessé avec la bombe qu'il était en train d'assembler. Il a perdu un bras, un œil et quelques autres petites choses. En dépit de ses blessures, il a été condamné par une cour israélienne à la prison à vie. Il se trouve aujourd'hui dans un pénitencier israélien.

— Ce qui le met hors de cause, conclut Malko, au moment où on déposait son bar à la sauce caviar devant lui.

— Absolument, renchérit l'Américain. Mais ce qui soulève bien d'autres questions.

— A-t-il utilisé le passeport belge fabriqué par les Roumains pour entrer en Israël ? demanda aussitôt Malko.

— Je voudrais pouvoir vous dire oui à 100 %, mais c'est impossible, avoua Jeffrey Townsend. Cependant, j'ai retrouvé des documents dans les archives de notre station de Tel Aviv. Il est mentionné que Nabil Nawatmeh était porteur d'un passeport belge. Ce serait donc une coïncidence extraordinaire s'il ne s'agissait pas de celui qui nous intéresse.

— Pourquoi ne demandez-vous pas aux Israéliens ?

Malko regretta aussitôt sa question, devant l'air réprobateur des deux Américains. Il tenta de rattraper sa gaffe.

— Si je comprends bien, vous soupçonnez le Mossad d'avoir récupéré ce passeport et de l'avoir réutilisé ? enchaîna-t-il.

Jeffrey Townsend prit le temps de déguster une coquille Saint-Jacques avant de répondre.

— Vous réfléchissez vite ! remarqua-t-il. Cela me semble en effet une hypothèse de travail plausible.

— Donc, résuma Malko, le Mossad récupère le passeport, change le nom du porteur et l'utilise pour une opération à lui ?

— Cela ne présente aucun problème technique, répliqua Jeffrey Townsend. Si nous ne nous étions pas acharnés à en retrouver la trace, et si le BND n'était pas aussi bien organisé, on ne serait *jamais* remonté jusqu'aux Roumains. Le FBI est incapable de mener ce genre d'enquête.

Et vlan pour la concurrence...

— Parfait, conclut Malko. Supposons donc que le Mossad ait monté une opération clandestine, utilisant un de ses agents muni de ce passeport. Pour quelle raison auraient-ils voulu liquider cette jeune femme, en apparence à des années-lumière de toute activité clandestine ?

— C'est pour le découvrir que vous êtes à New York, laissa tomber Jeffrey Townsend avec un sourire froid.

— Vous êtes donc certain que le Mossad est mouillé ? insista Malko.

— Certain, non, mais il y a beaucoup de chances. Nous avons revu le dossier, depuis que nous avons « remonté » le passeport. Le tueur était circoncis, ce qui ne veut rien dire, beaucoup d'Américains le sont, mais il pourrait donc être juif. Or, dans une affaire semblable, les Israéliens n'utiliseraient que des juifs. La méthodologie aussi rappelle le Mossad. Une prise en compte méticuleuse et un tueur anonyme qui ne rate pas sa cible. La victime avait onze projectiles dans le corps. Aucune chance d'en réchapper. Le fait que cet homme ait une radio VHF sur lui signifie qu'il s'agissait d'une action concertée, avec un ou plusieurs complices. Ils ont dû lui signaler le départ de Stacy Lak de chez elle et la façon dont elle était habillée.

— C'est logique, admit Malko, mais ce ne sont que des hypothèses.

— *Right*, reconnut l'Américain. Tant que nous ne saurons pas *pourquoi* ce meurtre a eu lieu, impossible d'aller plus loin.

— Comment vais-je procéder ? demanda Malko, perplexe. Je suppose que le FBI a déjà interrogé tout le monde. Je ne peux bien entendu pas agir officiellement. Le mari de la victime n'a rien à dire...

— Je reconnais que ce n'est pas facile, concéda Jeffrey Townsend. Peut-être ferez-vous chou blanc. Dans ce cas, vous en serez quitte pour un séjour agréable à New York. Le *Waldorf Astoria* n'est pas un endroit de cauchemar...

— C'est vrai, reconnut Malko. Vous n'avez aucun autre élément à me donner ?

— Hélas non. Il ne faut surtout pas que le FBI sache que nous sommes sur le coup. Prenez une couverture de journaliste. Soyez profil bas.

Plus facile à dire qu'à faire. Jeffrey Townsend murmura quelques mots à l'oreille du maître d'hôtel et, quelques instants plus tard, un garçon arriva avec une bouteille de Taittinger Comtes de Champagne Blanc de Blancs 1990...

La CIA faisait de nobles efforts pour donner du courage à Malko... Les trois hommes prirent des glaces pour accompagner le champagne et se mirent à parler de l'affaire Monica Lewinski. Malko se demandait par quel bout prendre l'affaire. Lorsque Woody Allen et sa Coréenne passèrent devant eux, il n'avait pas encore trouvé.

Reynold Hurst griffonna un numéro sur sa carte et la lui tendit.

— C'est ma ligne directe. *You're on your own* [1]. Dès que vous aurez trouvé quelque chose, vous m'appelez.

— *Si* je trouve quelque chose, corrigea Malko en se levant.

Lorsque les deux Américains le déposèrent au *Waldorf Astoria*, il n'avait plus la moindre envie de dormir ! D'un coup d'œil à sa Breitling B-1, qui affichait deux fuseaux horaires, il vérifia qu'il était six heures du matin à Liezen. Un peu tôt pour réveiller Alexandra.

*

* *

1. A vous de jouer.

Malko poussa la porte du *Cipriani*, aussitôt cueilli par un maître d'hôtel souriant. C'était dimanche et le restaurant était encore presque vide. Ne s'étant endormi qu'à quatre heures du matin, il avait eu le temps de trouver la meilleure façon de commencer son enquête.

— *Sir*, vous avez une réservation ? demanda le maître d'hôtel.

— Je ne viens pas déjeuner, répondit Malko. Je suis journaliste au *Kurier* de Vienne et je prépare un article sur les meilleurs restaurants de New York. Hier soir, j'étais au *Bernardin* et je crois que vous faites partie du peloton de tête, vous aussi.

Le maître d'hôtel italien se rengorgea.

— Je l'espère ! Nous refusons des gens tous les jours. Que puis-je faire pour vous ?

— J'aimerais bavarder un peu de la vie du restaurant, des clients, de ce qui s'y passe...

L'Italien réfléchit quelques instants.

— Il faudrait que vous rencontriez Paola.

— Qui est Paola ?

— Paola Ruggieri. Notre PRO [1]. Elle aura sûrement beaucoup d'anecdotes.

— Où puis-je la trouver ? demanda Malko.

— Aujourd'hui, elle se trouve au *Downtown*, notre annexe de Soho, 376 West Broadway. Allez la voir, elle sera sûrement ravie.

Malko sautait déjà dans un taxi dont le chauffeur ne parlait que quelques mots d'anglais. Un Pakistanais du Béloutchistan, tout juste arrivé. A New York, pas un seul chauffeur de taxi n'était « local ».

*
* *

West Broadway était une rue étroite en sens unique vers le sud, bordée de vieilles maisons aux façades noirâtres encore

1. Public-relations officer.

encombrées de leurs échelles d'incendie, dont les rez-de-chaussée abritaient des dizaines de boutiques, surtout de vêtements d'avant-garde... De vieux marginaux prenaient le soleil, assis à même le trottoir, reluquant les filles toutes plus sexys les unes que les autres, en mini ou en pantalon. Soho était jeune, branché, vaguement décadent. Les petits antiquaires alternaient avec les fringues et les lofts. De la musique sortait de plusieurs fenêtres ouvertes.

Le *Downtown* était le dernier restaurant de la rue, à côté d'un parking. La terrasse était déjà pleine de monde. Malko pénétra à l'intérieur. C'était, là aussi, très branché... Un arbre, posé sur le comptoir, montait jusqu'au plafond, les murs étaient couverts de posters ou de tableaux modernes, les clients arboraient des tenues décontractées plutôt haut de gamme. Des haut-parleurs diffusaient de la musique classique. Les femmes portaient des lunettes noires et la plupart des hommes étaient barbus. Malko avisa un garçon jonglant entre les tables trop rapprochées.

— Je cherche Paola Ruggieri.

— Elle est là, au comptoir.

Il désignait une superbe brune au regard de braise, en pull et jupe noire fendue sur le côté, sur des bas assortis. Malko s'approcha mais dut attendre qu'elle se soit débarrassée de clients et ait raccroché le téléphone pour lui parler.

— Je m'appelle Malko Linge et je suis journaliste au *Kurier* de Vienne, dit-il. Je fais une enquête sur les meilleurs restaurants de New York...

Le regard de braise brilla encore plus et Paola Ruggieri découvrit des dents d'une blancheur éblouissante.

— Quelle booone idée ! roucoula-t-elle. Je me suis donné tellement de mal pour le lancer.

Un garçon l'interrompit, puis le téléphone sonna. Enfin, un groupe arriva, des gens connus, mais qui n'avaient pas réservé. Malko profita de quelques secondes de calme pour remarquer :

— Vous êtes très occupée. Y a-t-il un moment où nous pourrions parler tranquillement ?

Paola Ruggieri, excédée, repoussa ses cheveux noirs en arrière et fronça les sourcils.

— Dans deux heures, quand ce sera plus calme... Mais...

— Et si nous dînions ensemble ? suggéra Malko.

— Ici ?

— Non. Où vous voudrez.

Tandis qu'elle réfléchissait, son regard enveloppa rapidement Malko et il y lut un certain intérêt. Paola Ruggieri n'était pas indifférente aux hommes. Apparemment, l'examen fut satisfaisant. La poitrine pleine qui tendait le pull de laine noire se souleva un peu et elle proposa :

— *Bene !* Je vous retrouve au *Colonial*, sur la 57e Rue, vers neuf heures. C'est la seule soirée que j'aie de libre, mais je veux vous aider.

— Superbe ! approuva Malko. A ce soir.

Il ressortit et descendit West Broadway jusqu'à Canal Street. Le temps était magnifique et Malko se sentait d'excellente humeur. Paola Ruggieri était extrêmement séduisante, avec un zeste de provocation. Une femme honnête ne porte pas de jupe fendue, surtout aussi courte. Même si elle ne lui apprenait rien, il n'aurait pas complètement perdu sa soirée.

*
* *

— A l'avenir du *Cipriani* ! fit Malko en levant sa flûte de Taittinger Comtes de Champagne.

— A votre enquête ! répliqua Paola Ruggieri.

Ils choquèrent le cristal et burent d'un trait. Le *Colonial* semblait parfait pour flirter, avec son éclairage doux, ses tables espacées, son haut plafond, et sa décoration « coloniale ». De superbes ventilateurs pendaient du plafond. Les murs étaient décorés de scènes asiatiques et la nourriture était un mix de cuisines de Chine, du Vietnam et de New York.

Malko et Paola Ruggieri étaient installés à une petite table, au fond, au calme. L'Italienne était encore plus sexy qu'au déjeuner, ayant troqué son pull contre un haut en dentelles transparent sur un soutien-gorge balconnet noir. Elle fumait à la chaîne des Gauloises blondes, le regard sans cesse en mouvement, parlant avec animation, presque aussi speedée qu'au déjeuner. Malko s'imposa de se faire raconter l'histoire du *Cipriani* tandis qu'ils attaquaient leur dîner.

Une demi-heure plus tard, il savait tout sur le restaurant italien et l'ambition de Paola Ruggieri, célibataire, *career woman*, qui rêvait de diriger *son* restaurant. Elle n'arrêtait pas de parler, croisant et décroisant les jambes sans arrêt, lançant parfois à Malko des regards brûlants. Une séductrice-née. Il attendit d'avoir commandé une seconde bouteille de Comtes de Champagne pour avancer en terrain miné.

— J'ai lu dans ma doc qu'il y avait eu récemment un incident regrettable au *Cipriani*, avança-t-il.

Paola Ruggieri se décomposa, et sortit une nouvelle cigarette d'un paquet de Gauloises blondes posé sur la table.

— *Mamma mia !* Il ne faut surtout pas en parler ! Cela ferait peur.

— Je vous jure de ne rien écrire là-dessus, promit Malko en lui allumant sa cigarette avec le Zippo armorié qui ne le quittait jamais.

Son regard glissa de ses yeux jusqu'à sa bouche épaisse, s'immobilisant sur la poitrine gonflée, frémissante sous la dentelle noire. Paola Ruggieri suivit son regard et, rassurée, se détendit.

— Merci ! dit-elle. *Grazie mille !* C'est une histoire horrible. Dieu merci, je n'étais pas là ce jour-là.

— Que s'est-il passé ? demanda sournoisement Malko en lui reversant du champagne. On a assassiné une de vos clientes ?

— *Si !* Un fou, confirma Paola à mi-voix. Il est entré et il a tiré au hasard sur la première personne qui se trouvait en face de lui. Une *très* bonne cliente, Stacy Lak. Elle m'invitait à toutes ses soirées.

— On a su pourquoi ?

Paola Ruggieri secoua ses courts cheveux noirs.

— Non. Stacy Lak ne faisait de mal à personne, elle n'avait même pas d'amant ! Elle était toujours là avec des copines. C'est terrible, conclut-elle.

Après avoir bu un peu de Taittinger, elle soupira et conclut :

— C'est vraiment le destin. Je me demande si elle n'a pas été tuée à la place de quelqu'un d'autre !

Malko sentit son pouls grimper comme une fusée.

Paola Ruggieri se pencha vers lui et continua :

— J'ai parlé avec Sergio, après le drame. Il m'a expliqué que la table où s'était assise Stacy Lak avait été réservée par une autre de nos bonnes clientes, Olivia de Portello. Une piquée, emmerdeuse finie, végétarienne, la terreur des garçons. Elle n'est jamais contente. Seulement, elle vient là trois fois par semaine. Son mari s'est tué lors d'une course automobile et lui a laissé une fortune considérable. Alors, elle occupe son temps en essayant tous les hommes qui croisent son chemin, et en organisant des soirées de charité.

— Elle a beaucoup d'amants ? demanda Malko soudain en éveil, flairant une piste possible.

Paola Ruggieri essaya de prendre un air scandalisé et lâcha :

— Elle a le feu au cul ! Je l'ai vue draguer un type dans le restaurant et l'entraîner dans les toilettes. Ensuite, on l'entendait hurler comme une bête...

Un ange passa et s'enfuit, horrifié.

Paola Ruggieri demeura silencieuse après cette évocation sulfureuse. Vaguement troublée.

— Pourquoi dites-vous que Stacy Lak a été tuée à sa place, interrogea Malko, revenant à la charge. Elles se connaissaient ?

Paola Ruggieri retrouva son sourire.

— De vue, mais elles ne s'aimaient pas beaucoup. Surtout, il a failli y avoir un incident, peu de temps avant le drame. Un jour, elles avaient toutes les deux réservé pour déjeuner, à des tables voisines. Elles sont arrivées vêtues du même tailleur mauve ! Heureusement que Sergio a du sang-froid. Il a prétexté une erreur de table et a changé Stacy Lak de place. D'ailleurs, cette pauvre Stacy portait ce tailleur-là le jour où elle a été assassinée.

Malko, machinalement, reversa un peu de Taittinger à

Paola Ruggieri. Il avait l'impression qu'un indice émergeait du récit de l'Italienne. Un indice apparemment ignoré du FBI. Paola Ruggieri se méprit sur l'expression de son regard. Elle éclata d'un rire nerveux et remarqua :

— Vous regardez toujours les femmes de cette façon-là ? On a l'impression que...

— Seulement celles qui sont très belles, comme vous, répliqua Malko. Vous êtes sûrement plus séduisante que la plupart de vos clientes. Mais, vous me disiez que Stacy Lak avait été tuée *à la place* de cette Olivia de Portello. Pourquoi ?

Paola ouvrit de grands yeux.

— Mais tout simplement parce que si Olivia était arrivée à l'heure, c'est elle qui aurait été visée par ce fou ! Il est entré et a tiré sur la table la plus proche de l'entrée avant de repartir.

Visiblement, Paola était sûre de son explication. Elle bâilla discrètement.

— Je me lève tôt, dit-elle.

— Je vous raccompagne, offrit aussitôt Malko.

— Ce n'est pas la peine, je vais prendre un taxi, vous êtes au *Waldorf* et moi, j'habite la 76e ! Exactement la direction opposée.

— Ce sera un plaisir de passer un peu plus de temps avec vous, affirma Malko.

A peine sortis du *Colonial*, ils trouvèrent un taxi qui remontait la 57e Rue. Paola Ruggieri avait visiblement apprécié le Taittinger et semblait très gaie. Elle se rembrunit pour dire à Malko, d'une voix suppliante :

— Surtout, ne parlez pas de cette affreuse histoire dans votre article !

— Juré, fit Malko, mais j'aimerais vous revoir.

Le taxi s'était arrêté au coin de la 76e et de Fifth Avenue. Paola sortit ses clefs et une carte où elle griffonna un numéro.

— Voilà mon cellulaire, dit-elle. Moi aussi, je vous reverrai avec plaisir. *Good night.*

Elle se pencha et sa bouche effleura celle de Malko. Ce dernier eut beau se dire qu'en Amérique, cela ne voulait rien dire, c'était une sensation agréable. En sortant du taxi, l'Italienne exposa généreusement ses longues cuisses charnues et le quitta avec un sourire ravageur. Tandis qu'il redescendait Fifth Avenue, Malko se dit qu'il avait commencé à éclaircir le mystère, si la personne visée était cette Olivia de Portello, et non l'innocente Stacy Lak. Si c'était le cas, il restait à trouver le lien entre le Mossad et cette richissime nymphomane végétarienne. Et surtout, la raison pour laquelle on aurait voulu lui ôter la vie.

CHAPITRE IV

— Nous ne savons rien d'Olivia de Portello, avoua piteusement Reynold Hurst. Sauf ce qu'il y a dans les journaux et les magazines, à la rubrique mondaine. Elle n'apparaît dans aucun de nos listings informatiques. Comme nous ne voulons rien demander au FBI, qui, à mon avis, n'en sait pas plus que nous, il faut nous débrouiller seuls...

— La première question est de savoir si elle possède des liens avec Israël, enchaîna Malko ; ne serait-ce que par le biais de ses activités humanitaires.

Il avait retrouvé le responsable de la CIA à New York dans l'ancien building de la Panam, sur Park Avenue. Le dix-septième étage, sous couvert de bureaux du Department of Commerce, abritait la principale infrastructure de l'Agence de New York. Bien que n'opérant pas légalement sur le territoire américain, la CIA possédait des bureaux dans la plupart des grandes villes des USA, regroupés sous le vocable pudique de « National Ressources ». Celui de New York était particulièrement actif, en raison de la présence des Nations unies. La CIA y comptait un certain nombre de « sources » exploitées par une centaine *d'access agents* et de *case officers*. En plus du building de Park Avenue, l'Agence possédait une douzaine de « safe-houses » discrètes, réparties un peu partout. Et si Malko se trouvait au *Waldorf Astoria*, ce n'était pas par hasard : l'hôtel était à deux blocs de l'ex-building de la Panam, sur Park Avenue.

La grande baie vitrée du bureau de Reynold Hurst offrait

une vue imprenable sur l'East River, les Nations unies et la centrale thermique de Con Edison, dont les cheminées crachaient des panaches de fumée qui souillaient fâcheusement le ciel uniformément bleu de ce 21 septembre.

— Vous trouverez peut-être une idée là-dedans, suggéra Reynold Hurst en poussant vers Malko une chemise contenant toutes les coupures de presse parlant d'Olivia de Portello. De l'information « ouverte ».

Malko s'assit et les parcourut, se faisant rapidement une idée assez précise de la personnalité et de l'apparence physique de la victime supposée des Israéliens.

Une superbe photo couleur dans *Vogue* la montrait à un bal de charité donné justement au *Waldorf*, pour recueillir des fonds afin de sauver la forêt amazonienne. Olivia de Portello y apparaissait resplendissante. De courts cheveux noirs découvrant des boucles d'oreilles en diamant, un maquillage digne de la reine de Saba, et une robe longue extrêmement décolletée, qui ne cachait pas grand-chose d'une magnifique poitrine. Une *très* jolie femme.

Il parcourut les autres coupures. Des articles sur la collection de bijoux qu'elle dessinait pour Bijan, sur des galas de charité, l'inauguration d'une exposition de meubles de Claude Dalle ou à propos de l'ouverture d'un restaurant, le *Balthazar*. Elle sortait beaucoup, jamais accompagnée par le même homme. Dans une interview au *New Yorker*, elle racontait sa maladie qui la rendait peu à peu aveugle et posait à côté d'une énorme machine lui permettant de lire les journaux en gros caractères.

Malko referma le dossier.

— C'est tout ?

Reynold Hurst poussa un bristol blanc devant lui.

— Non, voilà son adresse et son téléphone. Elle habite un appartement loué au 156, 56e Rue Est, au coin de Madison. Elle y vit seule avec deux chats siamois.

— Ça, c'est de l'information ! persifla Malko. J'en sais plus que vous : c'est une emmerdeuse végétarienne folle de sexe.

Reynold Hurst détourna la tête, embarrassé. Comme beaucoup de hauts fonctionnaires de la CIA, il était un peu coincé. Pour détourner cette conversation sulfureuse, il suggéra :

— Je pense que le mieux est une approche « soft ». Il faut pénétrer dans son intimité, connaître son environnement. Et surtout, sans que le FBI ni les commanditaires du meurtre de Stacy Lak s'en apercoivent.

— Ne vous emballez pas ! corrigea vivement Malko. A ce stade, il n'y a rien qui indique un lien entre Olivia de Portello et Israël. Ni même que cette femme ait été la véritable cible du tueur. J'ai seulement appris que le jour du meurtre, Stacy Lak portait un tailleur mauve, similaire à un vêtement que possède Olivia de Portello. Maintenant, il faudrait demander à cette dernière si ce jour-là, elle portait *aussi* le même tailleur...

— Même si elle dit « oui », reconnut Reynold Hurst, ce ne sera qu'un élément de plus, pas une preuve.

— Et, pour l'instant, souligna Malko, je n'ai pas encore trouvé le moyen d'approcher Olivia de Portello.

Il ne fallait pas compter sur Paola Ruggieri pour l'aider à entrer en contact avec sa « cible ». La jeune Italienne serait persuadée qu'il voulait cuisiner la cliente du *Cipriani* sur le fâcheux « incident » du 1er septembre. Ce en quoi elle n'aurait pas tort. Il fallait trouver autre chose... Après avoir empoché le carton portant l'adresse et le téléphone d'Olivia de Portello, il prit congé, regagnant ensuite le *Waldorf* à pied.

New York n'avait guère changé depuis son dernier passage, toujours aussi bruyante, résonnant des klaxons, des hululements des ambulances omniprésentes et des brefs jappements de sirène des voitures de police, innombrables elles aussi. Lorsqu'il arriva au *Waldorf*, l'hôtel semblait en état de siège. Une limousine noire de quinze mètres de long venait de s'arrêter devant l'entrée, suivie de deux minivans noirs eux aussi, aux glaces opaques. Une nuée d'hommes en imperméable, malgré le temps magnifique, un fil sortant de l'oreille, portant des lunettes noires et visiblement enfouraillés jusqu'aux yeux, entoura une frêle silhouette blonde qui émergeait de l'interminable limousine. Pendant quelques secondes, Malko put admirer Hillary Clinton avant qu'elle ne s'engouffre dans l'entrée des Waldorf Towers.

A côté de lui, un passant ricana.

— Elle vient voir son amant...

Ce qui n'aurait été que justice.

*
* *

— Je suis absente pour le moment, veuillez laisser un message, annonça une voix chantante au léger accent sud-américain. Si c'est vraiment urgent, vous pouvez me joindre à l'hôtel *Delano*, à South Beach, Miami. *Thank you, have a good day. Talk after the bip.*

— Je m'appelle Malko Linge, dicta Malko au répondeur. Je suis grand reporter au journal autrichien *Kurier* et je fais une enquête sur la *social life* de New York. Paola Ruggieri, du *Cipriani*, m'a affirmé que vous étiez au cœur de nombreuses manifestations. Pouvez-vous me rappeler au *Waldorf*, chambre 2120...

Après avoir raccroché, il eut un scrupule. Depuis quand Olivia de Portello était-elle partie à Miami ? Il n'y avait qu'un moyen de le savoir. Le taxi le déposa devant le petit immeuble de brique blanche sur le trottoir sud de la 56e Rue. Un portier en superbe uniforme bleu prenait le soleil devant l'entrée. Malko s'approcha de lui, tout sourire.

— Je suis un ami d'Olivia de Portello, annonça-t-il. J'ai essayé de la joindre mais son répondeur me dit qu'elle est à Miami... Savez-vous quand elle revient ?

Après avoir jaugé Malko d'un regard professionnel et conclu qu'il ne s'agissait pas d'un cambrioleur, le portier répondit :

— Mrs. de Portello est partie hier. Elle ne reviendra pas avant une semaine. Enfin, c'est ce qu'elle m'a dit. Parce que je nourris ses deux chats deux fois par jour.

Ils bavardèrent quelques instants de la vie des siamois et du temps exceptionnel, puis Malko s'éloigna après avoir glissé un billet de vingt dollars dans la paume accueillante du portier. Direction, l'immeuble de la Panam.

*
* *

Reynold Hurst n'hésita pas le quart d'une seconde après avoir écouté le récit de Malko.

— Vous partez pour Miami, décida-t-il. On ne va pas perdre une semaine. Ce n'est pas trop désagréable, non ?

— J'espère qu'Olivia de Portello n'interroge pas son répondeur à distance, répliqua Malko. Ou alors, il faut que je prenne un faux nom pour l'aborder. Elle risquerait de s'étonner que je la poursuive jusqu'à Miami...

— Vous improviserez ! trancha Reynold Hurst.

Malko ne discuta pas. Pourtant, il serait bien resté à New York pour revoir la pulpeuse Paola Ruggieri.

*
* *

Ariel Gur salua d'un sourire chaleureux les trois hommes déjà installés dans le petit bureau faisant partie des locaux du consulat général d'Israël, au quatorzième étage du 800, Second Avenue, rebaptisée sur cette portion « Itzak Rabin Way ».

— Désolé, lança Ariel Gur, mon *shuttle* est parti très en retard.

Il posa sa vieille serviette de cuir noir fatigué, s'assit dans un fauteuil de plastique beige et sortit sa pipe de sa poche. Il l'alluma, promenant sur ceux qui l'attendaient son regard vif de furet. Ce qu'on remarquait d'abord chez lui, c'était le bleu lumineux de ses prunelles. A peu près son seul charme physique... Il ne restait plus grand-chose de sa tignasse blonde frisée, son gros nez semblait celui d'une caricature et, en vieillissant, il s'était tellement voûté qu'il en était presque bossu. Sa tête paraissait directement posée sur ses épaules, et il ne devait pas dépasser désormais un mètre soixante.

Sans aucune coquetterie, il était toujours attifé comme l'as de pique, de vêtements sans forme, aux couleurs mal définies, dans lesquels il était invariablement boudiné. Eternellement vêtu de chandails ou de polos, il donnait à ses collaborateurs toutes les cravates qu'on lui offrait, n'en portant qu'en de rarissimes circonstances officielles. Ariel Gur était un pur produit des *kibboutzim*, un paysan à l'intelligence brillante, méprisant la vie mondaine et les ronds de jambe, sioniste convaincu qui avait risqué sa vie dans toutes les guerres d'Israël contre les Arabes. Il avait été longtemps numéro 2 du Mossad, à l'époque héroïque où *personne* ne connaissait les noms de ses dirigeants. Ce qui lui avait permis, quelques années plus tard, d'être nommé à l'ambassade israélienne de Washington, comme conseiller scientifique. Parlant anglais avec un lourd accent hébreu, il ne se mêlait guère au monde des diplomates, allant de l'ambassade, située sur Intercontinental Drive, tout en haut de Connecticut Avenue, à sa petite maison, à quelques centaines de mètres de là, au coin de Yuma Street et de la 36e Rue, au volant de sa modeste Nissan Maxima noire. Il ne recevait jamais, sortait peu et son côté ours mal léché, ses tenues négligées, éloignaient les importuns.

Ni le FBI ni la CIA, ni aucune des agences fédérales américaines du contre-espionnage ne l'avaient jamais repéré.

Pourtant, Ariel Gur était, à Washington, le représentant d'une cellule ultra-secrète de renseignement, le Lakam, baptisée officiellement « Bureau des Affaires scientifiques du Ministère de la Défense ». Son patron était Raphaël Gal, lui aussi ancien du Mossad et conseiller particulier pour le Renseignement du Premier ministre.

Les affaires traitées par le Lakam étaient toutes totalement secrètes et d'une importance primordiale pour Israël. Et Rafaël Gal ne rendait compte qu'au Premier ministre, court-circuitant le Mossad.

Ariel Gur, après avoir allumé sa pipe, en tira voluptueusement une longue bouffée, aux anges. Il n'avait jamais pu s'habituer à ne pas fumer dans les avions. Il tourna la tête vers les trois hommes qui attendaient respectueusement qu'il prenne la parole.

— Aharon, demanda-t-il, peux-tu aller me chercher un *fallafel*[1] au kiosque de la 42e Rue ?

Aharon Dan, un garçon athlétique aux longs cheveux noirs, se leva avec empressement et sortit du bureau. Officiellement agent de sécurité au consulat, c'était un ancien « exécuteur » de la branche « Action » du Mossad, l'Unité 72, licencié à la suite de l'échec d'une opération délicate, et récupéré par Ariel Gur.

Celui-ci se tourna vers un homme rondouillard au front dégarni. Il portait des lunettes fumées, et son long nez tombait sur une moustache fournie bien taillée.

— Alors, Joseph, que se passe-t-il avec « Yahalom » ?[2]

Joseph Yagor, officiellement conseiller scientifique à la mission israélienne auprès des Nations unies, appartenait, lui aussi, au Lakam. La veille, il avait transmis un message à Ariel Gur, demandant à le rencontrer d'urgence. Sans dire pourquoi, bien entendu. Les Israéliens ne se faisaient aucune illusion : les Américains les surveillaient et la NSA[3] avait de très longues oreilles... Ils se méfiaient de tout : fax, téléphone et même conversations dans des lieux publics. Heureusement, dans ce bureau spécialement aménagé, protégé par un système électronique sophistiqué, aucune conversation ne pouvait être captée.

— Nous avons un problème avec la 56e Rue, annonça Joseph Yagor.

Ariel Gur continua à tirer sur sa pipe, emplissant le bureau d'une fumée odorante. Il avait eu à faire face à tellement de problèmes au cours de sa longue carrière qu'il se méfiait toujours de la panique de ses subordonnés.

— Lequel ? demanda-t-il calmement.

— Vous savez que nous avons maintenu un dispositif de surveillance sur le téléphone là-bas ?

1. Mélange de pois chiche, de crudités, de hommouz, entre deux tranches de *pita*.

2. Diamant, en hébreu.

3. National Security Agency, chargée de l'espionnage électronique.

— Oui.

— Hier, nous avons intercepté un coup de téléphone. Un journaliste autrichien a appelé le sujet pour lui demander un rendez-vous et a laissé un message sur le répondeur, donnant son nom et la façon de le joindre.

— Ce n'est pas un journaliste autrichien ? demanda calmement Ariel Gur.

Joseph Yagor secoua son crâne ovoïde.

— C'est un Autrichien. Un chef de mission de la CIA très connu, Malko Linge. Nous l'avons identifié facilement en passant son nom dans le *computer*.

Aharon Dan se glissa à nouveau dans la pièce et tendit son *fallafel* à Ariel Gur. Celui-ci le posa sur un guéridon, à côté de lui, sans y toucher. Ce que venait de lui apprendre Joseph Yagor était une *très* mauvaise nouvelle. Si un agent de la CIA se manifestait auprès d'Olivia de Portello, cela signifiait que les Américains avaient remonté une piste en principe condamnée, en dépit des précautions prises pour les égarer. Une fois de plus, le dicton qui disait qu'une affaire mal engagée continuait à se dégrader se vérifiait. Il n'y avait pas encore péril en la demeure, mais le calme trompeur des dernières semaines faisait place à une situation d'urgence. Si aucune mesure n'était prise, cela risquait d'aboutir à une catastrophe.

— Tu as bien fait de me prévenir tout de suite, approuva Ariel Gur. Qui est au courant ?

— Personne. Il y a autre chose. Cet agent de la CIA, Malko Linge, a quitté le *Waldorf* ce matin...

Ariel Gur tira sur sa pipe à petits coups, évaluant la situation. Le choix était simple. Il fallait agir, vite. La priorité absolue était de protéger « Yahalom », nom de code d'une source exceptionnelle. Il retira la pipe de sa bouche et la brandit en direction du troisième homme, au crâne rasé et à l'allure militaire, mal à l'aise dans un costume marron mal coupé. La tête dans ses mains, il fixait obstinément le plancher.

— Zvi, dit-il sans élever la voix, tu vois dans quelle merde tu nous as mis !

Zvi Harel se redressa violemment. Ex-tireur d'élite de Tsahal[1], para passé au Mossad, à l'Unité 72, ce n'était pas un intellectuel. Il avait été viré du Mossad après une bavure un peu trop spectaculaire et récupéré par Ariel Gur, qui lui avait offert une seconde chance, sans filet.

— J'ai fait mon boulot, protesta-t-il d'une voix contenue. Dès que je l'ai vue sortir de son immeuble, j'ai prévenu Mordechai, je lui ai dit comment elle était habillée et j'ai décroché. C'était les ordres. Ne pas attirer son attention... Mordechai aurait pu, lui aussi, s'assurer que c'était bien la cible.

Mordechai Erb ne risquait pas de le contredire. Lui aussi appartenait à l'Unité 72. Criblée de balles par Credence Chandler, sa dépouille reposait dans un cimetière new-yorkais, sous un nom d'emprunt...

Ariel Gur se dit qu'il fallait compter avec Dieu. Ce jour-là, tout avait marché de travers... Mais il ne comprenait pas encore comment les Américains étaient remontés jusqu'à la 56e Rue. Pour l'instant, rien n'était perdu. Ils avaient simplement trouvé la *vraie* victime. Seulement, si on les laissait faire, ils découvriraient *qui* était derrière le meurtre de Stacy Lak.

— Nous allons prendre des contre-mesures, annonça Ariel Gur de sa voix calme et cassante. Qu'avez-vous sur ce prétendu journaliste ?

Joseph Yagor lui tendit deux feuillets dactylographiés qu'il lut avec attention, avant de les rendre.

— Il faut absolument agir vite, insista Joseph Yagor.

Ariel Gur tira sur sa pipe quelques instants en silence, avant de demander :

— Que va-t-elle faire à Miami ?

— Prendre des vacances, expliqua Joseph Yagor, elle a demandé à « Yahalom » de la rejoindre. Or, il a des problèmes pour le faire. Ceux que vous connaissez. Ce qui multiplie les risques. Cette femme est folle, imprévisible et dangereuse. Tant que...

1. Armée d'Israël.

Ariel Gur le coupa sèchement :

— Nous devons être d'une prudence extrême car nous ignorons si les Américains ne l'ont pas déjà prise en compte. Cela nous laisse une marge de manœuvre étroite. Zvi et Aharon vont partir pour Miami dès aujourd'hui, mais n'agiront que sur mon ordre. Et cette fois, je ne tolérerai pas d'erreur. Les conséquences seraient catastrophiques. Il n'est plus question d'agir d'une façon *ouverte*. Pas après le premier incident. Aharon, tu vois ce que je veux dire ?

— Je vois, confirma Aharon Dan d'une voix égale.

Pendant des années, il avait fait partie d'une équipe spécialement formée à l'élimination des ennemis d'Israël. Parfois ouvertement, d'autres fois discrètement, pour des raisons politiques. C'est Zvi Zamir, à la tête du Mossad en 1972, qui avait créé cette unité spéciale à la suite du massacre des athlètes israéliens aux Jeux Olympiques de Munich. Son imagination, quand il s'agissait de tuer, était sans limite. Lui, feu Mordechai Erb et Zvi Harel étaient des anges exterminateurs, sans états d'âme. Tous avaient été mis à la retraite anticipée à la suite d'opérations ratées. Officiellement, ils n'avaient plus rien à voir avec les Services israéliens. Ariel Gur les avait récupérés discrètement. Il avait souvent besoin d'hommes comme eux dans ses activités. D'autant qu'ils étaient prêts à tout pour se « racheter ». Comme leur véritable identité reposait au fond de dossiers « verrouillés », ils étaient parfaits. Ariel Gur pouvait demander aux spécialistes du Mossad des faux papiers sans qu'ils posent la moindre question. Ignorant tous les échelons de contrôle, le Lakam ne rendait de comptes à personne.

Ariel Gur se tourna vers Joseph Yagor.

— Irit est à New York ?

— Je pense. Elle ne m'a pas dit qu'elle se déplaçait.

— Fais-lui dire que je l'attendrai à cinq heures au tea-room du *Plaza*. Dès que Zvi et Aharon sont au contact, qu'ils me rendent compte selon la voie habituelle.

Il prit enfin son *fallafel* et mordit dedans. Il n'aurait pas le temps de déjeuner. Il avait hâte de quitter New York qu'il n'avait jamais aimée, mais il fallait éviter à tout prix un nouveau dérapage qui risquait de faire exploser l'opération « Yahalom », avec des conséquences incalculables.

*
* *

L'hôtel *Delano*, qui dressait ses dix-huit étages sur Collins Avenue, au cœur de la 15e Rue, tenait à la fois du temple romain et de la pâtisserie Art déco. C'était le seul immeuble rénové parmi les vieux palaces décrépits des années trente qui formaient l'essentiel de South Beach, l'extrémité sud de Miami Beach, longtemps demeurée à l'abandon. Une suite de petits hôtels aux teintes pastel, de maisons en ruines, de condominiums défraîchis. Un mouroir pour les vieux juifs new-yorkais n'ayant pas les moyens de se payer le *Fontainebleau*. On avait l'impression de faire un saut en arrière dans le temps.

Mais depuis quelques années, le quartier avait évolué, grâce à son site exceptionnel : tous les hôtels de Collins ou d'Ocean Boulevard donnaient directement sur l'interminable plage de Miami Beach. Le couturier Gianni Versace, avant d'être assassiné sur le pas de sa porte, s'était installé une demeure somptueuse, attirant une nuée de « gays » qui avaient ouvert restaurants, cafés et boutiques branchées sur Ocean Boulevard. De la 5e Rue à la 15e Rue, tout était en ébullition.

Malko arrêta sa Ford de location sous l'auvent du *Delano*, séparé de Collins Avenue par une épaisse haie. Aussitôt, un jeune homosexuel bronzé, en polo et short blanc, se précipita pour prendre sa valise.

— *Welcome at the Delano !* lança-t-il.

Malko grimpa les marches menant au *lobby*. Tout y était bizarre. Un grand lit de repos trônait au milieu, à côté d'une étrange chaise en laiton dont les trois pieds se terminaient en escarpins. Tout était furieusement kitsch et le décorateur Philippe Stark s'en était donné à cœur joie. Du *lobby*, on apercevait l'océan, par-delà une enfilade de salons encadrés par de colossales colonnades dignes d'un temple romain.

D'immenses rideaux volant au vent donnaient à l'ensemble un côté Marienbad. L'hôtel se prolongeait par une piscine tout en longueur, de taille olympique, bordée de cocotiers, qui allait jusqu'à la plage. Partout, des jeunes gens en blanc, et quelques ravissantes Cubaines. Malko se retrouva dans une chambre aux murs blancs qui évoquait un hôpital, dont la seule décoration était un gigantesque miroir incliné en face du lit, ce qui laissait libre cours à l'imagination. Le temps de se changer, il appela la réception et demanda dans quelle chambre se trouvait Olivia de Portello.

— Bungalow 6, annonça l'employé du *desk*.

Passant un peignoir par-dessus son maillot, il redescendit, traversant l'enfilade des salons encadrés de colonnes romaines. Partout il y avait des sièges, des méridiennes, des banquettes. Plus un bar, un billard et quelques objets étranges.

Le soleil brillait et il faisait chaud, en dépit d'une légère brise. Il s'arrêta devant la piscine. Tout son côté gauche était bordé de bungalows, rez-de-chaussée et premier étage... Il descendit les marches et longea la piscine, regardant les bungalows dont chacun portait un numéro. Arrivé au numéro 6, il marqua un temps d'arrêt et leva les yeux vers la terrasse. Son pouls grimpa brutalement. Une brune, en maillot une pièce noir, était en train de danser toute seule, au rythme de la musique diffusée par les haut-parleurs de la piscine. Elle l'aperçut et lui adressa un signe joyeux, ondulant avec des déhanchements presque sexuels. Son maillot moulait une magnifique poitrine et un ventre plat. Sans cesser de danser, elle lança à Malko :

— Superbe musique, non ?

— Superbe danseuse, répliqua-t-il.

— Merci.

D'après les photos vues à New York, il avait devant lui Olivia de Portello.

Il la héla à nouveau :

— Quand vous aurez fini de danser, venez prendre un verre au bar !

Elle rit, haussa les épaules et lança, avec un geste désinvolte :

— Peut-être !

La musique s'arrêta et elle disparut à l'intérieur du bungalow, tandis que Malko allait s'installer sur une chaise longue à côté du bar.

Des gens jouaient aux cartes sur une table installée au milieu de la piscine. Des filles bronzaient déjà leurs seins nus. Une ravissante Cubaine, avec des hanches de garçonnet et une poitrine énorme, vint demander à Malko ce qu'il désirait boire, accompagnant sa question d'un regard incendiaire. Comme par hasard, toutes les filles travaillant au *Delano* étaient sublimes. Malko s'assoupit au soleil, se demandant si Olivia de Portello allait le rejoindre.

Il fut réveillé par une voix moqueuse.

— Je pensais que vous m'attendiez avec impatience !

Il ouvrit les yeux et aperçut Olivia de Portello. Elle avait troqué son maillot noir pour un soutien-gorge rouge d'où ses seins s'échappaient et un minuscule bikini assorti, moulant le renflement de son sexe. Une chaîne d'or pendait entre ses seins, enrichie de plusieurs breloques, dont un énorme face-à-main. Malko se leva vivement et lui baisa la main.

— Je rêvais de vous, prétendit-il avec un sourire. Que puis-je vous offrir, à part ma compagnie ?

— Une coupe de champagne, dit la jeune femme en s'installant à côté de lui.

Elle défit son soutien-gorge, libérant deux seins qui tenaient parfaitement, et lui tendit un flacon d'huile solaire avant de s'allonger sur le ventre.

— Huilez-moi le dos !

Il s'exécuta, admirant la chute de reins cambrée. Olivia de Portello n'était pas farouche. Le contact était pris, il restait à la confesser. Si elle avait quelque chose à dire.

La serveuse apporta une coupe de Taittinger qu'Olivia de Portello but d'un trait. Puis, elle se retourna et prit dans son sac un paquet de Gauloises blondes et un Zippo édition Millénium, en titane, spécialement conçu pour l'an 2000. Aussitôt, Malko le lui prit des mains pour allumer sa cigarette. Elle tira une première bouffée et demanda :

— Comment vous appelez-vous ?

— Malko Linge.

— Je suis Olivia de Portello.

Ses yeux bleus se plissèrent un peu, examinant Malko, et elle s'allongea de nouveau, sur le dos cette fois, et lui tendit le flacon d'huile solaire.

— Cela vous ennuierait de me huiler la poitrine ? J'ai la peau très fragile et j'ai toujours peur d'attraper un coup de soleil.

Il s'exécuta, un peu surpris. Lorsque ses doigts effleurèrent les mamelons, les pointes se dressèrent et il se dit que son enquête ne serait peut-être pas aussi difficile qu'il l'avait craint.

CHAPITRE V

Irit Paltzer, plantée entièrement nue devant la glace de la salle de bains, s'amusa à sautiller sur place, constatant avec plaisir que ses seins ne tombaient pas trop. Résultat d'une fréquentation suivie du « fitness club » du Lincoln Center, d'où elle revenait. A quarante-trois ans, elle avait un corps de jeune fille, un peu épanoui peut-être, le ventre plat, les cuisses fermes et les mêmes yeux vert émeraude éblouissants. Avec sa chevelure rousse, cela formait un mélange détonant. Mais elle faisait peur à certains hommes, à cause de sa mâchoire volontaire, de son assurance et du regard froid qu'elle portait parfois sur les machos. Et pourtant, elle aimait le sexe opposé. Ou plutôt ce qu'il lui apportait. Ceux qui avaient su franchir cette barrière de froideur avaient découvert une vraie femelle, avide de leur donner du plaisir et d'en prendre.

Dans son métier de relations publiques, elle rencontrait beaucoup d'hommes, les tenant le plus souvent à distance. Elle vivait seule depuis la mort de son mari. Souvent, le soir, elle allait seule manger un « pastrami sandwich » au *Stage Deli*, sur la 7e Avenue et rentrait ensuite chez elle à pied.

Son petit appartement, au 1 Lincoln Plaza, à l'ouest de Central Park, était impeccablement rangé, encombré de livres en hébreu et en anglais. Elle regardait rarement la télévision.

Satisfaite de l'examen de son anatomie, elle gagna son dressing et commença à ouvrir ses tiroirs de lingerie. L'année précédente, elle avait fait une campagne de relations publiques pour La Perla et s'était fait payer partiellement en lingerie. C'était son péché mignon. Elle raffolait des satins, des nylons, des guêpières, de tout ce qui rendait une femme encore plus désirable ; et ne dévoilait ce trait de caractère qu'à des amants partageant ses goûts...

Le téléphone sonna au moment où elle mettait un soutien-gorge noir très découpé, découvrant les pointes brunes de ses seins.

— Allô, j'écoute.

— Irit ?

— Oui.

Son pouls s'accéléra. Très peu de gens la connaissaient sous ce nom et elle avait reconnu cette voix.

— Tu fais beaucoup de choses aujourd'hui ? demanda son interlocuteur.

— Je rentre de la gym. Je vais aller au bureau. Pourquoi ?

— Oncle Elie est de passage. Cela lui ferait plaisir de te voir. Au *Plaza* vers cinq heures.

— Moi aussi, cela me fera plaisir, répliqua la jeune femme, la voix soudain pleine de chaleur. Il devrait venir plus souvent. Tu seras là ?

— Non, je ne pense pas. Embrasse-le pour moi.

Il raccrocha et elle en fit autant, contemplant l'appareil avec un mélange de crainte et d'aigreur. Le vieux salaud « d'oncle Elie » ! Pourquoi voulait-il la voir ? Elle n'arrivait pas à croire que ce soit seulement pour prendre une tasse de thé : Ariel Gur ne perdait jamais le temps en ronds de jambes.

C'était lui qui avait recruté Irit, quinze ans plus tôt à Tel Aviv. Le père d'Irit, officier de Tsahal, avait été tué durant l'expédition israélienne au Liban et elle-même venait de terminer son service militaire. Farouche « sabra », elle ne rêvait que de le venger et de lutter contre les ennemis d'Israël. Ariel Gur l'avait invitée à déjeuner dans un restaurant élégant de Dizengoff, les Champs-Elysées de Tel Aviv, et lui avait proposé de travailler pour le Mossad. Avec son type physique — yeux verts, nez droit, éclatante chevelure rousse —, elle pouvait passer pour une citoyenne de n'importe quel pays d'Europe. Son travail était simple : approcher certains terroristes palestiniens qu'on lui désignerait et recueillir le maximum de renseignements sur eux. Hollandaise par sa mère, possédant la double nationalité, parlant couramment le néerlandais, elle était indétectable.

Irit Paltzer avait dit oui avec enthousiasme et le Mossad l'avait installée à Amsterdam, avec une couverture de courtière de diamants. Habilement, on la mettait sur le chemin de ses « cibles » et son physique ravageur faisait le reste.

D'abord, ça l'avait amusée de voir à quel point ces farouches terroristes n'étaient que des hommes avides de chair fraîche. Elle jouait son rôle à merveille, retournant tous les six mois à Tel Aviv se faire « débriefer » au Hadar Dufna building, dans King-Saul Boulevard.

Et puis, un jour, elle avait éprouvé un premier choc. Une de ses « cibles » était un séduisant barbu, un Palestinien du Hamas, cultivé, intelligent, plein de charme, qui vivait à Berlin. Irit avait couché avec lui sur une simple impulsion sexuelle, sans aucun ordre de sa Centrale. Leur liaison avait duré quelques semaines. Ils s'étaient séparés et elle avait lu ensuite dans un journal qu'il avait été abattu alors qu'il rentrait à son hôtel, à Paris. Elle savait que l'attentat n'avait pu avoir lieu que grâce aux informations qu'elle avait fournies à Ariel Gur... Elle en avait éprouvé une sorte de répulsion, mais avait continué, prise dans l'engrenage. Ariel Gur lui avait envoyé un mot de félicitations.

Mais quelques mois plus tard, s'était produit « le » pépin. Sa nouvelle « cible » était alors un Palestinien auteur de plusieurs attentats mortels. Ariel Gur avait convoqué Irit à Tel Aviv, pour lui annoncer brutalement ce qu'il attendait d'elle.

Après lui avoir montré les photos des corps déchiquetés par l'explosion d'une de ses bombes, il avait expliqué à Irit Paltzer le problème : cet homme, qu'elle connaissait sous le nom de Hussein, était *toujours* armé, *toujours* sur ses gardes. La seule façon de l'approcher sans casse était de le surprendre quand il ferait l'amour.

Cela s'était passé à Beyrouth. Irit était supposée être une courtière venue présenter un lot de diamants à un riche Libanais. La rencontre avec Hussein, dont le Mossad connaissait les habitudes, n'avait pas été difficile. Il traînait tous les soirs au bar du *Summerland* et avait dragué Irit qui séjournait à l'hôtel. Celle-ci lui avait fait le numéro admiratif pro-palestinien et il avait plongé. D'abord dans son décolleté. Ils avaient flirté, mais elle avait refusé de faire l'amour avec lui, pour mieux l'appâter. Le temps pour le Mossad de préparer le piège.

Un soir, enfin, elle avait accepté qu'il la ramène dans sa chambre du *Summerland*. Elle avait volontairement beaucoup bu, pour qu'il ne devine pas sa tension. Ils s'étaient déshabillés et Hussein s'était aussitôt jeté sur elle, la pénétrant sans ménagement. Irit avait crié. Les dimensions imposantes du sexe du Palestinien et sa nervosité faisaient de cette étreinte un viol. La chambre voisine était occupée par une équipe du Mossad, qui avait placé des micros dans celle d'Irit.

Hussein, devant son rejet, n'avait pas hésité. Se retirant d'elle, il avait collé sa bouche au sexe fermé d'Irit. C'est à ce moment que les deux tueurs du Mossad avaient pénétré dans la chambre. Elle se souviendrait toute sa vie du cri des exécuteurs.

— Tiens-le !

Tout s'était déroulé très vite. Au moment où Hussein se redressait, elle avait enserré son cou entre ses cuisses musclées, et serré. Croisant le regard incrédule, empli de haine et de terreur, de l'homme qui, quelques secondes plus tôt, essayait de lui donner du plaisir. Déjà, le second exécuteur, armé d'un 22 LR prolongé d'un silencieux, tirait dans le dos du Palestinien. Huit fois. Sa tête était retombée sur le ventre d'Irit et elle avait vomi. Sans attendre, les deux agents du Mossad l'arrachaient du lit.

— Habille-toi, vite.

Elle avait obéi, comme dans un rêve. Un quart d'heure plus tard, ils roulaient tous les trois vers Tyr. L'exfiltration s'était passée sans problème, mais Irit Paltzer avait fait une dépression nerveuse. Ariel Gur lui-même l'avait déchargée définitivement de toute mission.

Le Mossad avait financé pour elle le lancement d'une affaire de relations publiques, à New York, où elle avait manifesté le désir de s'installer, pour fuir l'Europe. Elle y était arrivée sous une autre identité, avec un passeport hollandais. Deux ans plus tard, elle avait rencontré un Américain et l'avait épousé, devenant Mme George Bowles. Celui-ci était mort six ans plus tard d'un infarctus. Grâce à l'argent du Mossad et à ses relations, Irit avait développé son affaire de relations publiques, en essayant d'oublier le passé. Il y avait longtemps qu'Ariel Gur, qui l'appelait de temps en temps, ne lui avait rien demandé, mais elle craignait le pire.

Elle enfila la culotte de satin noir assortie à son soutien-gorge, mais le cœur n'y était plus.

Prendre le thé avec Ariel Gur, c'était flirter avec un serpent à sonnette. Elle en avait déjà la chair de poule, tout en sachant qu'elle ne pourrait pas refuser ce qu'il lui demanderait. Israël était toujours en guerre et elle se considérait comme un soldat, même si elle s'appelait désormais Lia Bowles.

*

* *

Le soleil avait disparu derrière la façade blanche du *Delano* et Olivia de Portello en était à sa quatrième coupe de champagne. A tel point que le barman avait posé la bouteille de Taittinger Comtes de Champagne Blanc de Blancs 1990 dans son seau à glace sur le bar. Malko était saoulé de paroles. La jeune femme n'arrêtait pas de parler, racontant sa vie par bribes décousues, énumérant ses nombreux amants qu'elle ne désignait que par des prénoms, puis s'arrêtant brutalement pour allumer une cigarette. Elle semblait surtout déconnectée, mal dans sa peau.

Ils avaient grignoté au bar, mais Olivia de Portello avait à peine touché à la nourriture. Parfois, le regard un peu éteint de ses yeux bleus se posait sur Malko avec une pointe d'intérêt, puis se détournait. Bien entendu, elle lui avait parlé de la maladie qui la rendait progressivement aveugle, et expliquait peut-être son attitude étrange. Quelque chose intriguait Malko. Pourquoi une femme comme elle, attirante, courtisée, mondaine et peu farouche, passait-elle des vacances seule au *Delano* ? Depuis qu'il avait enduit sa poitrine d'huile, elle semblait l'avoir oublié en tant qu'homme. Il avait l'impression qu'elle attendait quelqu'un, ou quelque chose. Son portable sonnait sans arrêt, elle disait quelques mots, puis raccrochait sans explications. Malko remarqua :

— Vous êtes très demandée.

Olivia haussa les épaules.

— Oui, les hommes m'apprécient. Mais ils sont tous pareils, ils veulent simplement me baiser.

Malko sourit. Il ne voyait pas ce que cette fofolle mondaine pouvait avoir à faire avec les Israéliens.

Olivia de Portello se leva soudain, comme mue par un ressort.

— J'ai envie de marcher un peu sur la plage. Vous m'accompagnez ? Je n'ai pas pris ma canne, j'ai peur de me perdre.

Elle remit son soutien-gorge et ils gagnèrent la plage balayée par un vent tiède. Olivia de Portello prit la main de Malko, serrant son portable dans l'autre. Ils arrivèrent au bord de l'océan et elle y trempa les pieds.

— Vous vous baignez ? demanda Malko.

— Non, je préfère le faire la nuit, sans maillot.

Ils suivirent la ligne du ressac et Malko se hasarda à demander :

— Comment se fait-il qu'une aussi jolie femme soit seule en vacances ?

Olivia de Portello se tourna vers lui comme si un moustique l'avait piquée.

— J'attends quelqu'un, dit-elle d'un ton péremptoire. Avec un rire sec, elle ajouta : Et s'il ne vient pas, il y en a quatre ou cinq qui ne demandent qu'à me rejoindre. Mais avec vous, je ne suis plus seule. Regardez, nous avons les mêmes montres, nous sommes faits pour nous entendre.

Elle rapprocha son poignet du sien, de façon que sa Breitling Aérospace soit à côté de la B-1 de Malko.

Elle eut de nouveau un petit rire sec, comme si elle essayait elle-même de se convaincre que Malko était quelque chose pour elle, alors qu'elle ne l'avait rencontré que quelques heures plus tôt. Elle était assez pathétique et il se demandait si tout ce qu'elle racontait était inventé, ou si elle évoluait réellement au milieu d'une cour d'amants. En tout cas, c'était une allumeuse...

Le portable sonna. Olivia de Portello répondit de sa façon habituelle. Soudain, elle fit un écart, comme un cheval qui refuse l'obstacle. Le ton de sa voix s'adoucit. Elle s'éloigna mais elle parlait si fort qu'il ne perdit rien de ce qu'elle disait. Un flot de questions : quand viens-tu ? Pourquoi ? Débrouille-toi ! Le ton montait. Finalement, la jeune femme lança d'une voix presque hystérique :

— Si tu ne viens pas, tu vas le regretter !

Quand elle rejoignit Malko, elle était visiblement bouleversée et demeura silencieuse plusieurs minutes.

— J'ai froid, dit-elle, rentrons.

Il devait faire 25 degrés même sans soleil. En septembre, à Miami, c'est encore la belle saison...

A la piscine, elle prit congé de lui distraitement et regagna son bungalow. Laissant Malko perplexe. Demain serait un autre jour.

*

* *

Ariel Gur ralentit et entra sur l'aire d'une station-service Exxon, sur Connecticut Avenue. Il gara sa Nissan et se dirigea vers une des cabines téléphoniques. On lui avait transmis, un peu plus tôt, un message qui l'avait inquiété. Hélas, il ne pouvait y répondre de l'ambassade. Tirant un petit carnet de sa poche, il regarda la dernière page. Elle contenait huit lignes. Sur chacune se trouvait une lettre de l'alphabet hébreu correspondant à un jour de la semaine, et un numéro de téléphone. Il composa celui du vendredi.

On décrocha immédiatement et il entendit une voix pleine de soulagement.

— Ah ! J'ai cru que vous n'aviez pas eu le message !

— J'ai toujours les messages, dit Ariel Gur du ton rassurant d'un psychiatre calmant un patient. Que se passe-t-il ?

— Ça recommence. Elle m'a menacé ! Comme la dernière fois.

— Il faut la calmer, fit Ariel Gur.

— Je ne peux pas ! Elle veut que je vienne la rejoindre à Miami. Je ne peux pas, à cause de Bridget. J'ai peur que...

— N'ayez pas peur, répliqua Gur. Je vais m'occuper de ce problème.

— Comme la dernière fois ?

Il y avait à la fois de la terreur et du soulagement dans la voix de son interlocuteur.

— Je ne pense pas, répondit évasivement Ariel Gur. Il existe d'autres méthodes, plus douces. En tout cas, rassurez-vous, rien de fâcheux n'arrivera. Je vous le promets. Soyez gentil avec elle au téléphone, calmez-la, faites-lui des promesses. Tout va s'arranger.

— C'est vrai ?

— C'est vrai. Attendez quelques jours pour me rappeler. Je crois que vous devez aller à New York dans trois jours.

— Oui, oui, j'ai des...

— Parfait, coupa sèchement Ariel Gur. Passez une bonne nuit.

Il raccrocha. Son interlocuteur le comprenait à demi-mots, sachant qu'il n'y avait qu'une méthode pour écarter le danger : celle qu'ils avaient déjà employée, sans succès, à cause d'une erreur matérielle. Utilisant des pièces au lieu d'une carte, Ariel Gur composa un numéro à Miami, et demanda la chambre 27.

— Allo ! fit la voix neutre de Aharon Dan.

— C'est moi, fit Ariel Gur. Je pense qu'il faudrait que vous alliez voir nos amis le plus vite possible.

— Parfait, fit l'Israélien. Je vais faire au mieux.

Ce fut tout. Les ordres étaient transmis. Ariel Gur regagna sa Nissan et prit le chemin de Yuma Street. Sa femme lui avait préparé un délicieux « gefülte fisch » qu'il avait hâte de goûter. Il marchait sur un volcan et avait besoin de se retremper dans une atmosphère familiale.

*
* *

Zvi Harel ignora le regard luisant du serveur qui lui apportait son jus de tomate. Avec ses cheveux rasés, sa musculature puissante et son slip moulant des avantages conséquents, l'Israélien était le rêve impossible de tous les « gays » du *Delano*. Il était arrivé la veille au soir en compagnie de Aharon Dan. Il s'était installé juste en face du *Delano*, au *Claremont*, et son complice, au *National*, voisin du *Delano*. Allongé au soleil à la piscine du *Delano*, un faux baladeur enfoncé dans l'oreille, ce qui lui permettait de communiquer avec Dan, il observait Olivia de Portello qui venait d'émerger de son bungalow et de rejoindre un homme blond déjà installé sur un matelas. Il se leva et braqua son appareil photo en direction de la plage, comme s'il photographiait le paysage. En réalité, il cadrait Olivia de Portello et son compagnon. Le temps de développer les photos, il les faxerait à New York.

La présence d'un homme avec Olivia de Portello n'était pas prévue. Il fallait savoir si cela modifiait les instructions.

A peine avait-il reposé son appareil qu'il vit arriver Aharon Dan, de la plage. Le second Israélien s'installa non loin de leur « cible », déploya le *Miami Herald* et commanda à boire au barman.

Sans se presser, Zvi Harel passa un T-shirt, remit ses baskets et se dirigea vers l'hôtel. Il fallait faire développer les photos.

*
* *

Malko fut presque surpris de voir Olivia de Portello, moulée dans un maillot blanc décoré de papillons, venir s'installer près de lui, comme si de rien n'était. Elle lui adressa un sourire un peu contraint.

— Excusez-moi, hier soir, je vous ai quitté un peu brusquement, je n'étais pas bien.

— Cela n'a aucune importance, affirma Malko qui avait dîné seul au bar. Vous voulez boire quelque chose ?

— Un peu de champagne.

En la voyant, le barman avait déjà ouvert une bouteille de Taittinger Comtes de Champagne. Olivia s'allongea, ôtant son soutien-gorge, et ferma les yeux. Malko n'osa pas lui demander si son mystérieux ami allait arriver.

La journée s'écoula lentement. Au déjeuner, Olivia se contenta d'une assiette de légumes cuits à l'eau, arrosés quand même de champagne. Elle s'allongea ensuite à nouveau. Les yeux clos, elle jouait nerveusement avec les breloques de sa chaîne en or. Aussi muette qu'elle était bavarde la veille.

A cinq heures, quand le soleil disparut, elle se leva brusquement et tituba.

— Je n'y vois plus, dit-elle, vous pouvez m'accompagner à mon bungalow ?

Il passa son bras sous le sien. Dans l'escalier, elle faillit tomber. Comédie ou réalité ? Elle lui tendit la clef pour qu'il la mette dans la serrure. Il s'effaça pour la laisser entrer. Dans le living, elle se retourna avec un sourire, le visage levé vers lui.

— Merci, vous êtes très gentil...

D'un geste naturel, il posa sa bouche sur la sienne et elle ne se déroba pas. Encouragé, il écarta les lèvres et trouva vite une langue qui se mit à jouer avec la sienne. Ils flirtèrent ainsi quelques minutes puis, se souvenant de ce que lui avait dit Paola Ruggieri, il posa une main sur l'entrejambe de son maillot. Olivia frémit, mais ne le repoussa pas. Malko se mit à la masser doucement, par-dessus son maillot. Il la sentit se raidir entre ses bras, sa respiration devint plus rapide. Il glissa alors les doigts sous le tissu, trouva ce qu'il cherchait. Olivia poussa une sorte de gémissement et l'embrassa plus fort.

Il continua, taquinant la petite perle de chair. Olivia de Portello coulait comme une fontaine. Soudain, elle se mit à trembler comme une feuille et poussa un grognement étouffé, en lui mordant la lèvre inférieure. Un spasme violent la secoua.

Elle demeura encore quelques instants dans ses bras, molle comme une poupée de son, puis s'écarta et dit d'une voix absente :

— Je suis fatiguée, je vais dormir. A demain.

Son regard était brouillé, ses épaules tombaient. Malko n'insista pas. C'était décidément un curieux personnage. Il était certain de l'avoir fait jouir et, néanmoins, elle ne semblait pas vraiment éperdue de reconnaissance. En redescendant au niveau de la piscine, il jeta un coup d'œil à sa Breitling B-1. Cinq heures et demie. Il allait encore passer la soirée seul.

*
* *

Olivia de Portello ressortit de son bungalow vers sept heures et demie, en survêtement. Elle se dirigea vers la porte donnant sur la plage.

Aharon Dan, qui se trouvait au bar, attendit quelques instants, termina son Defender, posa un billet de cinq dollars sur le comptoir et se dirigea à son tour vers la plage. Il vit la jeune femme s'abriter sous un des coupe-vent disposés sur le sable pour protéger les gens du soleil durant la journée. Elle en ressortit quelques instants plus tard, entièrement nue, et partit en direction des vagues.

L'Israélien l'observa un bon moment. Il commençait à entrevoir une idée. Il fallait qu'il en parle à Zvi Harel. Lorsqu'il regagna le *Delano*, Olivia de Portello jouait toujours dans les vagues.

*
* *

Malko sortit de sa chambre vers huit heures et appela l'ascenseur. Il n'était pas sur le palier depuis dix secondes que la porte d'une chambre voisine s'ouvrit sur une rousse absolument somptueuse, moulée dans une robe grise boutonnée du haut en bas. Elle lui adressa un vague sourire et se replongea dans son magazine.

C'est l'ascenseur de gauche qui arriva le premier. La cabine était éclairée par une abominable rampe de néon « vert islam » qui vous donnait l'air d'un cadavre ! L'inconnue fit la grimace et se tourna vers Malko avec un sourire.

— Heureusement que vous m'avez vue avant !

C'est vrai qu'ils ressemblaient à deux zombies... Arrivés en bas, ils se séparèrent. Malko gagna le péristyle dominant la piscine. Il y avait de la lumière dans le bungalow d'Olivia de Portello. Il appela sur le téléphone intérieur. Pas de réponse. Dépité, il gagna le bar, derrière la table de billard.

La rousse somptueuse était juchée sur un tabouret, en grande conversation avec plusieurs hommes. Lorsqu'elle aperçut Malko, elle lui adressa un sourire assez appuyé. Il s'approcha, commanda une vodka, debout à côté de son tabouret. Lorsque le barman la lui apporta, la rousse se retourna et leva son verre.

— *Salud !*

— Vous êtes mexicaine ? demanda Malko.

Elle éclata de rire.

— Non, mais je vais souvent en vacances à Cancun. J'aime bien les Mexicains. Et puis, à Miami, tout le monde parle espagnol.

— C'est vrai, reconnut Malko. Vous êtes en vacances ?

— Non, fit la rousse avec un sourire, sinon je serais avec un boy-friend. Je travaille !

— Vous n'avez pas l'air...

Elle plongea la main dans son sac et lui tendit une carte où il lut : « Lia Bowles — Public Relations-Communication ».

— Cet hôtel a loué mes services pour le faire connaître dans la presse new-yorkaise, expliqua-t-elle. Prenez un verre, c'est la maison qui régale. Et vous me direz ce que vous en pensez...

Le regard de ses yeux vert émeraude était carrément provocant. Malko but sa vodka d'un coup et s'en fit servir une seconde. Après tout, la CIA ne lui avait pas donné d'obligation de résultat en vingt-quatre heures. Olivia de Portello n'était pas facile à manier et il lui faudrait un certain temps pour pénétrer dans son intimité. Il se détendit, observant sa voisine qui avait défait les derniers boutons de sa robe, découvrant des cuisses musclées. A la troisième vodka, il commença à avoir faim. Il se pencha vers la rousse.

— Lia, puis-je vous emmener dîner ?

Elle eut une moue comique.

— Vous voulez m'arracher à mon travail ?

— On peut dîner ici...

— Oh, non ! Je dois déjà y rester la plus grande partie du temps. Vous connaissez un autre endroit ?

Malko chercha dans sa mémoire. Il avait bien connu Miami quelques années plus tôt.

— Si vous aimez le crabe : *Joe's Stone Crab*, proposa-t-il.

Lia Bowles lui adressa un sourire à faire tomber raide un taliban.

— Va pour le crabe !

*
* *

Si on n'aimait pas le crabe, il valait mieux ne pas aller chez *Joe's Stone Crab*, au coin de Byscainc Road et de Washington Avenue. Il n'y avait que cela ! Une sorte de brasserie avec un immense bar en U en bois sombre sculpté, où les clients patientaient parfois une heure avant d'être admis dans une des immenses salles.

Lia Bowles dévorait ses crabes de bon appétit. Malko l'observait : la typique *career woman* américaine. Directe, énergique, et pourtant sexy. Elle lui avait longuement parlé de son travail et de ses projets : se retirer à Fort Lauderdale en compagnie d'un compagnon riche et gentil qui aurait un beau bateau...

Tout à coup, le portable de Malko sonna. Etonné, il jeta un coup d'œil à sa Breitling B-1. Onze heures. Il reconnut tout de suite la voix énervée d'Olivia de Portello.

— Vous ne voulez pas dîner avec moi ? demanda-t-elle.

Elle ne manquait pas d'air !

— Il est un peu tard, remarqua Malko, je pensais que vous m'aviez oublié...

— Vous n'êtes pas seul ?

— Non.

— Tant pis. Amusez-vous bien.

Lia Bowles lui jeta un regard ironique.

— J'espère que je ne vous cause pas de problème...

— Pas du tout, affirma Malko, c'est une amie qui s'est réveillée un peu tard.

— Vous n'avez pas l'air de vous ennuyer à Miami, remarqua-t-elle. A propos, qu'y faites-vous ?

— Je suis journaliste, dit Malko, au *Kurier* de Vienne. Je fais une enquête sur les Etats-Unis.

— C'est passionnant ! J'espère que vous direz du bien du *Delano*.

— Du moment que je vous y ai rencontrée...

Quand ils sortirent de chez *Joe's Stone Crab*, ils avaient pas mal bu. Lia Bowles chantonnait et s'accrocha au bras de Malko. Au *Delano*, ils prirent leur clef ensemble et, cette fois, l'ascenseur rouge, à l'éclairage à peine moins hideux. Sur le palier, avant de partir vers sa chambre, Lia Bowles tendit tout naturellement sa bouche à Malko, pour un baiser profond et bref.

— *Thank you*, dit-elle. C'était une excellente soirée.

Une fois dans sa chambre, Malko appela le bungalow n° 6. Pas de réponse. Ou Olivia dormait, ou elle avait trouvé un autre chevalier servant.

*
* *

Zvi Harel marchait silencieusement sur la plage déserte et sombre, surveillant à bonne distance Olivia de Portello qui, après avoir déposé ses vêtements à l'abri d'un des coupe-vent, se baignait dans les vagues tièdes. Il avait dîné seul, sur la terrasse où il avait ensuite pris un verre. Il avait été récompensé de sa patience en voyant la jeune femme émerger de son bungalow vers onze heures. Ils étaient tous les deux éloignés maintenant de près d'un kilomètre de l'hôtel. Les lumières des autres bâtiments se détachaient dans le lointain. Il aurait pu s'approcher silencieusement et étrangler la jeune femme dans la pénombre, l'abandonnant sur place. Crime de rodeur. Peut-être même la violer d'abord...

Seulement, il y avait le précédent du *Cipriani*. Il n'avait plus droit à l'erreur. En Amérique, il y avait des autopsies. Or, il fallait qu'on ne se pose *aucune* question sur le décès accidentel de la jeune femme. Tout en marchant, il trouva soudain dans ses souvenirs la méthode à employer. Ce ne serait pas pour ce soir, mais ce n'était pas bien grave... Rassuré, il fit demi-tour et regagna le *Claremont*. Inutile d'alarmer la jeune femme...

CHAPITRE VI

Olivia de Portello trônait sur un des tabourets du bar à huîtres et à caviar, en tête à tête avec une flûte de Taittinger Comtes de Champagne rosé 1993, moulée dans un maillot noir et or et maquillée comme pour un bal alors qu'il était neuf heures du matin. Elle adressa un sourire chaleureux à Malko.

— Je prends mon petit déjeuner. Vous voulez quelque chose ?

Il prit place en face d'elle et commanda un modeste expresso. Olivia ne semblait pas lui tenir rigueur de ne pas avoir dîné avec elle la veille. Apparemment, celui qu'elle attendait n'était pas venu. Malko commençait à se demander si cet amour malheureux n'était pas le lien qu'il cherchait... Le portable d'Olivia était posé à côté de sa flûte et elle ne le quittait pas des yeux. Malko observa la jeune femme. Dès qu'elle ne se contrôlait plus, son regard s'éteignait et les coins de sa bouche s'abaissaient. Elle semblait profondément malheureuse.

— Encore une belle journée ! dit-elle.

Du ton qu'elle aurait dit « ma mère vient de mourir ». Elle baissa les yeux sur son portable comme s'il allait lui parler.

Malko en était mal à l'aise.

— Vous venez à la piscine ? proposa-t-il.

— Tout à l'heure. Je dois passer quelques coups de fil d'abord.

Son expresso bu, Malko s'éclipsa. Lia Bowles était étendue sur un matelas, dans un deux pièces mauve qui ne cachait pas grand-chose de son anatomie, couvée par tous les mâles non « gays » de l'hôtel. Elle adressa un signe joyeux à Malko.

— Vous venez vous baigner ? Dans la mer ?

— Avec joie, dit Malko.

Elle se leva, s'étira avec une sensualité calculée, si fort que Malko crut que ses seins allaient jaillir à l'air libre. Ensuite elle longea la piscine d'une démarche langoureuse et déhanchée, laissant derrière elle une traînée d'érections. Malko ne pouvait quitter sa croupe des yeux. Elle se retourna tout à coup, une lueur amusée dans le regard.

— Ça ne vous gêne pas de marcher derrière moi ?

Il revint à sa hauteur. Dans le sable, elle se mit à courir à longues foulées souples et plongea directement dans les vagues. Elle nageait comme une naïade. Une vraie sportive. Elle s'ébroua en riant.

— On n'a pas ça à New York ! J'adore la mer, le soleil, et...

Elle s'arrêta brusquement et Malko compléta avec un sourire :

—... l'amour. *Sea, sex and sun.*

Elle ne répliqua pas, vint s'allonger sur le sable et défit son soutien-gorge. Elle avait des seins de jeune fille, pleins et fermes. Avec quelque chose en plus... la maturité.

Il croisa le regard de ses yeux émeraude qui demeura accroché au sien.

— Ce soir, je dois dîner avec des gens du *Delano*, dit-elle. Si votre panthère vous laisse tranquille, on peut aller chez *Régine*, après. J'ai envie de m'amuser. Pas vous ?

— Si, bien sûr, approuva Malko. Ce n'est pas ma panthère, seulement une amie qui n'est pas bien dans sa peau.

Lia Bowles eut un sourire ironique.

— Je suis certaine que si c'était une vieille dame, vous seriez tout aussi attentif. Après le dîner, je remonte chez moi. La chambre 824. Peut-être à tout à l'heure.

Ils se séparèrent à la piscine. Olivia de Portello avait disparu. Malko alla acheter le *New York Times* à la boutique de l'hôtel, qui offrait un choix étendu de revues « d'art » où on parlait partout de cul. Il se demandait combien de temps il mettrait à percer le secret de l'insaisissable Olivia de Portello.

*

* *

— Vous avez dîné ?

Le ton d'Olivia de Portello était presque agressif. Malko se força à prendre une voix douce.

— Non, pas encore.

La jeune femme avait dû passer la journée enfermée dans son bungalow. Il ne l'avait pas revue depuis le matin. Lui-même tuait le temps dans sa chambre, attendant l'heure d'appeler Lia Bowles. L'appétit coupé.

Il était déjà neuf heures.

— Emmenez-moi dîner, alors. En bas, sur la terrasse ; je n'ai pas envie de sortir. Je prends une table.

C'était presque un ordre... Malko passa une chemise rouge et un pantalon d'alpaga noir au pli coupant comme un rasoir. Olivia de Portello était installée à une table en face de la piscine, devant son habituelle coupe de Taittinger, vêtue d'un T-shirt et d'une jupe bleue très jeune fille.

— J'ai commandé des légumes, dit-elle. Que voulez-vous ?

Malko choisit un « red snapper » tout en sachant qu'il serait insipide. Les Américains devaient pasteuriser leurs poissons... Et il décida de mettre les pieds dans le plat.

— La personne que vous attendiez n'est finalement pas venue ? s'enquit-il.

Olivia de Portello lui adressa un regard à la fois furieux et pathétique.

— Non ! Cet imbécile ne sait pas ce qu'il perd. Quand je pense que tous les mecs de New York veulent se retrouver entre mes cuisses...

C'était la première fois qu'elle employait un langage aussi

trivial. Ses légumes arrivèrent, en même temps que le « red snapper ». Olivia le regarda avec un dégoût non dissimulé.

— Comment pouvez-vous manger un animal sans défense !

Elle était vraiment bien allumée. Heureusement pour elle que le champagne était un produit naturel... Elle tira un paquet de Gauloises blondes de son sac et Malko alluma sa cigarette avec son Zippo armorié en argent massif. Elle le prit et l'examina quelques instants.

— Ce sont vos armes ?

— Oui.

Olivia de Portello eut un hochement de tête signifiant que c'était un bon point, et son regard s'adoucit. Elle posa soudain la main sur le bras de Malko, presque tendrement.

— Heureusement que vous êtes là ! Vous êtes gentil. Vous avez pitié de moi.

Malko parcourut du regard son visage sensuel à la bouche épaisse et ses seins lourds.

— Pas vraiment, dit-il, vous êtes belle et vous me plaisez.

Olivia de Portello eut un sourire absent et tira sur sa cigarette. Tout en picorant ses légumes, elle eut le temps de téléphoner cinq fois au même numéro, se contentant de pousser le « bis ». Un numéro qui ne répondait jamais. Finalement, elle reposa avec violence l'appareil sur la table et affronta le regard de Malko.

— Je suis une conne ! marmonna-t-elle.

Il demeura muet. Comment arracher à Olivia le nom de ce mystérieux amant ? Du coin de l'œil, il aperçut Lia Bowles, moulée dans une longue robe noire, qui finissait de dîner à une table voisine, en compagnie de deux hommes. Elle lui adressa un sourire à faire bander un mort. Intercepté par Olivia.

— Qui est cette pétasse rousse ? demanda gentiment celle-ci.

— Une cliente de l'hôtel, fit Malko. Nous avons bavardé à la piscine.

— En tout cas, elle a envie de se faire baiser. Vous devriez y aller, conclut-elle.

Ils ne reparlèrent plus de Lia jusqu'à la fin du dîner. Malko s'attendait à ce qu'Olivia le plante comme d'habitude, mais elle lui prit le bras et l'entraîna.

— Ramenez-moi, dit-elle, je n'y vois plus rien.

*
* *

Jonathan Wise essayait désespérément de s'intéresser au programme de NBC, installé dans le grand fauteuil en cuir de son living-room. Il sentait le regard lourd de Bridget, sa femme, posé sur lui comme l'œil de Cain. Le téléphone sonna et il faillit décoller de son fauteuil. Jamais sa maîtresse n'avait eu le numéro de son domicile, mais il craignait toujours qu'elle ne parvienne à se le procurer, grâce à l'obstination et à la ruse des femmes amoureuses. D'autant qu'il avait refusé de la rejoindre à Miami. Avec elle, tout était possible...

Sa femme se leva pour aller répondre. Il la suivit des yeux, avec un mélange de nostalgie et de culpabilité. Bridget était une blonde sexy, aux cheveux courts. Ils s'étaient connus six ans plus tôt sur le campus de Standford University. Ils avaient flirté, étaient devenus amants et, tout naturellement, s'étaient mariés.

Tout avait été très bien jusqu'à ce que Bridget tombe enceinte. Elle avait fait une fausse couche et tout aurait dû rentrer dans l'ordre, mais les choses s'étaient alors mal passées dans la tête de Jonathan. Pour lui, Bridget, même après avoir retrouvé sa silhouette, était passée du statut de femme à celui de mère. Elle n'était plus la maîtresse avec qui il adorait faire l'amour. Une inhibition qui l'avait peu à peu éloigné d'elle. Il n'osait plus exiger ce qu'elle lui donnait, avant, avec naturel. Il la traitait avec respect. A la belle époque, il lui arrivait de lui demander une fellation dans un cinéma un peu désert, ce qu'elle acceptait avec plaisir. C'était terminé. Ils faisaient l'amour peu et mal. Avec Bridget, sa libido semblait s'être endormie.

Jusqu'au jour où, dans le *shuttle* de New York, il avait rencontré Olivia de Portello. Un coup de foudre sexuel réciproque. Il avait été subjugué par la personnalité exubérante de la jeune femme, par son charme sulfureux, par sa sexualité débridée, sans aucun frein. Lors de leur première rencontre, elle avait sa canne blanche et lui avait raconté ses malheurs. Jonathan avait été touché : une ravissante jeune femme qui devenait aveugle, c'était horrible. Il l'avait suivie chez elle et là, tout avait basculé.

Olivia, sans même l'embrasser, s'était agenouillée devant lui, prenant son sexe dans sa bouche comme si c'était le Saint-Sacrement, et l'avait sucé à lui arracher la moelle des os... Le reste avait été à l'avenant. Jonathan ne s'en était jamais remis. Olivia de Portello non plus. Pour une raison qu'il ne s'expliquait pas entièrement, elle était tombée éperdument amoureuse de lui et de son sexe toujours prêt à l'honorer. Une fois, elle était même venue passer la nuit à Washington et ils avaient fait l'amour jusqu'à l'aube. Ce jour-là, Jonathan avait prétexté un court voyage d'affaires. Puis, au fil des semaines, la pression était montée : Olivia avait exigé qu'il quitte sa femme ! Elle alternait menaces et supplications, expliquant qu'elle n'avait plus que quelques mois à conserver la vue...

Jonathan était déchiré. Il aimait toujours Bridget, mais ne pouvait plus se passer d'Olivia. Dès le début, il avait été prudent, refusant de lui communiquer son téléphone personnel. Ils se donnaient des rendez-vous téléphoniques à une cabine près de chez lui. Ou il l'appelait, le plus souvent. Seulement, dans le même temps, il avait été imprudent, révélant à Olivia certains de ses secrets. Et la jeune femme s'était mise à le faire chanter. Pour l'avoir tout à elle. Un chantage dont elle ne mesurait pas les conséquences, aveuglée par la passion...

Depuis des semaines, Jonathan Wise vivait dans des transes épouvantables, la voyant au compte-gouttes, mentant, biaisant, ne sachant plus comment se dépêtrer de cette liaison. Il s'attendait à chaque seconde à un esclandre.

— C'est ton copain Tim ! lança Bridget après avoir répondu.

Le pouls de Jonathan Wise retomba brutalement. Ce n'était pas encore pour cette fois...

— Tu viens courir un peu ? proposa son voisin du dessous.

Souvent, ils couraient après le dîner, surtout quand il faisait trop chaud dans la journée. Jonathan, qui avait du mal à garder une silhouette élancée, faisait beaucoup de sport.

— OK, dit-il. Bridget, cela ne t'ennuie pas ?

Bridget marmonna un vague acquiescement et Jonathan alla passer un survêtement, puis descendit quatre à quatre l'escalier. Il retrouva Tim dans Hillyer Street. Ils partirent au petit trot, tournant tout de suite dans la 21e Rue, qu'ils remontèrent à contre-sens. Au moment où ils passaient devant une cabine située au coin de R Street, Jonathan entendit le téléphone sonner. Il crut que son cœur s'arrêtait. Il *savait* que c'était pour lui et mourait d'envie de répondre. Mais il y avait Tim, et il s'était juré de ne plus jamais revoir Olivia. C'était trop dangereux. A tous points de vue. Tim s'était déjà engagé dans R Street. Il se retourna et lança :

— *You chicken out !* [1]

Jonathan se força à accélérer, la sonnerie lui vrillant les oreilles comme un remords sonore. S'il revoyait Olivia une seule fois, il replongerait. Leurs étreintes touchaient à la folie. Quand il enfonçait son sexe massif d'un seul coup au fond de son ventre, Olivia jouissait à répétition comme une machine détraquée, les yeux révulsés, les ongles plantés dans son dos. Elle lui avait dit ne jamais avoir connu cela et il savait qu'elle irait au bout de son chantage pour le faire revenir à elle...

Tout seul, il ne s'en sortirait jamais.

*

* *

Olivia de Portello jeta rageusement son portable dans un fauteuil du living-room et se retourna vers Malko.

1. Tu te dégonfles !

— Alors, vous êtes content ! Vous allez avoir ce que vous voulez !

Appuyée à la table, le bassin en avant, elle le défiait. Dès qu'il la prit dans ses bras, elle l'embrassa avec violence. Malko souleva son T-shirt, trouvant les seins nus, qu'il prit à pleines mains. Olivia gémit et le mordit. Son ventre se démenait contre le sien, mais ses gestes avaient une raideur artificielle. Malko glissa une main sous sa jupe bleue et recommença la caresse qui avait eu tant de succès la fois précédente. Effectivement, Olivia se mit à haleter, à gémir et il la sentit s'humecter rapidement. Olivia arracha sa bouche de la sienne pour supplier d'une voix rauque :

— Baise-moi ! Mets ta grosse queue dans ma chatte.

Il fit descendre son slip le long de ses jambes et, sans même la déshabiller, la poussa sur le lit où elle atterrit cuisses ouvertes. Pourtant, en dépit de son excitation apparente, il eut du mal à la pénétrer. Elle avait beau onduler des hanches, tenir des propos orduriers, s'accrocher à lui, elle n'avait pas *vraiment* envie de faire l'amour. Il parvint quand même à la pénétrer et commença à la labourer. Soudain, il eut l'impression de baiser une morte ! Olivia fixait le plafond d'un regard absent, ses bras étaient retombés le long de son corps, ses jambes s'écartaient passivement. Leurs regards se rencontrèrent et elle esquissa un sourire amer.

— Ce salaud est toujours dans ma tête !

Refroidi, Malko se retira et roula sur le côté. Olivia, sans même sembler voir son érection, se releva et fila vers le minibar d'où elle sortit une bouteille de Taittinger Comtes de Champagne. Ce n'est qu'après avoir bu qu'elle lui lança un regard plein de tristesse.

— Ce salaud m'avait juré qu'il viendrait me rejoindre. Je lui avais dit que s'il ne venait pas, je me faisais baiser par le premier venu. Mais je ne vais pas me contenter de ça !

Brutalement, ses yeux bleus flamboyaient de fureur. Malko n'aurait pas voulu compter au nombre de ses ennemis.

— Qui est cet amant monstrueux ? demanda-t-il.

Olivia secoua ses boucles brunes.

— Peu importe. C'est mon problème. Je crois que je vais dormir, maintenant. Vous ne m'en voulez pas ?

— Bien sûr que non, assura Malko en se rajustant.

Ils s'embrassèrent. Chastement. Au moment où il refermait la porte, il vit Olivia en train de taper fiévreusement un numéro sur son portable. Incorrigible. Quand il traversa la terrasse, il repéra Lia Bowles encore à table. Décidément, ce n'était pas son jour. Ecœuré, il remonta dans sa chambre.

Il devait identifier le mystérieux amant d'Olivia de Portello. C'était le seul lien possible avec l'étrange meurtre de Stacy Lak. S'il y en avait un.

*

* *

Le soleil était toujours aussi chaud et le ciel immuablement bleu. Malko s'était réveillé tôt. Lia avait appelé vers onze heures mais il avait décliné son invitation d'aller explorer Miami *by night*... Il parcourut les chaises-longues alignées des deux côtés de la piscine et repéra Olivia de Portello dans son maillot noir Versace. Il la rejoignit. Sur la table à côté d'elle, il y avait une tasse de thé, un paquet de Gauloises blondes et une coupe de Taittinger rosé déjà entamée. Elle leva vers Malko un visage ravagé.

— J'ai mal dormi. Pourtant, je suis allée me baigner comme tous les soirs, mais ça ne m'a pas calmée. Je voulais rentrer à New York ce matin, mais j'ai décidé de lui donner une dernière chance. S'il n'est pas là aujourd'hui, je repars demain et il va le regretter.

— Vous allez le tuer ? demanda Malko, mi-figue mi-raisin.

Olivia de Portello lui jeta un regard qui lui fit froid dans le dos.

— Non, le détruire. J'en ai les moyens.

Elle but d'un trait ce qui restait de son champagne. Malko était mal à l'aise devant tant de haine.

— Cela ne vous le rendra pas... remarqua-t-il.

Olivia fixa son verre vide.

— Non, il ne filera plus le parfait amour avec sa petite conne de femme. Et il ne m'oubliera jamais...

Elle se tut quelques instants et reprit d'un ton plus calme :

— Vous rentrez à New York, vous aussi ?

— Oui.

— Je vous donnerai mon adresse. Puisque vous êtes journaliste, j'aurai des choses intéressantes à vous montrer.

— A propos de votre amant ?

— Oui.

Malko dissimula sa curiosité. Il avait l'impression de toucher au but assigné par la CIA. Enfin ! Il commençait à en avoir assez de cette fofolle instable et jalouse, qui ne carburait qu'au champagne et aux légumes. Olivia se leva.

— Il fait chaud ! A tout à l'heure.

Il la vit se diriger vers son bungalow. A peine avait-elle disparu que Lia Bowles, sculpturale dans un maillot vert assorti à ses yeux, s'assit en face de Malko et lui jeta un regard amusé.

— Alors, comment était votre soirée ?

— Et la vôtre ?

La superbe rousse haussa ses larges épaules de nageuse.

— Business. Des gens qui me parlaient dollars en pensant me mettre dans leur lit. J'ai l'habitude.

— Ils y sont parvenus ?

Elle lui jeta un regard froid.

— Je n'ai encore jamais baisé pour signer un contrat. A propos, je pense repartir demain pour New York. Ce soir, je n'ai rien. Vous êtes libre ?

— Je crois bien que oui...

Nouveau regard, glacial, cette fois.

— Pas « je crois ». Vous dînez avec moi ou non ?

En affaires, elle devait être redoutable. Malko fixa ses prunelles d'émeraude qui avaient foncé sous l'empire de la colère. Amusé.

— Avec joie, dit-il.

Lia Bowles se leva.

— Superbe ! J'ai des choses à faire aujourd'hui. On se retrouve au bar, à huit heures, pour un drink. Ensuite, je connais un restaurant italien pas mauvais sur Washington Avenue...

*
* *

Lia Bowles était éblouissante dans un fourreau rose ultracourt, décolleté profond, collant comme un gant. Son maquillage, plein de douceur, gommait son côté *career woman.* L'alcool lui avait rosi les pommettes. Elle glissa de son tabouret, exhibant une longue cuisse bronzée, presque jusqu'à l'aine, et prit Malko par le bras.

— Je meurs de faim !

Il avait passé une partie de la journée avec Olivia de Portello, de plus en plus morose, certaine désormais que son amant ne viendrait plus. D'ailleurs, elle était remontée dans son bungalow vers quatre heures sans lui parler de dîner.

Heureusement, car Lia Bowles le draguait ouvertement et c'eût été stupide de passer à côté d'un tel cadeau du ciel. Il reprendrait sa mission à New York quand Olivia serait chez elle.

Le restaurant italien choisi par Lia était bruyant et bondé, juste à côté d'un magasin de décoration exposant les dernières créations de l'architecte d'intérieur Claude Dalle. A la table voisine, une Cubaine au maquillage agressif, avec une énorme bouche rouge sang, dans une tenue de cuir moulante comme une seconde peau, hurlait en espagnol dans un portable, couvée par les regards humides de ses trois compagnons.

Lia Bowles murmura entre ses dents, d'un ton dégoûté :

— *Bimbo*[1].

Elle s'attaqua au Chianti, bavardant sans arrêt, de son métier, de la vie new-yorkaise, de Clinton, de la vie politique, sans poser aucune question personnelle à Malko. Visiblement, elle ne cherchait qu'une soirée agréable. La

1. Quelle pute !

Cubaine s'éclipsa en balançant sa croupe gainée de cuir et Lia remarqua :

— Je suis sûre qu'elle fait bander tous les hommes...

Malko n'osa pas prétendre le contraire, mais fixa son décolleté vertigineux avec un sourire entendu.

— Je ne regrette pas mon choix.

— Merci, fit Lia.

Elle termina sur un verre de cognac Otard XO et trois expressos, puis il reprirent le chemin de l'hôtel. C'est l'ascenseur vert qui arriva. Lia, qui décidément aimait mener le jeu, n'attendit pas que Malko ait appuyé sur le bouton du huitième pour s'approcher de lui et poser sa bouche sur la sienne. Lorsque la porte de la cabine s'ouvrit, Malko bandait comme un cerf et le maquillage de Lia coulait. Elle fonça vers sa chambre, Malko sur ses talons. Avant même d'allumer, elle saisit le bas de sa robe rose et la tira vers le haut, s'en débarrassant d'un seul coup.

Alors seulement, elle alluma, et Malko put admirer le corps superbe qu'il avait déjà vu à la piscine. Mais là, elle semblait plus nue... Le minuscule slip de satin noir mettait plus en valeur son sexe qu'il ne le dissimulait. Malko l'enlaça, regardant leurs deux silhouettes reflétées dans l'immense miroir incliné en face du lit.

Les prunelles vertes plongèrent dans les siennes avec une expression trouble et Lia se serra encore plus contre lui, cambrant les reins.

— Déshabille-toi, dit-elle.

Lorsqu'il fut nu, elle le regarda quelques secondes puis à nouveau se pressa contre lui.

— C'est bon de sentir que tu as envie de moi, dit-elle d'une voix changée.

Elle frottait doucement son ventre contre le membre dressé, tout en se regardant dans le miroir. Elle se laissa soudain glisser à genoux sur le plancher et sa bouche s'empara de lui. Saisissant la main de Malko, elle la posa sur sa nuque, pesant dessus.

— Baise ma bouche ! fit-elle, avant de replonger sur lui.

Quand il la redressa après avoir contemplé longuement

dans le miroir cette admirable fellation, il lui ôta enfin sa culotte de satin. D'elle-même, Lia se retourna, pour s'agenouiller sur le lit. Malko l'y suivit et l'embrocha d'un coup, par-derrière, la tenant par les hanches. Lia poussa un gémissement sourd, tandis qu'il commençait à aller et venir dans la gaine profonde et onctueuse. Il lâcha ses hanches pour s'emparer de ses seins, la serra violemment contre lui et explosa dans cette position. En le sentant jaillir en elle, Lia creusa les reins et ses ongles se crispèrent sur le drap.

Apaisée, elle se laissa alors glisser en avant, gardant Malko enfoncé en elle. Puis elle se retourna et dit d'une voix posée :

— Je veux que tu me baises encore. Je n'ai pas beaucoup d'amants mais, quand j'en choisis un, j'aime en profiter.

Malko se dit qu'il y avait de pires corvées. Déjà, il se sentait durcir à nouveau dans le fourreau étroit et chaud. Doucement, Lia recommençait à bouger sous lui. Il avait toute la nuit devant lui. Il recommencerait à s'occuper d'Olivia le lendemain. Une petite récréation ne lui ferait pas de mal.

*
* *

Olivia de Portello était en train d'ôter son maillot à l'abri du coupe-vent qu'elle avait choisi pour laisser ses affaires avant de partir se baigner. Un vrai bain de minuit : il était 11 h 45. La nuit était claire, avec beaucoup d'étoiles et du vent. Olivia avait la tête lourde : trop de champagne et de tension nerveuse. Maintenant qu'elle était confrontée à la fin de son histoire d'amour, elle se sentait soudain lasse, avec l'envie de tout laisser tomber. Mais l'idée de son amant dans les bras d'une autre femme la rendait malade. Il fallait qu'elle se venge, même si elle n'en éprouvait aucun plaisir.

Elle entendit le crissement faible de pas dans le sable et leva les yeux, protégeant sa nudité avec le maillot qu'elle venait d'enlever. Sans angoisse. La plage était patrouillée par des voitures de police et les voyous noirs de Dade County ne s'aventuraient pas jusque-là. Olivia scruta l'obscurité sans rien voir, ce qui ne voulait rien dire. Dans le noir, elle était presque aveugle.

Ce fut plus un sixième sens qu'une sensation précise qui la fit avancer hors de la protection du coupe-vent. Alors seulement, elle devina plus qu'elle ne vit une silhouette, immobile en face d'elle.

— Malko ?

Personne ne répondit. Soudain, une main la saisit par l'épaule, la faisant pivoter. Elle ouvrit la bouche pour crier, mais quelque chose de mou se plaqua aussitôt contre son visage. Elle reçut dans le creux du genou un coup qui la déséquilibra et elle tomba dans le sable. Elle ouvrit la bouche pour crier mais aucun son n'en sortit, à cause du coussin qu'on pressait sur sa bouche.

Seulement alors, elle eut peur et comprit qu'elle allait mourir.

CHAPITRE VII

Olivia de Portello ne se débattit pas longtemps. Maintenue à plat dos sur le sable par l'homme qui lui appliquait un épais oreiller sur le visage, elle avait les jambes immobilisées par un second qui s'était allongé en travers de ses genoux. Les poumons vidés d'air, elle n'arrivait à pousser que quelques grognements de plus en plus faibles. A ses spasmes désespérés, Zvi Harel comprit qu'elle épuisait ses dernières forces. Il appuya encore plus fort le coussin sur son visage. Comptant les secondes. Enfin, la jeune femme se détendit d'un effort surhumain, tentant de se libérer, puis retomba d'un coup.

Par prudence, Zvi Harel maintint près d'une minute encore le coussin en place.

Aharon Dan s'était relevé. La jeune femme demeura immobile. Elle avait cessé de vivre. L'Israélien s'écarta de quelques mètres et revint avec un récipient en plastique qu'il avait rempli d'eau de mer la nuit précédente et un fin tuyau de caoutchouc. Juste au moment où Zvi Harel soulevait enfin le coussin.

Il examina, à la lueur d'une mini-torche, le visage de la morte. Sa bouche était ouverte, elle ne portait aucune marque sur le visage. Sans se concerter, les deux Israéliens s'activèrent pour terminer leur mise en scène. Chaque minute en compagnie du cadavre représentait un risque mortel. Or, il restait à mener à bien la partie la plus difficile de ce meurtre sophistiqué.

Zvi Harel assit le cadavre, le maintenant sous les aisselles. Aharon Dan glissa aussitôt le fin tuyau dans la bouche de la morte. S'aidant de sa mini-Maglite, il réussit à le faire pénétrer d'une dizaine de centimètres dans la trachée-artère. Lorsqu'il fut en place, il en enfonça l'autre extrémité, par un trou dans le bouchon, dans le jerrican de plastique. Il souleva ensuite celui-ci au-dessus de la tête d'Olivia de Portello et décolla une rustine de caoutchouc collée au fond, permettant à l'air de pénétrer. Le liquide contenu dans le jerrican commença à s'écouler directement dans les bronches et les poumons de la morte.

De l'eau de mer. En cas d'autopsie, on retrouverait le cadavre d'une noyée, ne portant aucune trace de violence.

Les deux Israéliens, silencieux, tendus, scrutaient l'obscurité de la plage. Ils avaient peu de chance d'être surpris, puisque la seule personne capable de s'intéresser à Olivia de Portello était entre les bras de leur complice. Au cas improbable où ils seraient surpris, ils étaient tous deux armés de pistolets 22 LR équipés de silencieux. Les ordres étaient simples : en cas d'interception, abattre les témoins et continuer l'opération. Même si on trouvait un ou plusieurs cadavres sur la plage, tués par balles, personne ne ferait le lien avec la noyade accidentelle. Dans ce cas, il suffisait de transporter les affaires de leur victime beaucoup plus loin.

Les ordres d'Ariel Gur étaient précis. Cette fois, il ne tolérerait aucune erreur. Olivia de Portello représentait un danger mortel pour son pays, Israël, et devait disparaître.

— *Gamarta*[1] *?* demanda Zvi Harel à voix basse.

— *Od lo*[2].

Aharon Dan laissa s'écouler encore un peu de liquide, puis remit la rustine au fond du jerrican, et enleva ensuite avec précaution le tuyau de la gorge de la morte. Les deux Israéliens se regardèrent. Restait la partie la plus risquée de l'opération : quitter l'abri du coupe-vent et traverser la plage jusqu'aux premières vagues pour y jeter le cadavre. Aharon Dan s'était déjà déshabillé, ne gardant que son maillot. Il se

1. Tu as fini ?
2. Presque.

baissa et souleva sans effort le cadavre de la jeune femme. Après que son complice se fut assuré que personne ne se trouvait alentour, il s'élança en courant dans le sable.

Zvi Harel marchait derrière lui, se retournant fréquemment : personne en vue. L'obscurité était suffisante pour les protéger. Souvent, des couples venaient prendre un bain de minuit et faire ensuite l'amour sur la plage en fumant un pétard. Un homme transportant une femme dans ses bras n'avait rien d'extraordinaire... Aharon Dan sentit pourtant les battements de son cœur ralentir quand l'eau lui baigna les chevilles. Il continua tout droit, puis, dès qu'il n'eut plus pied, se mit à nager sur le dos, la tête de la morte appuyée contre sa poitrine. Nageur de combat, il avait un excellent entraînement et parvint sans encombre à une centaine de mètres de la plage.

Là où il y avait une dizaine de mètres de fond.

Il lâcha le cadavre qui flotta d'abord à la surface, puis commença à s'enfoncer entre deux eaux.

Trois minutes plus tard, l'Israélien avait regagné le sable. Zvi Harel lui tendit une serviette et il se sécha rapidement. Sans un mot, les deux hommes regagnèrent ensuite le coupe-vent. Le plus dur était fait. En un clin d'œil, Aharon Dan se fut rhabillé. Avec la Maglite, ils inspectèrent le sable. Aucune trace suspecte. D'Olivia de Portello, il ne restait qu'une grande serviette Hermès rouge, un maillot, un peignoir de l'hôtel et son sac de plage.

Les maîtres nageurs de la plage découvriraient ses affaires le lendemain matin et les recherches commenceraient aussitôt. Plusieurs témoins certifieraient que la jeune femme avait l'habitude de se baigner la nuit...

Aharon Dan était en train de fouiller le sac de la morte. Il releva la tête et annonça d'une voix tendue :

— Son portable n'est pas là.

*

* *

— Regarde sur la serviette ! souffla Zvi Harel.

Les deux Israéliens s'affairèrent dans le sable, donnant de

temps en temps un bref flash de lumière. Ils durent très vite arriver à la conclusion qu'Olivia de Portello n'avait pas emporté son portable, comme elle le faisait d'habitude. Pour une raison qu'ils ne connaîtraient jamais. Ils se redressèrent, brutalement stressés.

— On va au bungalow ? suggéra Aharon Dan.

Zvi Harel secoua la tête.

— Non. Les ordres sont de ne pas mettre les pieds au *Delano*.

Ils n'avaient même pas regardé si la clef du bungalow se trouvait dans les affaires de la morte, préoccupés par la recherche du portable. Leurs instructions à ce sujet étaient claires. Effacer la mémoire des numéros appelés. Une manœuvre très simple. Certes, n'importe quel service de police avait la possibilité de retrouver tous ces appels, mais encore fallait-il qu'il y pense... Or, personne ne faisait ce genre de recherche dans le cas d'une mort accidentelle.

Evidemment, le FBI y aurait pensé. Seulement le FBI n'avait aucune raison de s'intéresser à la mort d'Olivia de Portello.

Quant à la CIA, qui, *elle*, surveillait la jeune femme, elle n'avait pas les moyens légaux de mener une enquête à Miami.

— On va demander des instructions, conclut Zvi Harel.

Les deux hommes s'éloignèrent du coupe-vent, en direction du *National*. La chambre d'Aharon Dan se trouvait dans le bâtiment surplombant la piscine, un peu comme le bungalow d'Olivia de Portello, ce qui permettait d'y accéder sans passer par le *lobby* de l'hôtel, quand on arrivait de la plage.

*

* *

Malko, allongé sur le dos, savourait la douceur de la bouche de Lia, lorsque le téléphone sonna. Il sentit la jeune femme sursauter comme si elle avait reçu une décharge électrique. Pourtant, ses lèvres ne l'abandonnèrent pas immédiatement. Ce n'est qu'à la troisième sonnerie stridente qu'elle se redressa et sauta du lit pour aller répondre.

— Allô ! jeta-t-elle d'une voix sèche. Qui est-ce ?

Malko ne put entendre la réponse, car elle avait l'écouteur collé à l'oreille. Elle demeura silencieuse quelques secondes puis lança un « *no* » encore plus sec avant de raccrocher.

— *A pain in the ass !* [1] lâcha-t-elle, visiblement exaspérée.

Au moment où elle allait reprendre sa fellation là où elle l'avait laissée, Malko l'attira sur lui. Il avait envie de se retrouver au fond de son ventre. Il la saisit par les hanches et la planta sur son sexe, l'empalant jusqu'à la garde. Et, dans cette position, il commença à la faire monter et descendre, la guidant par ses doigts enfoncés dans la chair élastique de ses hanches. Lia Bowles se prit très vite au jeu. La tête rejetée en arrière, ses mains refermées sur ses seins, elle se mit à haleter au rythme de sa cavalcade, s'écrasant à chaque va-et-vient contre le ventre de Malko, pour mieux s'empaler.

Epuisé par sa précédente étreinte, Malko mit un certain temps à sentir la sève monter de ses reins. Il était couvert de transpiration lorsqu'un picotement exquis se transforma en un éclair de plaisir fulgurant. Lia s'affaissa sur lui, ravie.

— C'était génial, murmura-t-elle. Dommage que je prenne l'avion demain matin.

— La vie ne s'arrête pas demain, remarqua Malko. Je passe assez souvent par New York...

— Appelez-moi, suggéra Lia Bowles avec un sourire prometteur. En attendant, je vais prendre une douche et dormir un peu.

De toute évidence, elle ne souhaitait pas que Malko s'incruste. Traitant les hommes comme ceux-ci traitent parfois les femmes. Il se rhabilla rapidement et ils se quittèrent sur un baiser très chaste. Dieu merci, il n'avait que quelques mètres à faire pour regagner sa chambre. Dès qu'il y pénétra, il vit le voyant rouge qui clignotait sur son téléphone. Il avait un message.

1. Un emmerdeur !

Après avoir pressé la touche, il entendit la voix d'Olivia de Portello :

— J'ai un peu le cafard ce soir. Appelez-moi quand vous rentrerez.

Le cadran rétro-éclairé de sa Breitling B-1 indiquait une heure dix. Il était un peu tard, mais il appela quand même le bungalow n° 6. Sans obtenir de réponse. Olivia était probablement au bar, en tête à tête avec une coupe de Taittinger. Comme il se sentait d'humeur euphorique, il décida d'aller la consoler.

*
* *

Le bar était désert, à l'exception de deux ivrognes vissés sur leur tabouret, isolés dans leur stupeur éthylique. A côté, deux jeunes gens musculeux aux lèvres purpurines terminaient une partie de billard avec de petits rires énervés.

Pas d'Olivia.

Malko gagna la piscine. Le ciel fourmillait d'étoiles et l'air était encore tiède. Olivia devait être encore sur la plage. En passant devant le bungalow n° 6, il leva machinalement la tête et s'arrêta : il y avait de la lumière. Olivia avait dû remonter tandis qu'il était dans l'ascenseur. Comme elle ne dormait apparemment pas, il pouvait lui rendre visite. Le long couloir desservant les bungalows, au premier, était désert. Il frappa à la porte du 6. Pas de réponse. Après avoir tambouriné sur le battant, il fut certain d'une chose : Olivia n'était pas chez là. Elle avait dû partir en laissant la lumière et devait se trouver encore sur la plage. Il fit demi-tour et redescendit. Alors qu'il était encore dans l'ombre du couloir donnant sur la piscine, il aperçut soudain, de l'autre côté, une silhouette se hâtant en direction de la plage. Lorsqu'elle passa dans le faisceau d'un des projecteurs dissimulés dans les cocotiers, il vit des cheveux roux !

C'était Lia Bowles, en robe.

Etonné, Malko la suivit des yeux. Elle qui avait prétendu avoir sommeil ! Soudain, il repensa à l'étrange coup de fil reçu pendant qu'ils faisaient l'amour, et l'explication surgit, lumineuse. Elle allait tout simplement rejoindre celui qui l'avait appelée !

Insatiable...

Il la suivit des yeux. Arrivée au bout de la piscine, elle continua et disparut en direction de la plage. Malko se consola de sa blessure d'amour-propre en se disant qu'elle ne lui devait rien. A son tour, il se dirigea vers la plage. Olivia avait dû s'endormir sur place. Les ombres sombres des coupe-vent se découpaient sous le clair de lune et un vent tiède balayait la plage. Il commença à les inspecter un à un.

Devant le quatrième, il distingua plusieurs objets posés sur le sable. Grâce à la flamme protégée du vent de son Zippo, il identifia facilement la serviette Hermès d'Olivia de Portello, son maillot Versace, un peignoir en éponge et son sac de sport. Mais aucune trace de la jeune femme. Intrigué, il regarda l'heure au cadran rétro-éclairé de sa Breitling B-1. Presque deux heures du matin. Un peu tard pour une baignade. Quittant l'abri du coupe-vent, il se dirigea quand même vers la ligne blanche du ressac. Grâce au clair de lune, il put vérifier que la plage était vide. Cela paraissait étonnant qu'elle soit partie se promener loin du *Delano*. Malko la voyait mal déambuler entièrement nue, même la nuit, sur cette plage publique. Brutalement, il fut vraiment inquiet. Olivia, lorsqu'elle était remontée dans son bungalow, vers quatre heures, semblait plutôt déprimée. Désormais certaine que son mystérieux amant ne la rejoindrait plus.

Le message laissé à Malko, plus tard dans la soirée, montrait que sa déprime ne s'était pas arrangée. La jeune femme s'était-elle noyée volontairement ?

Il retourna au coupe-vent et, toujours à la lueur de son Zippo, entreprit d'inspecter le sac de plage. A la recherche du portable, qui avait forcément gardé dans sa mémoire le numéro qu'elle appelait sans arrêt. Pas de portable. Il regarda partout, sans plus de résultat. Ou elle l'avait emporté avec elle, ou elle l'avait laissé dans son bungalow. Si elle s'était noyée, il fallait mettre la main dessus avant le lendemain. Il reprit sa fouille, cette fois à la recherche de la clef.

Pas de clef !

Finalement, la flamme du Zippo la lui fit découvrir dans le sable, juste à côté du sac. Elle avait dû glisser. Plate, elle était presque invisible. Il la prit et regagna l'hôtel.

*

* *

Zvi Harel se glissa silencieusement dans la chambre d'Aharon Dan. Défait.

— Je n'ai pas trouvé la clef ! lâcha-t-il.

Lia Bowles et Aharon Dan le fixèrent, interloqués. Dès que la jeune femme les avait rejoints, elle avait donné l'ordre à Zvi Harel d'aller récupérer le portable qui devait se trouver dans le bungalow n° 6. Seulement, aucun des deux Israéliens n'était chaud et Lia Bowles refusait catégoriquement de se mêler *directement* à ce meurtre. Au bout d'un quart d'heure de négociations, c'est finalement Zvi Harel qui s'était dévoué.

— Tu as bien regardé ? interrogea Lia Bowles. Elle l'avait sûrement avec elle...

— Quand on a retourné le sac, elle a pu tomber dans le sable, avoua Aharon Dan.

Lia maîtrisa sa fureur. C'était vraiment des Mickeys...

— Dan, fit-elle, tu as de quoi ouvrir ce genre de serrure ?

Elle lui tendit sa propre clef que l'Israélien examina rapidement avant de laisser tomber :

— Aucun problème.

— Alors, tu y vas. Il *faut* retrouver ce portable. Je vais venir avec toi. Au cas où tu tomberais, à l'entrée de la plage, sur un vigile de l'hôtel. Ensuite, je remonte chez moi, tu t'occupes du portable et de son carnet d'adresses. Tu vas ensuite tout remettre en place et je ne veux plus entendre parler de vous.

*
* *

Malko pénétra dans l'appartement d'Olivia. La première chose qu'il vit fut le portable de la jeune femme, en charge, posé sur la table basse. Il le prit et, rapidement, fit défiler les numéros appelés. C'était toujours le même : 202 232 3805. Sept fois. Un numéro à Washington. Il le nota mentalement, sa fabuleuse mémoire lui évitant de prendre des notes, puis reposa l'appareil.

Rapidement, il fouilla les deux pièces. Le lit n'était pas défait dans la chambre, Olivia était donc partie avant de se coucher. Il trouva un gros carnet d'adresses, avec des numéros de téléphone inscrits dans tous les sens. Il n'avait pas le temps de l'examiner, aussi décida-t-il de l'emporter.

Avant de quitter le bungalow, il regarda autour de lui. Cela lui faisait une drôle d'impression de se dire qu'Olivia de Portello s'était suicidée. Il avait encore dans l'oreille sa voix triste. S'il n'avait pas passé la soirée avec la pulpeuse Lia, peut-être aurait-il pu empêcher ce drame... Il baissa les yeux sur la trotteuse de sa Breitling B-1 qui grignotait implacablement les secondes. Il n'était que deux heures vingt-sept. Au moment où il s'approchait de la porte, il s'immobilisa brusquement. Un crissement métallique venait de briser le silence minéral de la pièce. Cela venait de la porte.

Quelqu'un était en train de glisser une clef dans la serrure ! Olivia n'était donc pas morte.

Il était encore à un mètre de la porte lorsque le battant s'ouvrit. Il aperçut dans l'ombre du couloir la silhouette d'un homme.

[illegible] Olivie. Le premier après qu'il eut fui le tumulte de la [illegible] en [illegible] pour sur la table [illegible] il le prit [illegible] [illegible] [illegible] C'était toujours [illegible]

[illegible] [illegible] [illegible] [illegible] [illegible] les [illegible] pas [illegible]

[illegible] [illegible] pas [illegible] après avoir [illegible] il [illegible] [illegible] [illegible] [illegible] [illegible] temps de l'examen [illegible] de l'[illegible]

Avant de quitter le [illegible] [illegible]. Cela ne [illegible] pas [illegible] de dire ou faire le [illegible] [illegible] le [illegible] [illegible] [illegible]

[illegible]

[illegible]

homme.

CHAPITRE VIII

L'homme qui venait d'ouvrir la porte sembla aussi surpris que Malko. Ce dernier aperçut un visage jeune, des cheveux coupés ras, une silhouette athlétique vêtue d'une chemisette et d'un pantalon de toile, chaussée de baskets. Il avait encore à la main le passe qui lui avait servi à ouvrir...

Leur face à face ne dura que quelques centièmes de seconde. D'un réflexe fulgurant, l'inconnu envoya une manchette à la tempe de Malko qui tomba, étourdi, sur l'épaisse moquette blanche du bungalow. Le temps qu'il se relève, l'intrus avait disparu. La tête encore douloureuse, Malko se rua dans le couloir qui desservait tous les bungalows et se terminait par un escalier. Malko le dévala quatre à quatre, débouchant au bord de la piscine. Personne, mais il aperçut une silhouette en train de traverser la terrasse pour gagner l'hôtel. Quand il y parvint lui-même, l'enfilade de salons bordés par les colonnes romaines était vide. Il déboucha dans le *lobby* où un Noir était en train de passer l'aspirateur. Malko l'interpella.

— Vous avez vu passer quelqu'un ?

— *No, sir*.

Malko regarda autour de lui. Les salons donnaient directement dans le hall. Où était passé l'homme qu'il poursuivait ? Il revint sur ses pas, inspectant les multiples recoins des salons, sans rien trouver. C'est en revenant vers le *lobby* qu'il aperçut sur sa droite un passage entre deux colonnes, large d'un mètre au plus ! Il s'y faufila, se trouva face à une boutique fermée par une grille. Mais il était *aussi* face aux ascenseurs. Ce qui signifiait que l'homme qu'il avait surpris en train d'ouvrir le bungalow nº 6 séjournait au *Delano*. Sinon, le Noir l'aurait vu arriver par ce côté. Par acquit de conscience, il gagna la réception où une fille travaillait sur un ordinateur, et reposa la même question.

— Personne n'est sorti dans Collins, dit-elle, mais il m'a semblé voir quelqu'un prendre l'ascenseur, il y a un petit moment. Pourquoi ?

— Je me promenais à la piscine, expliqua Malko, et j'ai aperçu un homme qui sortait des bungalows et s'enfuyait. Vous n'avez jamais de vols ?

— Cela peut arriver, reconnut l'employée. Il y a bien des voyous dans les bars de Washington Avenue... J'envoie la sécurité voir si tout est normal dans les bungalows.

— Merci, dit Malko.

L'homme qui l'avait frappé était donc dans une des deux cents chambres du *Delano*. Mais laquelle ?

A moins qu'il n'ait emprunté un ascenseur pour *descendre*, gagnant ainsi le niveau de la piscine et s'échappant par la plage. Mais qui était-ce ? Sûrement pas un cambrioleur ordinaire. Retournant sur ses pas, il retraversa tout l'hôtel, retournant au bungalow nº 6. La porte était encore entrouverte. Il fit une fois de plus le tour de l'appartement, sans rien apercevoir de spécial.

Cette intrusion inattendue mettait à mal l'hypothèse du suicide d'Olivia de Portello. Cette soirée commencée comme un conte de fées se terminait en un sinistre théâtre d'ombres. Les morceaux du puzzle tourbillonnaient dans la tête de Malko. Tout s'enchaînait : le meurtre en apparence gratuit et pourtant commis par un professionnel de Stacy Lak, les soupçons de la CIA à l'égard des Israéliens, l'atitude étrange d'Olivia de Portello, et, désormais une quasi-certitude : Olivia de Portello ne s'était pas suicidée. Il ressortit du bungalow nº 6 et reprit la direction de sa chambre. Avant tout, il fallait prévenir la CIA de ces derniers développements.

*

* *

Malko émergea de l'ascenseur vert et passa devant le pupitre supportant un grand livre où on inscrivait tous les jours la température de l'eau, le temps et les prévisions météo. Au moment de mettre la clef dans la serrure de sa chambre, il tourna machinalement la tête en direction de la chambre de Lia, à trois portes de là. Il devina plus qu'il ne vit une silhouette au fond de ce couloir en impasse.

Instinctivement, il se rejeta en arrière. Il y eut un faible « pschitt » et le grand livre de la météo valsa de son pupitre, atteint par un projectile.

Le pouls de Malko avait bondi à 150.

Tout était clair. L'homme qu'il avait poursuivi, au lieu de s'enfuir, était venu s'embusquer là pour le tuer !

Or, bien entendu, il n'était pas armé. Il y avait longtemps qu'il ne pouvait plus emporter que dans de rares voyages son élégant pistolet extra-plat, son arme « personnalisée », en raison des innombrables contrôles dans les aéroports. Et il n'avait pas pensé à demander une arme à Reynold Hurst pour venir surveiller à Miami une jeune mondaine.

Il regarda autour de lui. Un couloir partait sur sa droite, mais c'était une impasse. L'accès à l'escalier de secours se trouvait dans celui contrôlé par le tueur. Celui-ci était de nouveau invisible, mais allait forcément surgir. Pour l'instant, Malko était sorti de sa ligne de tir, mais il lui était impossible de regagner sa chambre.

Il ne restait plus que l'ascenseur pour sortir de ce piège mortel.

Il fixa le coin du couloir derrière lequel le tueur se dissimulait. Si Malko ne bougeait pas, il n'avait aucune chance. S'il appelait l'ascenseur, le tueur risquait d'entendre le bruit de la cabine. Si celle-ci était restée à l'étage, Malko avait une chance. Si elle était redescendue automatiquement, il n'en avait aucune.

Toutes ces pensées s'étaient entrechoquées dans sa tête en un temps très court, quelques fractions de seconde au plus.

Priant le ciel, il appuya sur le bouton d'appel.

*
* *

Avec un chuintement doux, les portes de la cabine éclairée de néon vert s'ouvrirent aussitôt. Malko était déjà dedans. Il écrasa le bouton « lobby » et se retourna. Les portes commençaient à se refermer quand il vit surgir l'homme aux cheveux très courts. Il tenait dans la main droite un pistolet prolongé par un gros silencieux.

Malko ne l'aperçut qu'une fraction de seconde : les portes venaient de se refermer.

Il se rejeta en arrière, son index écrasant le bouton « lobby ». Bien lui en prit : trois trous apparurent dans la paroi métallique et il éprouva une brusque brûlure sur le côté de la tête. Tétanisé, il enfonçait le bouton au maximum. Si le tueur parvenait à faire rouvrir les portes en appelant l'ascenseur, il était perdu.

La cabine demeura immobile quelques fractions de seconde, puis s'ébranla vers le bas. Un trou apparut encore dans la paroi métallique, mais beaucoup trop haut. Il était sauvé.

En se tournant, il se vit dans la glace inclinée. Une large coulée de sang partant de sa tempe dégoulinait le long de sa joue et de sa mâchoire. Il avait été touché en séton à la tempe.

Malko regarda les quatre impacts dans la paroi métallique : il l'avait échappé belle. Immédiatement, une question s'imposait. Comment le tueur avait-il su dans quelle chambre il se trouvait ? Que savait Malko qui le rendait si dangereux ? L'ascenseur s'arrêta au rez-de-chaussée, et Malko fonça vers le *desk*. Lorsque l'employée le vit surgir, le visage couvert de sang, elle poussa un cri horrifié.

— *Sir !* Que...

— J'avais raison, fit Malko, il y a bien un rôdeur dans l'hôtel. Je l'ai surpris sur le palier du huitième. Il a tiré sur moi. Appelez la sécurité.

— *My God*, fit l'employée, j'appelle la police et une ambulance. Vous êtes blessé.

Elle composa le 911 et Malko entendit une voix anonyme demander ce qui se passait.

— *Attempted homicide !* balbutia l'employée. *Delano Hotel*, sur Collins Avenue, South Beach.

Malko regarda dans la direction des ascenseurs. L'homme qui avait voulu l'éliminer risquait de débarquer. Affolée, la fille, à peine le téléphone raccroché, prit une radio et lança :

— *Security, security ! Emergency in the lobby.*

Une minute plus tard, deux vigiles armés surgirent en courant. Malko leur expliqua ce qui se passait et ils prirent position en face des ascenseurs, prêts à dégainer.

Rien n'avait changé quand les hurlements de plusieurs sirènes se rapprochèrent. Une demi-douzaine de policiers, arme au poing, déboulèrent dans le *lobby*.

A Miami, on ne plaisantait pas avec le crime.

Malko expliqua la situation. Le sergent hocha la tête.

— Vous avez surpris un cambrioleur, *sir*. Un de ces putains de « spiks »[1], ou un Black de Dade County. On va fouiller l'hôtel, il doit être encore en haut.

D'autres voitures de police arrivèrent et les policiers se répandirent dans tout l'hôtel, jusqu'à la plage. Armés jusqu'aux dents et munis de projecteurs. Une ambulance arriva quelques instants plus tard. Malko eut toutes les peines du monde à échapper à l'hôpital. Il dut signer des tas de papiers dégageant la responsabilité des ambulanciers et se faire poser un énorme pansement sur la tempe.

Les policiers furent de retour une demi-heure plus tard, bredouilles.

— Ce salaud a dû filer par l'escalier de service et s'enfuir par la plage, conclut le sergent. J'ai vu les impacts dans l'ascenseur, c'était sérieux.

Malko dut s'asseoir à la table de la réception et dicter sa déposition sur un ordinateur portable. Sa Breitling B-1 indiquait déjà quatre heures du matin. Il ne voulait pas parler d'Olivia de Portello, mais après ce qui s'était passé, il ne nourrissait guère d'illusions sur son sort. Ceux qui avaient

1. Hispaniques, en argot.

déjà tué Stacy Lak venaient de s'en prendre à leur *véritable* cible. Comme Malko avait troublé leurs plans, ils avaient tout fait pour l'éliminer.

Mais quel secret une femme comme Olivia de Portello pouvait-elle bien détenir ? Il se leva, sa corvée terminée, la tête lourde. Deux policiers tinrent absolument à le raccompagner à sa chambre, la main sur la crosse de leur arme.

*

* *

Zvi Harel, les yeux ouverts dans la pénombre, à demi allongé sur une méridienne, regardait le lit où Lia Bowles semblait dormir. Sans elle, il se serait probablement fait prendre. Les policiers étaient arrivés très vite. Là, c'était le cataclysme, même s'il n'avait que des faux papiers et la certitude que les Américains ne pourraient *jamais* l'identifier.

Dès que l'agent de la CIA avait disparu dans l'ascenseur, il avait frappé à la porte de Lia Bowles.

A contre-cœur, la jeune femme avait accepté de lui donner l'hospitalité, tandis que les policiers fouillaient l'hôtel. Zvi Harel enrageait de n'avoir pu récupérer le portable et le carnet d'adresses d'Olivia de Portello dans le bungalow. La police de Miami n'y verrait que du feu, mais la CIA, elle, comprendrait et se rapprocherait un peu plus de son objectif.

Broyant du noir, le jeune Israélien continua à compter les minutes. Impossible de quitter cette chambre avant l'aube sans se faire remarquer. La surveillance policière aurait sûrement cessé et le seul problème était de ne pas tomber sur l'unique témoin capable de l'identifier. Il ne serait tranquille que dans l'avion pour Boston. Certes, sa mission était accomplie, mais, à cause d'un grain de sable, il laissait des traces derrière lui. La police locale conclurait à un accident, mais la CIA serait certaine qu'Olivia de Portello avait été assassinée, même s'il n'y avait aucune preuve. Les Américains étaient assez au courant des méthodes employées par les Services pour ne pas être dupes.

Peu à peu, la luminosité augmentait. Zvi Harel regarda sa

montre. Sept heures. Il avait l'estomac tordu d'angoisse. Ariel Gur allait être furieux. Ne pas réussir à abattre un homme désarmé ! Ils avaient joué de malchance à trois reprises, sous-estimant les réactions de l'agent de la CIA attaché aux pas d'Olivia de Portello. Le pire restait pourtant à venir. Ils ne sauraient pas tout de suite si la jeune femme s'était confiée à cet homme qu'elle avait beaucoup vu pendant quelques jours. Si c'était le cas, son meurtre était inutile et ne ferait que retarder un peu le dénouement. Mais cela, ce n'était pas le travail de Zvi Harel.

Lia Bowles se leva et gagna la salle de bains. Quand elle alluma, elle était drapée dans un peignoir en éponge.

— Je vais sortir, dit-elle. Tu attendras cinq minutes avant de quitter ma chambre. Descends par l'ascenseur. Evite le *lobby*, emprunte le passage qui va de la boutique au « breakfast bar ». Ensuite, gagne la plage.

— Parfait, dit Zvi Harel.

A l'idée de sortir de la chambre, il était noué, mais n'avait guère le choix...

Lia Bowles ouvrit la porte et lui adressa un signe de connivence, avant de disparaître.

*
* *

Malko n'avait pas fermé l'œil, aussi n'eut-il aucun mal à se lever d'un bond en entendant le coup léger frappé à sa porte. Stupéfait, il se trouva nez à nez avec Lia Bowles, enveloppée dans un peignoir de bain, mais déjà maquillée.

— Mais qu'est-ce qui vous est arrivé ? demanda-t-elle, désignant son pansement.

— Après vous avoir quitté, je suis retourné boire un verre en bas, et, un peu plus tard, en remontant, j'ai surpris un cambrioleur qui a tiré sur moi. Heureusement, la balle n'a fait que m'arracher un peu de peau.

— *My God !* Dans l'hôtel ! Il a été arrêté, j'espère ?

— Hélas non, soupira Malko. En tout cas, c'est une bonne surprise de vous revoir ce matin.

Lia lui adressa un sourire lumineux.

— Je me suis levée un peu plus tôt et j'ai pensé que c'était une bonne idée de venir vous dire au revoir. Mais avec votre blessure...

— Cela ne m'a pas rendu impuissant ! corrigea Malko en s'approchant d'elle.

D'un geste gracieux, Lia Bowles fit glisser son peignoir, apparaissant moulée dans une superbe guêpière blanche retenant des bas clairs, et vint se coller à lui.

Apparemment, elle était venue avec des idées bien arrêtées en tête. Après avoir écarté le peignoir de Malko, elle s'agenouilla devant lui, en face du grand miroir et le prit dans sa bouche. En très peu de temps, Malko ne pensa plus qu'à cette vestale, moulée dans sa superbe carapace de dentelles, d'où émergeait une croupe admirable.

C'est lui qui arracha la bouche vissée à son sexe, pour relever Lia et la jeter sur le lit. Quand il s'enfonça en elle, ses jambes se dressèrent comme les branches d'un compas et elle dit à voix basse :

— J'adore te voir me baiser dans cette glace.

C'était complètement surréaliste, cette femme qui surgissait, parée comme pour une soirée, à sept heures du matin. Malko en oubliait les émotions de la nuit. Comme après chaque flirt avec la mort, sa libido était décuplée. Cette simple étreinte ne lui suffisait plus. Il se retira, prit Lia par les hanches et la retourna. Docilement, la jeune femme se mit à quatre pattes, face au miroir. C'est dans cette position qu'il l'investit à nouveau, avec une lenteur calculée.

La guêpière lui faisait une taille minuscule, mettant encore plus en valeur la croupe ronde. Il voulut se retirer pour investir ses reins, mais Lia l'arrêta d'une voix sèche.

— Non, je ne l'ai jamais fait.

Déçu mais respectueux, Malko reprit son ventre pour une cavalcade finale, terminée par un hurlement sauvage.

Lia attendit un peu avant de se dégager. Ensuite, elle adressa un sourire narquois à Malko.

— C'est une surprise, non ?

— Une excellente surprise, dit Malko.

Les cheveux roux et les yeux vert émeraude formaient avec la guêpière blanche un contraste érotique saisissant. Lia était un cadeau de roi. Et pourtant... Apaisé sexuellement, Malko ne pouvait s'empêcher de la revoir se glisser le long de la piscine au milieu de la nuit. Et il réalisait aussi qu'elle était la seule personne, avec Olivia, à connaître le numéro de sa chambre.

— A quoi pensez-vous ? demanda la jeune femme.

Elle avait repris le vouvoiement.

— A ta beauté, répondit Malko. Tu es somptueuse.

— Merci, fit Lia. Je vous ai donné ma carte. Appelez-moi si vous passez par New York. J'ai juste le temps de faire mes bagages et de prendre l'avion.

Elle l'embrassa avec douceur, remit son peignoir et s'évapora comme un mirage.

*
* *

Malko prit son petit déjeuner sur la terrasse, face à la piscine. Ensuite, il partit vers la plage. La lumière brillait toujours dans le bungalow n° 6. Il continua vers les coupe-vent. Les affaires d'Olivia de Portello n'avaient pas bougé, mais personne ne semblait s'en être aperçu. Maintenant, il n'avait plus aucun doute : Olivia avait été assassinée par ceux qui avaient déjà tué Stacy Lak.

Il regagna l'hôtel et s'allongea au bord de la piscine. Espérant encore un miracle.

Rien ne se passa avant trois heures.

A ce moment, il vit une certaine agitation sur la plage. Puis des maîtres nageurs débarquèrent d'un 4x4. Il gagna la plage et aperçut, à un kilomètre, vers le sud, un groupe de gens au bord de l'eau. On venait de retrouver un corps, ramené par le ressac. Une heure plus tard, le barman lui apprit la nouvelle : la cliente du bungalow n° 6 s'était noyée accidentellement la veille au soir. On avait retrouvé ses affaires sur la plage.

Malko remonta dans sa chambre, certain que l'autopsie — si elle avait lieu — confirmerait l'accident.

Il était partagé entre la fureur et le dépit. On avait assassiné Olivia de Portello pratiquement sous ses yeux. Il était sûr que l'épisode du meurtre raté du *Cipriani* venait de trouver sa conclusion à Miami. Les moyens mis en œuvre — et encore, il ne les connaissait pas tous — indiquaient qu'il avait eu en face de lui des adversaires professionnels et organisés. Les yeux émeraude de Lia Bowles flottaient dans sa mémoire. De plus en plus, il était persuadé qu'elle était mêlée à ce crime.

C'est tout ce qui lui restait comme indice concret. Avec un numéro de téléphone à Washington qui n'avait peut-être aucun lien avec le meurtre prémédité et sophistiqué d'Olivia de Portello.

Il décrocha son téléphone et appela Jeffrey Townsend à Langley.

CHAPITRE IX

— Je suis sûr que les Israéliens sont derrière tout cela. Mais il faut découvrir ce qu'ils protègent Ce doit être colossal pour qu'ils prennent le risque de s'impliquer dans une affaire aussi sanglante.

Le *deputy-director* de la Division des Opérations avait écouté le récit de Malko, atterré. Lui non plus n'avait pas prévu une issue aussi brutale.

— Olivia de Portello était en possession d'un secret qu'ils sont prêts à tout pour préserver, renchérit Malko. C'est peut-être lié au mystérieux amant qui devait la rejoindre. De toutes façons, c'est la seule piste qui nous reste. Avec Lia Bowles.

— Je vais faire « cribler » le numéro, conclut l'Américain. Je pense que vous devriez revenir à New York continuer votre enquête autour d'Olivia de Portello. Il faut examiner son carnet d'adresses et coûte que coûte visiter son appartement. Peut-être y trouverons-nous un indice. Nous sommes obligés de faire attention, à cause du FBI. Je ne pense pas que le « Bureau » fasse la liaison entre la « noyade » d'Olivia de Portello et le meurtre du *Cipriani*, mais il vaut mieux faire vite. Rappelez-moi de New York, je vous dirai ce qu'a donné le numéro de Washington relevé sur le portable.

Malko raccrocha et termina sa valise. Amer. Il s'était un peu attaché à Olivia, fragile et exaspérante, mais si sincère. Qui était l'homme dont elle était follement amoureuse ? Celui qu'elle appelait sans cesse et qui ne rappelait jamais. Il n'y aurait pas eu ce sinistre complot, il aurait pu croire à une simple histoire d'amour ratée. Mais la mort de la jeune femme était vraiment trop bizarre et il n'avait pas rêvé l'homme qui avait tenté de pénétrer dans le bungalow n° 6, et ensuite de le tuer. Ce n'était pas un banal cambrioleur.

Il appela le concierge pour faire descendre ses bagages. Retourner à New York lui permettrait aussi de reprendre contact avec Lia Bowles.

*

* *

Ariel Gur broyait du noir en regardant ses deux enfants s'ébattre dans la minuscule piscine de sa maison de Yuma Street. Une fois de plus, ses subordonnés l'avaient déçu. Certes, le danger principal était provisoirement écarté, mais l'élimination d'Olivia de Portello s'était faite dans des conditions qui laissaient derrière elle de véritables bombes à retardement. L'Israélien ne se faisait aucune illusion. La CIA était sur leur piste. Le simple fait qu'Olivia de Portello ait été « tamponnée » par un de leurs agents prouvait qu'ils avaient découvert certains faits. Dieu merci, ils ignoraient le principal, mais ils *savaient* désormais qu'un grand Service avait une opération clandestine en cours, assez importante pour justifier l'élimination physique de deux personnes. Ariel Gur avait beau se creuser la tête, il ne voyait heureusement encore aucun élément permettant aux Américains de mettre un nom sur ce Service.

Mordechai Erb était inhumé sous son faux nom dans un cimetière new-yorkais, et le FBI semblait avoir abandonné l'enquête sur le meurtre de Stacy Lak.

A Miami, si les choses ne s'étaient pas déroulées aussi bien que prévu, les dégâts étaient limités. Certes, l'agent de la CIA avait *vu* Zvi Harel, mais ne pouvait le relier à rien. L'idéal eût été évidemment qu'il soit éliminé... La seule personne obligée de se mettre en avant, Lia Bowles, s'en était tirée sans être soupçonnée. Quant à la noyade d'Olivia de Portello, la police locale n'y verrait que du feu.

Ariel Gur alluma sa pipe et en tira quelques bouffées. Il

dut s'avouer qu'il était en train de s'auto-intoxiquer. S'il avait eu les mains libres, il aurait démonté toute l'opération « Yahalom ». Parce que continuer avec la CIA sur leurs talons, c'était de la folie. Seulement, lui obéissait à des ordres. Le Premier ministre avait impérativement besoin que la « source Yahalom » produise encore un peu. Mais c'était comme de continuer à exploiter une mine alors qu'elle est en train de s'ébouler...

Complication supplémentaire, le Premier ministre, Benyamin Nétanyahou, devait prochainement venir aux Etats-Unis pour un round de négociations avec les Palestiniens, sous l'égide du président Bill Clinton. Le but était de relancer les accords de paix d'Oslo, gelés par le gouvernement Nétanyahou. Les discussions allaient être féroces et le Premier ministre israélien aurait besoin de tout son poids pour tenir tête aux Américains. Si l'affaire « Yahalom » éclatait à ce moment-là, c'était une catastrophe pour Israël : Nétanyahou, affaibli, serait obligé de se plier aux demandes américaines. Ariel Gur en avait des sueurs froides. Faucon entre les faucons, il était opposé à toute concession aux Palestiniens. A ses yeux, un bon Arabe était un Arabe mort.

C'était pour tenter d'éviter une catastrophe que Rafaël Gal, le patron du Lakam, lui avait donné l'ordre de prendre de féroces contre-mesures. Bien entendu, sans tenir le Premier ministre au courant des détails opérationnels...

Ariel Gur soupira intérieurement. Il aurait voulu être plus vieux de quelques semaines.

*
* *

Les deux hommes en combinaison blanche AT&T[1], les mains gantées de caoutchouc, se déplaçaient sans bruit dans l'appartement d'Olivia de Portello, explorant chaque recoin, ouvrant toutes les serrures à l'aide d'instruments sophistiqués. Deux « plombiers » du bureau de la CIA new-yor-

1. Compagnie du téléphone.

laise, habitués aux fouilles des appartements des diplomates de l'ONU. Le portier du 156 East 56 ne leur avait fait aucune difficulté pour les laisser pénétrer dans l'immeuble afin d'inspecter des connections téléphoniques. Ouvrir ensuite la porte de l'appartement d'Olivia de Portello avait pris vingt secondes. Le portier s'absentant une heure pour le déjeuner, ils avaient le temps. Bob, le chef de mission, la tête plongée dans un placard d'où partaient des fils de téléphone, appela soudain son compagnon.

— Dick, viens voir.

Il extirpa du placard une boîte noire d'où sortaient deux fils reliés à la ligne téléphonique de l'appartement.

— *Bug !* annonça-t-il laconiquement.

L'appartement de la jeune femme était sur écoutes. Son répondeur pouvait être écouté à distance, comme ses communications, et même ce qui se disait dans le living-room. Une installation sophistiquée qu'il fourra dans sa musette. Ils continuèrent leur exploration. C'est Dick qui trouva le jackpot. Une épaisse enveloppe Kraft marron, dissimulée à l'intérieur d'une valise vide, dans le haut d'un placard. L'employé de la CIA ouvrit l'enveloppe qui contenait des documents et immédiatement, le gros cachet rouge tamponné sur la première page lui sauta aux yeux : « TOP SECRET ».

La plus haute classification des agences de sécurité américaines... Les deux hommes échangèrent un regard perplexe.

— On le laisse ou on le prend ? demanda Dick.

— On le prend, trancha Bob. La propriétaire de cet appartement est morte. On ne peut pas la poursuivre et il vaut mieux que personne ne trouve ça.

Ils continuèrent leur fouille, sans rien découvrir d'autre, et s'éclipsèrent rapidement. Lorsqu'ils redescendirent, le portier n'était pas encore rentré de déjeuner. Ils regagnèrent leur fourgon AT&T et prirent la direction du bas de la ville, pour descendre vingt blocs plus loin dans un parking privé, où ils se changèrent avant de regagner la « safe-house » de la CIA.

*
* *

A peine eut-il pénétré dans le bureau de Reynold Hurst, que Malko, arrivant de Miami, devina, à l'expression du responsable de la CIA de New York, qu'il y avait du nouveau. Un homme de l'Agence l'avait cueilli à sa descente d'avion pour l'amener directement dans l'ex-building de la Panam.

— Cette fois, nous avons touché le jackpot, annonça l'Américain. Mes hommes ont fouillé l'appartement d'Olivia de Portello. Regardez ce qu'ils ont trouvé.

Il poussa vers Malko une boîte noire hérissée de fils, ainsi que plusieurs cartes magnétiques.

— Ceci se trouvait dissimulé dans l'appartement, expliqua Reynold Hurst. Il s'agit d'un matériel d'écoute sophistiqué. Un Natel D Easy qui permet d'écouter la ligne de l'appartement *et* le répondeur. Grâce à sa carte longue durée, il peut enregistrer plusieurs heures de conversation. Son émetteur est assez puissant pour être capté à des kilomètres. N'importe où dans Manhattan.

— D'où vient ce matériel ?

— Difficile à trouver. Il a dû être acheté sous un faux nom dans un magasin spécialisé. Ensuite, on l'a bricolé pour en augmenter la puissance.

Qui avait pu installer cet appareillage chez la jeune femme ? L'Américain ne laissa pas à Malko le temps de réfléchir à la question, il brandit une pile de documents qu'il lui montra de loin.

— Il y avait également, caché dans une valise, ces documents. Tous « Top secret ». Ils concernent des systèmes d'armes soviétiques utilisées par les pays arabes, des fréquences secrètes de matériel destiné à neutraliser les radars, les longueurs d'onde des Sam 6 et 7, le plan du cockpit du Mig 29, plus d'autres éléments encore plus secrets.

Malko était stupéfait. Cette fofolle mondaine était une espionne ! Elle avait bien caché son jeu. Pourtant, quelque chose ne collait pas.

— Mais comment s'est-elle procuré cela ? Elle ne travaillait pas dans une activité « sensible »... A qui était-ce destiné ?

L'Américain secoua la tête.

— Elle n'était qu'un relais, je pense. Quelqu'un d'autre lui a procuré ces documents. Une personne très bien placée. Il s'agit d'une affaire d'espionnage *majeure*. Celui ou celle qui a eu accès à ces documents occupe forcément un poste très sensible dans une agence de renseignement.

— Laquelle ?

— Il est trop tôt pour le dire. Jeffrey Townsend vous en dira plus, je pense. Je l'ai mis au courant et il souhaite que vous partiez pour Washington aujourd'hui. Vous avez une chambre retenue au *Four Seasons*.

— Voici de quoi travailler, dit Malko en posant sur le bureau le carnet d'adresses d'Olivia de Portello.

Les meurtres de Stacy Lak et d'Olivia de Portello avaient un début d'explication. Malko releva une bizarrerie.

Toutes les grandes agences de renseignement américaines se trouvaient dans la capitale fédérale. Que faisaient ces documents à New York ? Par contre, le numéro relevé sur le portable d'Olivia était un numéro de Washington...

*

* *

Jeffrey Townsend arriva en trombe dans la paisible salle à manger de l'hôtel *Jefferson*, au cœur de la 16e Rue et de M Street, juste derrière la Maison-Blanche, où Malko patientait devant une vodka. Les boiseries sombres, l'éclairage tamisé et l'atmosphère feutrée évoquaient plus un club privé qu'un restaurant. Malko avait juste eu le temps de s'installer au *Four Seasons*, dans Georgetown, la seule partie de Washington un peu vivante...

Le *deputy-director* de la Division des Opérations semblait d'excellente humeur. Il commanda un Defender « Success » et s'excusa de son retard avec un sourire.

— Je sors d'une conférence consacrée à notre affaire. Avec le DG de l'Agence, celui de la NSA, le patron de la Navy Intelligence et un général du Pentagone. Vous avez mis le doigt sur un sacré truc. Une affaire similaire à celle d'Aldrich Ames[1]. Avec peut-être des implications encore plus graves sur le plan politique. La Maison-Blanche est alertée, et je vous jure qu'elle attend des résultats.

— On en a déjà eu, remarqua Malko. Mais je suis encore dans le noir sur beaucoup de points.

L'Américain commanda un New York steak, avec une Caesar salad, but un peu de son scotch et commença d'une voix pleine d'excitation :

— Je vais vous résumer tout ce que nous savons désormais. Certaines choses vous étonneront... Une « équipe », vraisemblablement israélienne, a commis une erreur en abattant Stacy Lak à la place d'Olivia de Portello. Je dis « israélienne » à cause du passeport belge du tueur, dont nous avons pu trouver la source. Deuxième stade : une seconde « équipe », forcément liée à la première, a liquidé sous votre nez, à Miami, ladite Olivia. La police locale a conclu à une noyade accidentelle : la morte avait de l'eau dans les poumons. En réalité, « ils » l'ont noyée dans des circonstances que nous ignorons encore. Vous avez surpris un des membres de cette « équipe » qui a cherché à vous éliminer.

— Parce que je l'avais surpris ?

L'Américain fit la moue.

— Pas sûr. Il y a peut-être une autre raison... que j'ignore encore. Mais je continue. Les gens que j'envoie « visiter » l'appartement d'Olivia de Portello découvrent deux choses. D'abord, un système d'écoutes sophistiqué qui leur a permis de trouver votre message sur son répondeur et donc, de vous identifier.

— Ainsi, ils savaient qui j'étais, à Miami.

— Il y a des chances. Et cela a peut-être accéléré l'élimination de cette malheureuse jeune femme.

— Mais elle était programmée de toute façon, bien avant mon intervention.

— *Right.* Là, il y a quelque chose que nous ignorons. Mais le second élément trouvé dans l'appartement de la

1. Agent de la CIA de haut niveau ayant trahi durant une dizaine d'années avant de se faire prendre en 1996.

56e Rue est décisif. Vous l'avez vu : une enveloppe pleine de documents secrets, j'ajoute « Top secret », intéressant la Défense nationale.

— Donc, conclut Malko, on peut raisonnablement conclure à une affaire d'espionnage au profit des Israéliens... C'est à mon tour de vous poser une question. Il y a des accords de défense entre les deux pays. Pourquoi les Israéliens se donneraient-ils tant de mal pour se procurer des choses qu'ils n'ont qu'à demander ?

L'Américain eut un sourire ironique.

— La propagande israélienne a toujours fait croire que nous n'avions pas de secrets pour Israël. C'est faux. Il est vrai que nous collaborons avec eux dans un certain nombre de domaines où nous pouvons les aider, mais cela couvre un champ relativement restreint. J'ai regardé les documents trouvés chez Olivia de Portello. Aucun ne couvrait la zone de « libre échange ». Il y avait entre autres un document extrêmement important concernant *nos* sources au sein de la mouvance palestinienne.

— Ça les intéresse ?

— Evidemment. Je vais vous expliquer. Si, grâce à *nos* sources, au sein du Hamas, du Djihad ou d'autres groupes fanatiques, nous apprenons qu'il se trame quelque chose contre Israël, nous prévenons les Israéliens, mais nous ne révélons *jamais* nos sources. Sinon, elles seraient rapidement grillées. Les Israéliens ne travaillent pas dans la dentelle...

— Je vois, dit Malko. Donc, ils ont réellement des raisons de vous espionner.

— Bien sûr.

Malko était sur des charbons ardents.

— Je suppose qu'Olivia de Portello n'était qu'une intermédiaire. Pas la source de ces documents.

— Exact.

— Le numéro qu'elle appelait sans arrêt à Washington a-t-il un rapport direct avec cette affaire ?

— Je le pense.

Malko sourit, soulagé.

— Donc, nous avons fait un pas de géant.

Jeffrey Townsend lui adressa un regard mi-figue mi-raisin :

— Je parlerai plutôt d'un saut de puce... Le numéro que vous avez trouvé sur le portable d'Olivia de Portello correspond à une cabine publique, au coin de R Street et de la 21e Rue.

CHAPITRE X

— Une cabine publique ! répéta Malko, horriblement déçu. Cela ne mène nulle part...

Jeffrey Townsend ne répondit pas immédiatement, comme pour jouer avec les nerfs de Malko.

— Je ne vous ai pas encore tout dit. Depuis hier, nous travaillons beaucoup... Il y a un deuxième élément que vous ignorez encore. Nous avons identifié la source *très* probable des documents trouvés à New York dans l'appartement d'Olivia de Portello. Le National Maritime Intelligence Center de l'US Navy, qui se trouve à Suitland, dans la banlieue de Washington. Certains des documents portent des marques qui les identifient formellement.

— Donc, vous avez identifié le traître.

— Non, corrigea Jeffrey Townsend. Plusieurs centaines de personnes travaillent dans ce centre et une bonne vingtaine sont susceptibles d'obtenir des documents « Top Secret ». Le coupable doit se méfier, maintenant. Les Israéliens l'ont sûrement mis en garde. S'il fait le mort, ce sera très difficile de le débusquer. Sauf à la suite d'une longue enquête *intérieure*. Souvenez-vous du cas Aldrich Ames. Nous avons mis cinq ans à débusquer un espion au sein de l'Agence et sans l'obstination d'une archiviste, Mme Vertefeuille, il serait peut-être encore là... La Navy n'est pas meilleure que nous. Le FBI ne peut les aider que sur le plan extérieur, une fois que nos soupçons seront confirmés.

— Donc, conclut Malko, l'affaire se résume à un cas très

clair. Quelqu'un, au sein de la Navy Intelligence, espionne pour Israël.

— Ce n'est pas aussi simple, soupira l'Américain. Beaucoup de questions se posent encore. D'abord, le rôle exact d'Olivia de Portello. Elle ne semble pas avoir eu une part active dans cette affaire. D'abord, elle n'avait pas besoin d'argent. Par contre, d'après ce qu'elle vous a dit à Miami, elle menaçait quelqu'un d'une vengeance.

— Son amant. L'homme qui devait la rejoindre. Celui, très vraisemblablement, qu'elle appelait sur son portable.

— Elle serait donc impliquée pour une raison sentimentale, conclut Jeffrey Townsend.

— Comment pouvez-vous poursuivre cette enquête, Olivia de Portello disparue ?

— J'ai découvert quelque chose, révéla le *deputy-director* de la Division des Opérations, grâce à ce numéro de téléphone. Nous avons pu nous procurer la liste de tous les employés du National Maritime Intelligence Center à Suitland. Avec leurs adresses.

— Et alors ?

— Il y en a un dont le domicile se trouve à quelques centaines de mètres de la cabine téléphonique appelée par Olivia de Portello. Il s'appelle Jonathan Wise.

Malko fut presque déçu d'entendre cela. L'affaire tournait court.

— Le problème est résolu, dans ce cas, conclut-il. Il n'y a plus qu'à le dénoncer au FBI.

Jeffrey Townsend secoua lentement la tête.

— Impossible. On va aller lui dire : « Vous êtes un espion, on vous arrête » ? Il va évidemment nier et on n'aura *rien* pour le confondre.

— Les documents ne portent pas d'empreintes ?

— Non. Ce serait trop beau : il a travaillé avec des gants.

— Vous êtes pourtant sûr que c'est lui ?

— Ce serait une coïncidence extraordinaire, si ce n'était pas lui ! Il est le seul employé de la Navy Intelligence dans un rayon d'un mille !

— Le choix de cette cabine pourrait justement avoir pour

but de nous égarer, objecta Malko, la véritable « taupe » habite peut-être très loin de là.

— Exact, reconnut Jeffrey Townsend. Mais l'autre hypothèse est beaucoup plus plausible.

— Qu'avez-vous appris sur ce Jonathan Wise ?

— Il a un profil classique. A été à Stanford University et travaille comme analyste à la Navy depuis huit ans. Pas d'histoires. Marié. Vit modestement dans un petit appartement de Hillyer Street, près de Dupont Circle, et conduit une vieille Mustang. Ah, j'oubliais, il est juif.

Malko sourit.

— Le secrétaire d'Etat à la Défense, William Cohen, aussi. Il y en a beaucoup, aux Etats-Unis et dans les agences de renseignement. Ce n'est pas une preuve.

— C'est vrai, reconnut Jeffrey Townsend. Cela rend simplement Jonathan Wise compatible avec le profil de l'homme que nous recherchons.

— Encore une fois, pourquoi ne pas confier l'affaire au FBI ?

— Pour plusieurs raisons, trancha Jeffrey Townsend.

Le maître d'hôtel s'étant approché, il en profita pour commander deux cognacs Otard XO avant de continuer :

— D'abord, nous n'avons rien de concret à leur donner. Les gens du FBI sont des policiers. Ils veulent des empreintes, des preuves, des choses concrètes. Pas des hypothèses. Ensuite, au seul mot de FBI, la Navy va se fermer comme une huître et vouloir résoudre le problème *elle-même*. Ce qu'elle ne fera probablement jamais. Enfin, le FBI travaille à la vitesse d'un escargot et nous sommes pressés.

— Pressés ! Pourquoi ? demanda Malko en humant son cognac.

— Je vais vous livrer un secret, dit Jeffrey Townsend à voix basse, bien que les tables voisines soient inoccupées. Le Premier ministre israélien, Benyamin Nétanyahou, arrive dans une dizaine de jours, à l'invitation de Bill Clinton, pour rencontrer ici Yasser Arafat, en vue de relancer le processus de paix d'Oslo.

— C'est positif, remarqua Malko.

Jeffrey Townsend faillit s'étrangler avec son cognac.

— *Bullshit !*[1] Nétanyahou veut tout faire pour enterrer définitivement les accords d'Oslo. C'est là que notre affaire intervient.

— Pourquoi ? Les documents volés sont liés à ces pourparlers ? interrogea Malko.

L'Américain secoua la tête.

— Certains, peut-être, mais je n'en sais rien, puisque nous ignorons depuis *quand* dure cette affaire, et ce qui a été transmis en Israël. Par contre, je crois deviner pourquoi les Israéliens se sont conduits avec autant de férocité, allant jusqu'à tuer pour protéger leur opération.

— Pourquoi ?

Jeffrey Townsend se pencha en avant. Ils étaient les derniers clients du restaurant, à l'exception d'un couple flirtant discrètement dans un box, en face d'eux.

— Malko, vous connaissez notre pays : nous attachons une grande importance à la vérité et à la confiance. Le parjure est un crime. Les Israéliens nous ont *toujours* juré qu'ils ne pratiqueraient *jamais* l'espionnage chez nous... Des tas de gens, tant à l'Agence qu'au Pentagone, ou même à la Maison-Blanche, trouvent que nous sommes trop indulgents avec eux. La découverte d'une affaire d'espionnage à leur profit serait une bombe politique et aurait des conséquences incalculables sur nos relations avec Israël.

— Dans ce cas, pourquoi ont-ils pris de tels risques ?

L'Américain eut un geste d'impuissance.

— Je n'en sais rien, avoua-t-il. Ils devaient avoir un besoin pressant de certaines informations.

— Quand Stacy Lak a été assassinée, Nétanyahou n'avait pas prévu de venir aux Etats-Unis...

— Non, mais la Maison-Blanche était en pleine discussion avec Jérusalem. Pour une raison que nous ignorons encore, Olivia de Portello a mis en danger leur opération et ils ont réagi férocement. Peut-être a-t-elle compris le message, c'est la raison pour laquelle ils n'ont plus tenté de la

1. Connerie !

tuer. Tout en la « surveillant ». Lorsqu'ils vous ont vu débarquer à Miami sur ses talons, ils ont compris que le danger n'était pas écarté.

— Vous avez parlé d'urgence... Pourquoi ?

L'Américain eut un sourire froid.

— Cette affaire est remontée à la Maison-Blanche. C'est un de vos amis, Franck Capistrano, qui la gère désormais, au niveau politique. Nous avons dix jours pour trouver des preuves contre Jonathan Wise. Des preuves que nous pourrons mettre sous le nez des Israéliens quand ils voudront commencer à nous tordre le bras. Imaginez la force du président Clinton s'il peut menacer Nétanyahou de révéler une affaire d'espionnage montée par Israël, avec à la clef, les meurtres de deux citoyennes américaines...

On revenait aux bonnes vieilles méthodes. Les Etats étaient des monstres froids qui ne pratiquaient que le chantage et les rapports de force. L'Américain enchaîna :

— Nous *savons*, par nos sources au sein du monde politique israélien, que le Premier ministre Benyamin Nétanyahou vient à Washington avec l'intention de faire exploser définitivement les accords d'Oslo. Ce qui serait un sévère coup politique pour notre président. Si nous avons barre sur lui, cela change le rapport de forces.

Un ange passa. Cela promettait une délicieuse réunion de famille.

Malko se fit l'avocat du diable.

— Si c'est lui, Jonathan Wise va sûrement se tenir à carreau.

— C'est une intuition, mais je pense que l'opération continue, répliqua Jeffrey Townsend. Nous autres, dans le Renseignement, nous sommes tous pareils, quand on tient une bonne « source », on la presse jusqu'à la dernière goutte...

— Quel est donc le programme ? demanda Malko en terminant son Otard XO.

— Nous démarrons une opération clandestine dès demain matin. La surveillance de Jonathan Wise. En priant pour qu'il soit imprudent. Vous aurez deux assistants que vous connaissez bien : messieurs Chris Jones et Milton Brabeck. Ils viennent vous récupérer demain matin à sept heures au *Four Seasons*.

— Pourquoi *sept* heures ? s'insurgea Malko.

— Parce que Jonathan Wise quitte son domicile du 2830 Hillyer Street tous les matins à sept heures trente.

Malko n'était pas mécontent de retrouver ses deux vieux complices de tant de missions, mais suivre Jonathan Wise, forcément sur ses gardes, n'allait pas être une partie de plaisir.

*
* *

Jonathan Wise n'avait pas dormi de la nuit, se relevant plusieurs fois pour aller boire. Chaque fois qu'il bougeait, il sentait le regard de Bridget, sa femme, fixé sur lui dans l'obscurité. Le guettant pour voir s'il allait téléphoner. La tension était palpable. Malheureusement, il ne pouvait rien faire pour la diminuer. Depuis la veille au soir, il savait qu'Olivia de Portello était morte à Miami. Ariel Gur le lui avait appris par un coup de fil anodin. Jonathan, depuis, était partagé entre divers sentiments.

Il n'avait jamais été à proprement parler amoureux d'Olivia, même si, sexuellement, il s'entendait parfaitement avec elle. Sentimentalement, il restait lié à sa femme. D'un autre côté, il était soulagé de savoir qu'Olivia ne le traquerait plus et ne le ferait plus chanter. Cependant, il ne pouvait s'empêcher de se sentir horriblement coupable. Il *savait* que les Israéliens avaient assassiné Olivia pour le protéger et se protéger. Cette idée le bouleversait et il n'arrivait pas à la chasser de sa tête, tandis que les aiguilles du réveil tournaient.

C'était la fin tragique d'une histoire qui aurait pu n'être qu'une aventure heureuse, sans le caractère entier d'Olivia de Portello. Lorsqu'il avait rencontré la jeune femme dans le *shuttle* Washington-New York, il était déjà engagé dans son opération d'espionnage, ce qui l'amenait à se rendre à New York régulièrement. Dans ce domaine-là aussi, il avait été entraîné par sa fougue. Très sioniste, il suivait avec passion la vie d'Israël et se mêlait à de nombreuses manifestations américano-israéliennes. C'est là qu'un jour, il avait rencontré un ancien général d'aviation, Gavi Eliahu, qui donnait une conférence dans un salon du *Washington Hilton*. Après la conférence, Jonathan avait rencontré le conférencier et ils avaient longuement parlé de l'avenir d'Israël. Dans la conversation, le général Eliahu s'était plaint de certains membres du gouvernement américain qui freinaient la collaboration entre les deux pays, affaiblissant la position militaire d'Israël par pur antisémitisme... Le sang de Jonathan Wise n'avait fait qu'un tour. C'était un sujet qu'il connaissait bien, et le général s'était très vite aperçu qu'il savait de quoi il parlait. Il avait noté son téléphone et promis de l'appeler, bien qu'il reparte pour Israël.

C'est un autre homme qui avait joint Jonathan Wise, lui avait donné un nom hébreu et l'avait invité à déjeuner au *Washington Hilton*.

Il n'avait eu aucun mal à le reconnaître. Lors de la conférence du général Eliahu, il s'était tenu en permanence derrière lui. Un homme de petite taille, la tête dans les épaules, si voûté qu'il paraissait bossu, avec un front dégagé, un gros nez et des yeux bleus pétillant d'intelligence. Il avait révélé son identité à Jonathan Wise : Ariel Gur, ancien as du Mossad, officiellement retiré du renseignement, occupant un poste de conseiller scientifique à l'ambassade israélienne de Washington depuis deux ans.

Les deux hommes avaient longuement parlé d'Israël, partageant le même souci de sécurité de l'Etat hébreu. Dans la conversation, Ariel Gur s'était plaint amèrement que les Américains ne respectent pas leurs engagements de partager les informations sensibles. Bouleversé, c'est Jonathan lui-même qui s'était offert, dans la mesure de ses moyens, à aider l'Etat hébreu.

Presque timidement, Ariel Gur lui avait demandé s'il pouvait obtenir des précisions sur le matériel soviétique en usage en Syrie et en Irak. Des informations très techniques. Jonathan Wise n'avait eu aucun mal à se les procurer, ayant accès à toutes les banques de données « Top Secret ». Analyste à la Navy Intelligence depuis huit ans, chef de service depuis deux, il jouissait de la confiance de ses supérieurs. Son père était une personnalité du monde des sciences et lui-même un bon Américain...

Chaque remise de documents s'était passée à l'hôtel *Washington Hilton*. Ariel Gur semblait ravi. Jonathan Wise ne se sentait plus de joie et d'orgueil. Sans les mises en garde pressantes d'Ariel Gur, il aurait tout raconté à sa femme qui, elle, pourtant, n'était pas juive.

Il se voyait déjà dans le rôle de Samuel Cohen, l'espion juif pendu par les Syriens... En plus, il avait l'impression de corriger une injustice née de l'antisémitisme supposé du gouvernement américain... A la cinquième livraison, Ariel Gur lui avait expliqué qu'à l'avenir, il vaudrait mieux livrer les documents à New York, à un homme à lui. La semaine suivante, ils s'étaient retrouvés tous les deux avec un troisième homme, Joseph Yagor, dans un pub irlandais de la Troisième Avenue, le *Muldoon's*. Au dessert, Joseph Yagor avait tendu à Jonathan Wise une enveloppe pleine de billets, pour le rembourser de ses frais... Quand Jonathan l'avait ouverte, il avait trouvé cinq mille dollars en billets de cent. Sans le vouloir, il était devenu un espion stipendié...

Il ignorait pour qui au juste il travaillait. Ariel Gur lui avait laissé entendre qu'il s'agissait d'une petite structure informelle, indépendante du Mossad, et que le gouvernement israélien n'était pas au courant. Il lui avait fait miroiter que bientôt, Jonathan pourrait faire « Aliyah », venir vivre en Israël, où on lui trouverait un job à la hauteur des services rendus...

C'est lors du voyage suivant qu'il avait rencontré Olivia de Portello. Devenant le jour même son amant.

Jonathan Wise avait vite pris goût à cette tornade sexuelle, et multiplié ses voyages à New York, soi-disant pour le business. Sa femme, sachant qu'il travaillait pour la Sécurité nationale, ne posait pas de questions. Mais le jour où elle avait trouvé l'empreinte de deux lèvres sur son caleçon, elle avait compris. La vie de Jonathan Wise était devenue un enfer. Pas à cause de son travail d'espion. De ce côté-là, ça baignait. Il photocopiait comme un fou et livrait des brassées de documents à Joseph Yagor. Mais sa liaison avec Olivia de Portello tournait au vinaigre. La jeune femme, très vite, avait exigé qu'il quitte sa femme pour venir vivre à New York avec elle.

Projet que Jonathan Wise n'envisageait en aucune façon...

Et puis, il y avait eu la catastrophe. Alors qu'il avait rendez-vous un jour avec Joseph Yagor, il était arrivé la veille à New York, afin de pouvoir passer la nuit avec sa maîtresse. Chargé d'un paquet de documents secrets à remettre à l'Israélien. Lorsqu'il s'était réveillé, Olivia lui avait annoncé deux choses. Un : elle avait trouvé les documents et les avait mis à l'abri. Deux : si Jonathan ne venait pas vivre avec elle rapidement, elle les livrerait au FBI. Jonathan Wise s'était maudit de s'être confié à elle par forfanterie, mais c'était trop tard...

Bridget, sa femme, menaçait quant à elle de le quitter, s'il ne rompait pas. Il était pris dans un engrenage infernal... Affolé, il s'était ouvert à Ariel Gur du chantage d'Olivia, sans toutefois lui avouer l'histoire des documents volés. Gur avait immédiatement compris le danger. Jonathan Wise, démasqué, révélerait tout ce qu'il savait. C'est-à-dire beaucoup. Avec les deux noms qu'il connaissait : Ariel Gur et le général Eliahu, les Américains sauraient que l'affaire remontait au plus haut niveau du gouvernement israélien. Avec les conséquences politiques que cela impliquait...

Ariel Gur avait promis à Jonathan d'étudier le problème ; et organisé immédiatement le meurtre d'Olivia de Portello. Jonathan Wise serait mis devant le fait accompli.

Après le tragique quiproquo du *Cipriani*, Ariel Gur avait dû mettre au point une stratégie de rechange. Sur ses conseils, Jonathan Wise avait promis à Olivia de quitter sa femme dans les trois mois. Il avait même apporté quelques affaires chez elle. Ce qui avait calmé la jeune femme. Pour un temps.

Ariel Gur avait fait un pari audacieux : continuer à tirer sur la source « Yahalom » afin d'obtenir des documents qu'il s'était *engagé* à fournir au Premier ministre. Il fallait tenir quelques semaines. Ensuite, Jonathan Wise, juif, invoquerait à la loi du retour. Et terminerait sa vie en Israël. Tout se serait bien passé si Olivia n'avait pas fait une nouvelle crise... Cette fois, la dernière.

Le réveil sonna et Jonathan Wise se dressa en sursaut, ignorant s'il rêvait ou s'il était vraiment éveillé. Bridget était déjà debout et se dirigeait vers la cuisine. Jonathan se dit qu'il fallait absolument qu'il recommence à lui faire l'amour. Elle revint quelques minutes plus tard, portant sur un plateau des corn-flakes, du café, des toasts, et annonça :

— Après-demain, je voudrais que tu viennes avec moi chez Subaru. Je voudrais changer ma voiture. Essaie de sortir un peu plus tôt.

Jonathan Wise sentit une main glacée lui serrer l'estomac. Le surlendemain, il devait aller à New York. C'était urgent et vital pour lui.

— Cela va être difficile, dit-il piteusement. Je dois me rendre à New York. J'ai une réunion importante.

Bridge s'arrêta de manger et lui jeta un regard furibond.

— Tu veux dire que tu vas baiser ta pouffiasse...

— Mais non ! Tu peux venir avec moi, si tu veux. Je vais *travailler*.

La jeune femme haussa les épaules, renversant le café dans sa fureur.

— Tu vas à New York te faire sucer ! lança-t-elle ; par cette pouffiasse ! Tu es fou d'elle...

Folle de rage, elle partit s'enfermer dans la cuisine. Jonathan ne pouvait pas lui avouer qu'Olivia était morte sans se lancer dans des explications compliquées. Cela viendrait plus tard. Pour l'instant, il fallait encore mentir. Il ne fallait pas que Bridget apprenne sa trahison. Il ignorait comment elle réagirait.

Il se leva et fila dans la salle de bains. Encore quelques jours et les choses s'arrangeraient. Une fois sa dernière livraison faite, il pourrait dire la vérité à Bridget et ensuite, filer avec elle en Israël...

Il se dit, un peu honteusement, que grâce à la férocité des

Israéliens, il avait gagné quelques jours de répit. Personne ne risquait plus de le dénoncer. Il n'y avait plus qu'une précaution indispensable à prendre : récupérer les documents « confisqués » par Olivia.

CHAPITRE XI

— On est en bas ! annonça la voix grave de Chris Jones. Dans un van Otis, juste en face de l'entrée.

Il était sept heures trente pile. Malko descendit. Devant l'entrée du *Four Seasons*, il aperçut, garé derrière une Cadillac noire, un fourgon portant en lettres énormes sur ses flancs : OTIS REPAIRS AND MAINTENANCE. Chris Jones était au volant. Il descendit pour accueillir Malko. Plutôt gauche dans sa combinaison jaune, avec Otis affiché en lettres fluorescentes dans le dos... Comme d'habitude, le « gorille » de la CIA écrabouilla les phalanges de Malko dans son énorme patte. Il n'avait pas changé depuis leur dernière rencontre, justement à Washington, deux ans plus tôt[1]. Les mêmes yeux gris, les mêmes cheveux coupés très courts, grisonnants, une carrure de docker et, probablement, un petit arsenal sous sa combinaison Otis.

Lui et Milton Brabeck, son partenaire habituel, avaient un faible pour les armes à feu. De préférence de gros calibre. A eux deux, ils représentaient la puissance de feu d'un petit porte-avions...

— Vous avez vu comment je suis déguisé ! soupira-t-il. Enfin, ça vaut mieux que d'être dans un pays de bougnoules. Ici, au moins, on peut manger normalement et il n'y a pas trop de microbes...

Chris Jones et Milton Brabeck ne craignaient qu'une

1. Voir SAS n° 126, *Une Lettre pour la Maison-Blanche.*

chose : l'exotisme. Et pour eux, l'exotisme commençait à la frontière de la Virginie... Anciens du *Secret Service*, ils étaient prêts à risquer leur peau dix fois par jour pourvu qu'on ne les force pas à manger des ris de veau ou à boire de l'eau ne sortant pas d'une bouteille fermée.

— Où est Milton ? demanda Malko.

— A l'intérieur, fit Chris Jones d'un ton lugubre. Rejoignez-le, il y a *aussi* une combinaison pour vous, si ça vous amuse.

Malko fit coulisser la porte latérale du fourgon. Milton Brabeck, en chemisette et jean, un petit Deux-pouces Colt dans un holster de ceinture, était installé sur une banquette qui courait tout autour du fourgon, permettant d'observer à l'extérieur grâce à des trous minuscules percés dans la paroi. Le fourgon Otis était un « sous-marin », un véhicule destiné à planquer sans trop se faire remarquer. Malko faillit tomber à la renverse. Chris Jones venait de démarrer comme s'il conduisait une Ferrari.

— Où allons-nous ? demanda Malko à Milton Brabeck.

— Suivre ce Jonathan Wise. L'enfant de salaud qui trahit pour les Israéliens.

Dix minutes plus tard, le fourgon s'immobilisa. Malko colla un œil à un des trous d'observation et aperçut une rue calme bordée de petits immeubles, en sens unique, d'après les voitures en stationnement. Milton Brabeck lui montra un plan fixé à la paroi du fourgon.

— Nous sommes dans la 21e Rue, expliqua-t-il, pas loin de Dupont Circle. Vous voyez, à gauche, devant, cette petite allée ? Elle aboutit derrière l'immeuble où habite Jonathan Wise. Là où il gare sa Mustang. Il ne va pas tarder à sortir.

Effectivement, une Mustang grise apparut quelques minutes plus tard, s'arrêtant pour laisser passer deux voitures. Malko aperçut un homme seul au volant. Cheveux noirs, lunettes noires. Il tourna à gauche, descendant la 21e Rue. Puis, deux blocs plus loin, encore à gauche dans P Street, rejoignant le Dupont Circle. Malko et Milton Brabeck ne le voyaient plus, mais Chris Jones commentait le parcours :

— Il descend Massachussets... Comme d'habitude.

— Ensuite, il va rattraper le Freeway 395, commenta Milton Brabeck, en direction du sud par l'entrée de la 3e Rue, en bas de Massachussets. Puis de là, il prend le pont de la 11e Rue sur l'Anacostia River, ensuite Good Hope Road, Alabama Avenue et Suitland Avenue.

Malko observait Massachussets Avenue, nettement dégradée dans cette partie-là. Des terrains vagues, entrecoupés de maisons de brique rouge abandonnées, de parkings. Tout à coup, la voix de Chris Jones le fit sursauter.

— Il s'arrête à une station-service.

Le fourgon ralentit, puis stoppa. Malko avait dans son champ de vision une maison de deux étages à demi détruite, isolée entre deux terrains vagues. La voix de Chris Jones éclata de nouveau dans le haut-parleur :

— Il va donner un coup de fil d'une cabine.

*

* *

Lorsque Jonathan Wise monta dans sa vieille Mustang grise, il était à la fois furieux, plein de remords et sur les nerfs. Bridget n'avait pas voulu sortir de la cuisine pour lui dire au revoir. Or, il ne pouvait pas l'emmener à New York le surlendemain, comme il le lui avait proposé imprudemment. Impossible en effet de la faire assister à son rendez-vous avec son contact israélien de New York. Et s'il l'abandonnait ne fût-ce que dix minutes, elle serait persuadée qu'il allait retrouver sa maîtresse. Impossible aussi de lui avouer pourquoi il allait à New York. C'était se mettre entre ses mains. Un chantage, cela suffisait... Mais surtout, ce qui l'angoissait, c'était d'avouer à ses « employeurs » qu'il avait laissé chez Olivia de Portello des documents hyper-compromettants... Il fallait les récupérer coûte que coûte. Olivia avait sûrement de la famille et si on les retrouvait chez elle, on risquait de remonter jusqu'à lui. Il avait tu cette imprudence, pensant qu'Olivia finirait par lui rendre les documents. Maintenant qu'elle était morte, les précautions à prendre étaient différentes.

Après avoir passé Thomas Circle, il ralentit. Sur sa gauche, se trouvait une station Texaco avec deux cabines téléphoniques. Il ouvrit son carnet et trouva le numéro codé qu'il n'avait jamais encore appelé. Ariel Gur lui avait recommandé de ne l'utiliser qu'en cas d'urgence. Ce qui était le cas : ces documents dans la nature était une bombe à retardement. Il composa le numéro, et tomba sur un répondeur qui répéta le numéro appelé, demandant de laisser un message.

— J'ai un message pour Doug, annonça Jonathan Wise. Je serai demain à l'heure habituelle, à l'endroit habituel. C'est très important.

Il raccrocha, un peu soulagé. La discussion allait être désagréable, mais au moins il ne porterait plus tout seul le fardeau de sa faute... Il reprit la Mustang et continua à descendre Massachussets Avenue vers l'est, avant de tourner dans la 11e Rue pour rattraper le Freeway 395. Quand il n'y avait pas trop de circulation, il ne mettait guère plus d'une demi-heure pour arriver à Suitland.

Ca roulait bien, et le pont de la 11e Rue franchi, il rejoignit très vite Suitland Avenue. L'avenue montait en pente douce, bordée des deux côtés par d'énormes cimetières : Cedar Hill, Lincoln Memorial, Washington Memorial. En haut de la côte, il aperçut le gros château d'eau situé juste avant l'embranchement où il tournait pour gagner le National Maritime Intelligence Center. Ces installations de la Navy se trouvaient noyées dans le Suitland Federal Center, un immense « parc administratif » s'étendant sur plusieurs kilomètres carrés, entre Suitland Avenue et Suitland Parkway. Il y avait de tout : le bureau de recensement, celui du courrier officiel, le bureau des véhicules...

Jonathan Wise arriva à l'entrée du NMIC, un ensemble de bâtiments gris isolés, et appuya son badge contre le récepteur magnétique, faisant se lever la barrière. Il serait bien allé à New York le jour même, mais il avait une importante réunion, impossible à rater. Encore vingt-quatre heures d'angoisse en perspective.

*
* *

— Et voilà ! annonça Chris Jones dans le haut-parleur. On est tranquilles jusqu'à ce soir cinq heures.

Il continua à longer le grillage du Suitland Federal Center jusqu'au croisement avec Silver Hill Road. Il prit à droite et redescendit vers Suitland Parkway pour regagner Washington.

— Il faut aller relever le numéro de cette cabine, dit Malko. On doit pouvoir connaître le numéro qu'il a appelé.

— C'est le boulot de la TD, grommela Chris Jones. Ils risquent de mettre un temps fou. On n'est pas le FBI...

Malko se demanda combien de temps allait durer cette fastidieuse surveillance. Si Jonathan Wise était prudent, il pouvait leur tenir la dragée haute très longtemps... Surtout s'il se doutait de quelque chose.

*
* *

Ariel Gur tirait paisiblement sur sa pipe lorsqu'une secrétaire lui apporta le message. Le texte de l'appel donné par Jonathan Wise, deux heures plus tôt. Le numéro appelé par le jeune analyste était celui d'un appartement loué depuis longtemps sous un faux nom. Le magnétophone qui enregistrait les messages émettait automatiquement un signal lorsqu'il en avait un, permettant à un employé de l'ambassade de venir sans tarder le relever. L'Israélien le lut trois fois, fou de joie. Cela ne pouvait signifier qu'une chose : Jonathan Wise avait pu enfin se procurer les documents réclamés par le bureau du Premier ministre. Une commande très spéciale.

L'affaire avait commencé des mois plus tôt. Il s'agissait d'un *deal* ultra-secret passé entre le Premier ministre et les responsables de la Corée du Nord. Depuis longtemps, les Israéliens essayaient de convaincre les Nord-Coréens de ne plus livrer à l'Iran la technologie de leurs fusées Taepo Dong 1 et Taepo Dong 2. En effet, grâce à cet apport, les

Iraniens étaient en train de mettre au point des fusées balistiques d'une portée de plus de trois mille kilomètres. Largement de quoi menacer Israël.

Les Nord-Coréens avaient fait la sourde oreille, refusant les monceaux de dollars israéliens. Jusqu'au moment où Rafaël Gal, le patron du Lakam, avait eu l'idée de leur proposer les photos de la Corée du Nord prises par les satellites-espions américains KH II. Elles permettraient aux Nord-Coréens de savoir exactement ce que le Pentagone connaissait de leurs préparatifs militaires. En plus, Rafaël Gal s'était engagé à donner une liste des « sources nord-coréennes » renseignant les Américains...

Appâtés, les Nord-Coréens avaient enfin accepté de discuter sérieusement. Désormais, tout reposait sur la « source Yahalom ». Jonathan Wise était en effet le seul à pouvoir procurer aux Israéliens ce genre d'informations « Top secret ». Seulement, cela prenait du temps.

Voilà pourquoi Ariel Gur ne *pouvait* pas arrêter brutalement l'exploitation de la « source Yahalom » tant qu'il n'avait pas obtenu les précieux documents. Quels que soient les risques encourus.

Le message qu'il tenait entre ses mains était la meilleure nouvelle depuis longtemps. Une telle précipitation de la part de Jonathan Wise ne pouvait signifier qu'une chose : il avait enfin le dossier nord-coréen. Ariel Gur contempla le paysage bucolique à travers la baie vitrée de son bureau. L'ambassade israélienne était bâtie sur une petite colline encore très peu construite, à l'écart de Connecticut Avenue. On se serait cru en pleine campagne.

L'Israélien s'arracha à son euphorie. Il fallait garder la tête sur les épaules, la CIA rôdait autour de son dispositif. Ce serait trop bête de se faire prendre si près de l'arrivée. Il se mit à tirer sur sa pipe, passant en revue les contre-mesures nécessaires pour assurer un bon déroulement de la dernière prestation de « Yahalom ». Il tenait pour acquis que la CIA avait relevé sur le portable d'Olivia de Portello le numéro de la cabine publique de la 21e Rue. C'était bien sûr, un indice, mais pas suffisant, à court terme, pour remonter jusqu'à

Jonathan Wise. Il était engagé dans une course contre la montre qu'il allait conclure, si Dieu le voulait, à son avantage.

Ariel Gur descendit un étage, gagnant le bureau du vice-consul, au rez-de-chaussée. Un bonhomme adipeux avec d'énormes lunettes d'écaille et quelques cheveux noirs soigneusement rangés sur le côté. Membre du Mossad évidemment, et connaissant le poids d'Ariel Gur. Celui-ci sortit un papier de sa poche et le posa à côté du vice-consul.

— Il me faut un passeport à ce nom.

Dans la pochette transparente, il y avait deux photos d'identité de Jonathan Wise. Une précaution prise depuis pas mal de temps. Sa meilleure sauvegarde. Il le lui remettrait à New York contre les documents nord-coréens. Le soir même, il prendrait le vol El Al pour Tel Aviv. On ferait venir sa femme ensuite. De cette façon, Ariel Gur gardait un coup d'avance sur la CIA.

Dès qu'il eut le passeport flambant neuf au nom de Moshe Karsenty, il gagna sa Nissan Maxima dans le parking, saluant au passage le policier américain en faction en face de l'ambassade. Il irait lui-même à New York afin de rencontrer Jonathan Wise. Lui seul pouvait vaincre ses réticences, si le jeune analyste rechignait à quitter les Etats-Unis sur-le-champ.

Tant que la « source Yahalom » ne serait pas dans un avion pour Israël, il ne serait pas vraiment tranquille.

*

* *

Cette fois, c'était Milton Brabeck qui conduisait une camionnette portant sur ses flancs WASHINGTON PURITY. LAUNDRY DRY-CLEANING. Sa combinaison blanche était un peu moins voyante que celle d'Otis de la veille. Malko, encore mal réveillé, alla s'installer à l'intérieur du véhicule. La veille, Jonathan Wise était revenu chez lui pour ne pas ressortir. A minuit, ils avaient levé la planque...

— Le voilà, annonça Milton à Malko et Chris Jones, installés à l'intérieur du « sous-marin ».

Même trajet : Dupont Circle, Massachussets Avenue, puis la 3e Rue. Et l'entrée du Freeway 395. Cette fois-ci, Jonathan Wise ne s'était arrêté nulle part. Malko fut arraché à sa somnolence par une exclamation de Milton Brabeck.

— Hé ! Il va vers l'ouest !

Pour se rendre à Suitland, l'analyste aurait dû prendre l'embranchement est. La Mustang s'engagea sur le Francis Case Memorial Bridge puis franchit le George Mason Bridge sur le Potomac, laissant le Pentagone sur sa gauche pour filer vers le sud sur George Washington Memorial Parkway. Il n'allait pas à son travail.

— Il va à National Airport ! annonça Milton Brabeck, tout excité.

Effectivement, la Mustang se dirigea vers un des parkings et s'y arrêta. Malko, par une des ouvertures, vit Jonathan Wise sortir de sa voiture, une mallette à la main, et gagner l'arrêt de la navette menant au Main Terminal.

Trois minutes plus tard, il y débarquait et rejoignait le départ du *shuttle* Delta pour New York, Malko sur ses talons. Dès que celui-ci le vit s'installer dans la salle d'attente, il fonça vers le comptoir de vente.

— Je voudrais une place sur le vol de 9 heures.

L'employée consulta son ordinateur et leva la tête avec un sourire navré.

— Désolé, *sir*, le vol est complet. Il y a de la place à 9 h 30.

— Et la liste d'attente ?

— Il n'y a pas de liste d'attente, précisa-t-elle, tous les passagers sont déjà pré-enregistrés.

La rage au cœur, Malko prit un billet pour 9 h 30 et assista à l'embarquement de Jonathan Wise, perdu dans la foule des businessmen. Milton Brabeck attendait dehors, au volant du fourgon. Malko lui expliqua la situation.

— Il faut l'intercepter à l'arrivée. Appelez Reynold Hurst.

La communication fut établie immédiatement. Reynold Hurst se montra plutôt pessimiste.

— Il est 9 h 5, expliqua-t-il. Ce *shuttle* se pose dans quarante minutes à La Guardia. Je n'ai personne sous la main et aucune photo de ce type. C'est foutu. On peut le piquer au retour, en surveillant tous les vols. Je suppose qu'il va revenir sur Delta.

— Merci, dit Malko.

Il appela aussitôt Jeffrey Townsend, le *deputy-director* de la Division des Opérations. Lorsque ce dernier eut fini de jurer, il ne put que conseiller à Malko :

— Prenez le vol de 9 h 30. Vous pouvez faire deux choses. D'abord, aller rôder autour du consulat israélien, sur Second Avenue, mais c'est *un very very long shot*[1]. Ou, au moins, essayer de le retrouver quand il rembarque. Il sera peut-être avec quelqu'un. Chris Jones et Milton Brabeck restent à National Airport pour le prendre en charge à son retour.

Lorsque Malko transmit les instructions du numéro 2 de la Division des Plans aux deux « gorilles », ils firent nettement la grimace. Chris Jones fit claquer le capot de son Zippo décoré d'un 357 Magnum semblable à celui qu'il portait à la ceinture, avant de le remettre avec résignation dans son holster.

— Encore une journée grisante ! soupira-t-il. Surtout s'il revient à neuf heures du soir.

— La dernière navette est à dix heures, souligna perfidement Milton Brabeck. Au moins, *vous* allez à New York. Je suis sûr que vous allez encore tomber sur des créatures de rêve...

Malko était trop déçu pour relever. Il n'eut que le temps de gagner la salle d'attente pour embarquer. Rôder autour du consulat israélien était aussi efficace que d'essayer de tuer un lion avec un lance-pierre... Il se demandait vraiment pourquoi il avait fait le voyage. Soudain, la remarque de Milton Brabeck lui fit penser à quelque chose. La carte de Lia Bowles était dans son portefeuille. Utilisant le téléphone de

1. Une chance sur un million.

sa rangée, il appela d'abord son numéro personnel, sans obtenir de réponse, puis essaya son bureau.

Occupé sans arrêt.

Il se dit qu'il pourrait toujours aller au *Cipriani*, retrouver la pulpeuse Paola Ruggieri. De ce côté-là, il avait un crédit... De la blessure reçue à Miami, il ne restait qu'une ligne rougeâtre, dissimulée par un discret sparadrap.

*
* *

Le vol s'était posé à dix heures dix. Trop tôt pour appeler le *Cipriani*. Malko n'avait vraiment pas envie d'aller traîner dans Second Avenue... Il ressortit la carte de Lia Bowles et regarda l'adresse, 16 East 52. Pas loin de Fifth Avenue. Ce serait une bonne surprise de lui rendre visite.

Une demi-heure plus tard, il abandonnait trente dollars à son chauffeur de taxi, en face d'un petit building, presque au coin de Madison. Les bureaux de Lia Bowles se trouvaient au septième. Une grosse fille à lunettes qui occupait la réception tout en jouant avec un ordinateur l'accueillit avec un sourire commercial.

— Je voudrais voir Lia Bowles, dit Malko.

— Qui dois-je annoncer ?

Donc elle était là. Malko allait dire son nom lorsqu'il eut une meilleure idée.

— Je suis un de ses vieux amis, dit-il, je voudrais lui faire la surprise, si c'est possible.

La réceptionniste hésita un peu avant de dire :

— Je pense que c'est OK. Elle est seule. La porte vitrée au fond du couloir, à droite.

Malko frappa et entendit une voix mélodieuse lancer :

— *Come on in !*

Il poussa la porte. Lia Bowles, en tailleur bleu, était en train d'écrire. Elle leva la tête, esquissant un sourire qui se figea puis se transforma en une sorte de rictus. Malko vit ses prunelles se rétrécir, ses traits se figer. L'image vivante de la peur. Lia Bowles mit plusieurs secondes à retrouver une attitude normale, au prix visiblement d'un effort surhumain. Elle se leva et vint vers lui, la main tendue.

— Quelle bonne surprise !

— Je vous ai appelée, précisa Malko, mais c'était toujours occupé. Alors, comme je reste peu de temps à New York, je suis venu. Si vous êtes libre pour déjeuner...

— Mais bien sûr, fit chaleureusement la jeune femme. A condition que cela ne dure pas trop longtemps. J'ai beaucoup de travail.

De nouveau, le regard de ses yeux émeraude était lumineux. Mais Malko gardait, gravée sur sa rétine, l'expression de panique de Lia Bowles lorsqu'il était entré dans son bureau. Une réaction qui matérialisait ses pires soupçons. Il se dit que, finalement, il n'était pas venu à New York pour rien.

CHAPITRE XII

Jonathan Wise pénétra d'une démarche assurée dans le grand magasin de disques Sam Goodies, sur la 42e Rue, juste au coin de Second Avenue. Après avoir un peu erré dans les rayons, il s'immobilisa devant celui des « hits », s'efforçant de regarder les disques, tout en surveillant les alentours. C'était le lieu de rendez-vous habituel avec son contact du consulat israélien, dont les locaux ne se trouvaient qu'à une centaine de mètres dans Second Avenue. Il était pile à l'heure : midi.

A midi vingt, il commença à se sentir nerveux. C'était la première fois que l'Israélien était en retard.

Il patienta encore dix minutes, l'estomac noué, s'imaginant voir des agents du FBI partout. Qu'avait-il pu se passer ? Il était impossible que son message n'ait pas été transmis. Donc, il y avait un problème. Le seul qu'il imaginait, c'était que ses partenaires rompaient le contact parce qu'il était surveillé. Il en avait envie de vomir ! Qu'est-ce qui avait pu se produire ? Ses collègues à Suitland paraissaient parfaitement normaux. Sa femme l'aurait-elle dénoncé ? Impossible, elle ne savait rien. Les jambes tremblantes, il se dirigea vers le rendez-vous de secours, le pub-restaurant irlandais sur la Troisième Avenue, le *Muldoon's*. Marcher lui fit du bien. Il essaya en vain de vérifier qu'il n'était pas suivi. Arrivé dans la Troisième Avenue, il ralentit. Le *Muldoon's*, à la façade tricolore délavée, faisait partie d'un bloc de vieux immeubles minables d'où pendaient encore des échelles d'incendie rouillées. Un îlot de tristesse au milieu des buildings flambant neufs, dont le Chrysler Building, qui avaient poussé dans ce quartier comme des champignons.

Jonathan Wise poussa la porte du *Muldoon's*. La salle tout en longueur, avec des boxes au fond, était plongée dans sa pénombre habituelle. Quelques sacs à vin vissés au comptoir ne lui prêtèrent aucune attention. Les boxes étaient vides. Les serveuses déjeunaient. L'une d'elle lui adressa une œillade aguichante...

Malade d'angoisse, il ressortit, ne sachant plus que faire. Il avait l'impression d'être le centre du monde, d'un monde hostile et dangereux. Il n'avait même pas faim. C'était comme si on l'avait rejeté dans les ténèbres extérieures.

Comme un automate, il remonta la Troisième Avenue jusqu'à la 42e Rue, puis tourna à gauche, se dirigeant vers Grand Central. Il avait envie de s'asseoir, de réfléchir. Il ne pouvait se résigner à repartir pour Washington. Il arriva à Park Avenue et aperçut l'entrée de l'hôtel *Hyatt*. Il pourrait y réfléchir devant un scotch.

A peine était-il dans le *lobby* qu'une voix familière l'apostropha :

— Vous êtes un bon marcheur.

Il se retourna. Ariel Gur le contemplait en souriant, pipe au bec, plus bossu que jamais, une lueur joyeuse dans ses yeux bleus. Jonathan Wise lui aurait sauté au cou !

L'Israélien lui fit signe de le suivre et ils sortirent sur Park Avenue. Ariel Gur héla un taxi et donna l'adresse du steakhouse *Sparks*, à la 46e Rue. Il fit signe à Jonathan de ne pas parler. Le chauffeur pakistanais ne paraissait pourtant pas bien dangereux.

Le *Sparks*, jadis toujours bourré, s'était considérablement agrandi et on leur donna une table dans une salle presque vide. Jonathan Wise, mort d'angoisse, osa enfin demander :

— Que s'est-il passé ? Il n'y avait personne au rendez-vous.

— Je sais. Je craignais que vous soyez filé.

— Filé ! s'exclama à voix basse Jonathan. Mais...

Le ciel lui tombait sur la tête. Il se retourna, regarda la

salle vide. Son cauchemar prenait forme. Ariel Gur lui adressa un sourire chaleureux.

— Ce n'était qu'une simple précaution. « On » vous a observé depuis le début. Tout est clair.

— Mais pourquoi serais-je surveillé ? s'insurgea l'Américain. Vous m'aviez dit que...

Ariel Gur lui adressa un regard grave.

— Nous pensons que la CIA a récupéré le portable de votre amie Olivia, à Miami. Elle a dû essayer de vous joindre souvent. Et les numéros sont restés en mémoire.

— Mais elle n'a jamais eu mon numéro ! protesta Jonathan Wise. Je lui avais donné celui d'une cabine de la 21e Rue.

Ariel Gur approuva de la tête.

— Vous me l'aviez dit. C'était une sage précaution. Mais cette cabine n'est pas très éloignée de votre domicile. Cela peut être un indice.

Jonathan Wise eut l'impression qu'on le plongeait dans de l'eau glacée.

— Un indice... répéta-t-il. Mais la CIA ne sait pas que je connais Olivia.

— C'est vrai, reconnut l'Israélien, mais ils sont déjà remontés jusqu'à elle, j'ignore d'ailleurs comment. A Miami, elle était sous surveillance.

— Sous surveillance... répéta encore Jonathan Wise d'une voix blanche.

Il ne s'était même pas aperçu que le garçon attendait leur commande et sursauta quand Ariel Gur commanda une Caesar salad et un New York steak. Il avait l'impression que son cœur allait s'échapper de sa poitrine. Il était blanc comme un cierge, des pensées horribles s'entrechoquaient sous son crâne.

Il bredouilla qu'il prendrait la même chose et le garçon s'éloigna.

— Il ne faut pas s'affoler, fit Ariel Gur de sa voix lente, traînante et calme. Vous n'avez pas été suivi aujourd'hui. Donc, ils ne sont pas encore remontés jusqu'à vous... D'ailleurs, maintenant, cela n'a plus beaucoup d'importance.

Tout en parlant, il tira de sa poche un passeport israélien et le poussa vers Jonathan.

— *You are going to make Aliyah*, dit-il.

Jonathan Wise ouvrit le passeport et vit sa photo sous un nom inconnu : Moshe Karsenty. Il n'eut pas le temps de poser de questions. Comme dans un rêve, il entendit l'Israélien annoncer :

— Vous avez une place réservée sur le vol El Al de 19 h 35 ce soir. Vous serez à Ben Gourion Airport demain vers onze heures.

Jonathan Wise ne comprenait plus.

— Mais pourquoi ? Que se passe-t-il ?

Ariel Gur se pencha sur lui avec un sourire plein de chaleur.

— Pour votre bien. Vous avez rendu à Israël d'immenses services. Aujourd'hui, après cette dernière « livraison », nous ne vous demandons plus rien. Mais nous vous mettons à l'abri, à cause de nos petites erreurs qui, avec le temps, pourraient vous causer des ennuis.

Jonathan Wise le regarda, plein d'incompréhension.

— Quelle livraison ?

Il vit le regard d'Ariel Gur vaciller. Pourtant, le vieil Israélien en avait vu de toutes les couleurs, au cours de sa longue carrière. Il réussit à garder son calme.

— Vous avez bien demandé un rendez-vous d'urgence, dit-il. Ce n'était pas pour apporter les documents concernant la Corée du Nord qui vont nous permettre de renforcer la sécurité d'Israël ?

Jonathan Wise mit près d'une minute à réaliser la méprise.

— Ce n'est pas pour cela ! avoua-t-il d'une voix imperceptible ; je voulais vous dire quelque chose que je vous ai toujours caché.

Ce fut au tour d'Ariel Gur d'être déstabilisé. Il avait tout imaginé, sauf cela.

— Quoi ? crossa l'Israélien.

— Il y a quelques mois, Olivia m'a volé des documents que je devais vous remettre. J'avais dormi chez elle. Je n'ai jamais pu les récupérer, elle me faisait chanter avec... Je me suis dit que maintenant qu'elle était morte, il ne fallait pas les laisser là-bas.

Ariel Gur posa sa pipe sur la table. Lui aussi avait pâli.

— Vous voulez dire qu'ils sont *dans* son appartement ?

— Je pense. Elle ne m'a jamais dit où... Mais même s'ils sont dans un coffre, je pense que vous devez savoir ouvrir les coffres.

Ariel Gur se passa la main sur le front d'un air absent. Il l'aurait tué ! Dissimuler une chose pareille ! D'une voix dangereusement calme, il demanda :

— C'étaient des documents venant de Suitland ?

— Oui, répondit Jonathan Wise dans un souffle.

— *My God !*

Penché au-dessus de la table, il martela à voix basse :

— Nous ne sommes pas *les seuls* à savoir ouvrir les coffres. Vos documents doivent être en ce moment aux mains de la CIA. Cela m'étonnerait beaucoup qu'ils n'aient pas visité l'appartement de votre amie.

Jonathan Wise avait envie de disparaître sous la table. Il faillit se lever et se sauver. Comme s'il avait deviné ses pensées, Ariel Gur emprisonna son poignet dans ses doigts d'acier.

— Nous avons tous fait des bêtises, fit-il. Maintenant, il faut les réparer.

Ce n'était pas le moment que Jonathan Wise se liquéfie. Il avait encore besoin de lui.

*
* *

En tenue de ville, Lia Bowles était encore plus attirante. La jupe de tailleur bleu, fendue devant, découvrait ses cuisses à chaque enjambée. Ils avaient remonté quatre blocs sur Fifth Avenue pour rejoindre Trump Tower et prendre une table à la cafétéria de l'impressionnant atrium. C'était bourré et le ruissellement de la cascade artificielle ajoutait encore au brouhaha ambiant.

Malko avait commandé des toasts de saumon fumé et de

la vodka. Il sentait la jeune femme sur ses gardes, derrière son attitude chaleureuse. Elle avait sorti un paquet de Gauloises blondes et fumait en silence.

— Vous restez à New York ce soir ? demanda-t-elle.

— Je ne sais pas encore, dit Malko.

— A propos, d'où venez-vous ?

— De Boston. J'avais un rendez-vous là-bas. Si je reste, ou quand je reviens, nous pourrions dîner ensemble.

Lia Bowles rit en secouant sa crinière rousse.

— J'aimerais beaucoup, mais j'ai plein de *business appointments*.

— Seulement « business » ?

Elle lui jeta un regard de reproche.

— J'ai une vie très calme. Ce n'est pas parce que vous avez eu une aventure avec moi qu'il faut croire... Je ne couche pas avec n'importe qui. Vous me plaisiez.

— Je n'étais pas le seul...

Elle fronça les sourcils.

— Que voulez-vous dire ?

Malko plongea ses yeux dorés dans les prunelles émeraude.

— Le soir où nous avons fait l'amour, dit-il, vous êtes ressortie ensuite. J'étais au bord de la piscine et je vous ai vue partir vers la plage. Je suppose que vous êtes allée retrouver quelqu'un d'autre.

Lia Bowles demeura muette quelques secondes, tirant une longue bouffée de sa Gauloise blonde. De nouveau, Malko vit la peur sur son visage. Puis elle réussit à prendre sur elle et dit d'un ton léger :

— Non, j'avais tout simplement une insomnie.

Malko l'observait attentivement. Pendant plusieurs secondes — un temps infini —, elle garda les yeux baissés. Quand elle releva la tête, ses prunelles vertes n'exprimaient rien qu'une surprise amusée. Brutalement, il se rendit compte qu'il n'avait pas en face de lui une simple *career woman*. Un tel self-control signifiait beaucoup de choses... Elle avait d'emblée trouvé une réponse neutre, invérifiable. Leurs regards s'affrontèrent quelques instants, puis Malko s'en tira par une pirouette.

— Décidément, je me surestime. Je pensais que vous étiez comblée et que vous alliez dormir d'un sommeil de plomb.

Un sourire chaleureux éclaira le visage de la jeune femme qui posa la main sur la sienne.

— J'*étais* comblée. D'ailleurs, si vous restez à New York...

— Nous nous reverrons, promit Malko. Aujourd'hui, je suis pris, mais je vous appellerai.

— *Please.*

De nouveau, Lia était tout charme.

Ils se séparèrent dans l'atrium et cette fois elle posa longuement ses lèvres sur les siennes.

— Appelle-moi vite, murmura-t-elle.

Malko la regarda s'éloigner dans Fifth Avenue. Elle se retourna avec un sourire éblouissant. Il se dit qu'il avait été imprudent de révéler qu'il l'avait vue à la piscine. Désormais, Lia savait qu'il savait. Il ignorait certes le rôle qu'elle avait joué dans la mort d'Olivia de Portello, mais ceux qui avaient liquidé la malheureuse jeune femme prenaient un soin féroce à effacer toute trace. Si, par Lia Bowles, on pouvait remonter jusqu'à eux, Malko était en danger.

Il héla un taxi et se fit conduire à La Guardia, se demandant encore ce que Jonathan Wise était venu faire à New York.

*

* *

Jonathan Wise était incapable d'avaler un petit pois. Il avait à peine touché à son New York steak, se contentant de boire son Defender sans glace. La tête lui tournait légèrement. S'il s'était écouté, il aurait foncé vers Kennedy Airport pour sauter dans l'avion d'El Al. Mais il ne se faisait aucune illusion : sans le « dossier nord-coréen », il serait mal accueilli en Israël. Ariel Gur, lui, avait mangé de bon appétit. Jonathan se demandait si quelque chose pouvait troubler le métabolisme du vieil Israélien... Celui-ci lui parlait depuis une heure de la sécurité d'Israël, du rôle important qu'il jouait, de la reconnaissance que tous les Israéliens lui voueraient, de son avenir radieux à Tel Aviv, où il serait intégré dans une structure de renseignement avec un haut salaire... Et puis des plages de la mer Rouge et de la Méditerranée... De ce pays merveilleux où tout le monde était juif, sauf les Arabes naturellement, mais les Arabes n'étaient que des sous-hommes dont on ne parlait pas, qu'on gardait soigneusement à l'*extérieur*.

Jonathan Wise rêvait, essayant d'oublier tout ce qui déparait ce mirage d'aujourd'hui. Il fallait retourner à Washington, affronter d'abord la furie de sa femme, puis trembler pendant des jours, jusqu'à son prochain voyage à New York. Entre-temps, il devrait se procurer les documents réclamés par Ariel Gur. Son *véritable* passeport pour la Terre Promise. En se demandant si le FBI n'allait pas lui sauter dessus. Effroyable. Le fait qu'il n'ait pas été suivi à New York était tout de même encourageant. Heureusement, les administrations étaient longues à se mettre en route. Il parviendrait peut-être à s'en sortir.

Ariel Gur laissa une liasse de billets sur l'addition. Il payait toujours cash. Au moment où il se leva, Jonathan Wise demanda timidement :

— Elle n'a pas souffert ?

L'Israélien demeura de marbre.

— C'est un accident, fit-il, elle s'est noyée en se baignant la nuit. Nous n'y sommes pour rien.

Jonathan Wise avait beau savoir qu'il mentait, cela le conforta. Mais, pour la première fois, il réalisa qu'il n'était plus maître de son destin. Il n'était plus qu'un pantin dont Ariel Gur tirait les ficelles. A ce moment, il regretta de s'être lancé dans cette aventure. Mais reculer maintenant était aussi facile que de remonter sur un plongeoir après avoir sauté.

CHAPITRE XIII

A peine revenue dans son bureau, Lia Bowles s'y enferma. La tête lui tournait et elle avait l'impression d'avoir avalé du poison. Prise d'une violente nausée, elle courut vomir dans son cabinet de toilette. Se sentant un peu mieux, elle alluma une cigarette avec le Zippo porte-bonheur Slim Fleur de Lys qu'elle traînait depuis sa vie clandestine. Le seul objet qui la reliait encore concrètement à cette période. Peu à peu, les battements de son cœur se calmèrent. Elle avait eu l'impression de recevoir un coup de poing en pleine figure lorsque son fugace amant de Miami avait frappé à la porte de son bureau.

Un peu comme si elle s'était trouvée nue en face d'une foule. Elle savait qui il était. Désormais, elle était persuadée qu'il *savait*, lui aussi, qui elle était.

Des années de « couverture » s'étaient évanouies en une fraction de seconde. Brutalement, elle n'avait plus d'avenir à New York. Elle tremblerait tous les jours, se rongerait, n'aurait plus goût à la vie. Tout cela à cause d'Ariel Gur. Elle se maudissait d'avoir accepté de l'aider encore une fois. Impossible de revenir en arrière, mais il fallait au moins tenter de préserver son avenir. Pour l'instant, une seule personne pouvait témoigner contre elle.

C'est ce témoignage qu'il fallait neutraliser définitivement.

Elle écrasa sa cigarette dans un cendrier, remit la veste de son tailleur et sortit du bureau à grandes enjambées, jetant au passage à la réceptionniste :

— Je reviens tout de suite.

Elle parcourut une centaine de mètres dans Madison Avenue avant de trouver une cabine, où elle composa un numéro qu'elle connaissait par cœur. C'est Joseph Yagor qui répondit.

— C'est Irit, annonça la jeune femme. J'ai besoin de rencontrer oncle Elie de toute urgence.

*

* *

Malko repéra facilement l'imposante silhouette de Chris Jones, debout en face des carrousels à bagages du *shuttle*. Sachant que rien d'urgent ne l'attendait à Washington, il avait finalement traîné un peu à New York, passant au *Cipriani* dans l'espoir de rencontrer Paola Ruggieri et flânant le long des boutiques de la 57e Rue. Le « gorille » le rejoignit et annonça placidement :

— Il y a du nouveau. La femme de Jonathan Wise est en train de se saouler la gueule au restaurant-bar *Houston*, dans Wisconsin Avenue, à Georgetown.

— Comment savez-vous cela ? demanda Malko, surpris.

— Après votre départ, on a reçu des instructions de la DDO. Nous sommes retournés à Hillyer Street, avec ordre de suivre Bridget Wise. On avait déjà repéré sa Subaru blanche qu'elle gare dans Hillyer Street, avec un permis de stationnement. On a poireauté jusqu'à trois heures. Elle est d'abord allée chez un coiffeur de Massachussets Avenue, puis a gagné le Georgetown Mall, un grand *shopping center* de M Street. Après avoir mis sa voiture au parking, elle a traîné dans les boutiques. Plus de trois heures. Et ensuite, elle a traversé Wisconsin Avenue et s'est installée au bar du *Houston*. Elle y est encore et Milt boit avec elle.

— Parfait, dit Malko. Conduisez-moi là-bas.

Quarante minutes plus tard, Chris Jones stoppait son fourgon devant le *Houston*, dans la partie de Wisconsin Avenue descendant vers le Potomac. Une petite rue en pente très animée. Le *Houston* était juste en face de l'énorme Georgetown Mall, qui tenait tout un bloc. Cette partie de M Street, de la 29e à la 35e Rue, était le cœur vivant de Georgetown, avec des boutiques, des bars, des restaurants « ethniques », juste avant l'université de Georgetown. Malko traversa la rue et poussa la porte du *Houston*.

Entre la fumée et l'éclairage tamisé, on y voyait à peine. Le brouhaha des conversations étouffait le son de la musique de fond. A droite, c'était le restaurant, à gauche un bar tout en longueur où s'accrochaient, au coude à coude, debout ou sur des tabourets, des dizaines de consommateurs. En face, des couples, dans des boxes, s'imbibaient plus discrètement. Il n'eut aucun mal à repérer Milton Brabeck, tout au fond, en tête à tête avec un verre de scotch, appuyé à un pilier. Le « gorille » s'avança vers Malko et lui glissa.

— C'est la fille presque au bout, la blonde.

Malko ne vit que son dos. Des cheveux blonds, courts, un pull jaune canari et une jupe noire. Juchée sur un tabouret, les coudes sur le bar, elle fixait son Martini comme si c'était la lampe d'Aladin.

— Elle doit être pétée, remarqua doctement Milton Brabeck. Ça fait deux heures qu'elle est là et elle en est à son quatrième Martini. Elle ne bouffe même pas les olives.

Chaque verre devait contenir un demi-litre...

— Bien, dit Malko, je prends la relève. Vous avez une voiture ?

— Laissez-moi finir mon Defender, protesta le « gorille ». On est mieux ici que dans le « sous-marin ». La voiture est un peu plus bas, dans Wisconsin. Une Chrysler K noire. Voilà les clefs. A demain, même heure que d'habitude...

Malko, resté seul, joua des coudes au milieu des clients debout pour se rapprocher de Bridget Wise. Il parvint juste à côté d'elle. Il commanda une vodka et l'observa. Elle ne parlait à personne, ne tournait pas la tête, enchaînant cigarette sur cigarette. Au bout de dix minutes, elle commanda au barman un sandwich, ainsi qu'un nouveau Martini tout neuf. Malko en profita pour demander des huîtres « Blue point » et quand le barman posa son assiette sur le bar, il se tourna vers Bridget Wise.

— Je ne vous gêne pas ?

Elle déplaça un peu son tabouret sans répondre. Il fallut vingt minutes de plus et un Martini et demi pour engager la conversation. Par bribes. Elle lui jetait un regard indifférent. Il apprit quand même qu'elle suivait des cours d'histoire de l'art à Georgetown University et qu'elle avait eu une semaine difficile. Il lui offrit un autre Martini. Pendant une heure, ils eurent un semblant de conversation, sur tout et sur rien. Visiblement, Bridget Wise avait la tête ailleurs. Elle était jolie, en dépit de ses yeux rouges, avec un nez retroussé, une grosse bouche sensuelle, un menton un peu pointu. Son cachemire jaune canari moulait une poitrine aiguë et ses jambes semblaient bien galbées. Une jolie femme. Malko s'aperçut soudain que ses mains tremblaient. Elle avait tout de la femme malheureuse qui noie son chagrin dans l'alcool. A un moment, leurs regards s'accrochèrent et elle parut enfin « voir » Malko. Sa conversation devint plus suivie. Elle se redressa, faisant saillir sa poitrine. Son regard s'anima, elle se mit à parler très fort, à plaisanter. Avec, de temps en temps, un regard provocant pour Malko. Elle s'appuya même sur lui en riant aux éclats, en un geste très familier. Complètement givrée... Elle en était à son sixième Martini. Tout à coup, elle appela le garçon et lança à Malko, avec la gravité des ivrognes :

— Faut que je rentre !

Aussitôt, Malko tendit un billet de cent dollars au barman. Au moment où Bridget Wise glissait directement de son tabouret jusqu'à la moquette, s'étalant comme une crêpe... Sa jupe remonta très haut, découvrant une culotte de nylon noir et des bas accrochés à un porte-jarretelles en dentelle. Inattendu chez une jeune bourgeoise washingtonienne. Sans Malko, elle serait restée affalée entre deux tabourets. Il la redressa et elle s'accrocha aussitôt à lui.

— J'ai glissé ! fit-elle d'une voix pâteuse.

Après avoir empoché sa monnaie, il l'escorta le long du

bar, solidement accrochée à son bras. L'air de la nuit ne sembla pas améliorer son état.

— Où est votre voiture ? demanda Malko.

— Je... sais pas.

De toute façon, elle était incapable de conduire. Elle leva les yeux vers lui.

— Comment vous vous appelez, déjà ?

— Malko.

Le visage de Bridget Wise s'éclaira et elle éructa :

— Malko, *you're swell ! I want fuck with you !*[1]

Brusquement, elle s'était pendue à son cou, collée à lui avec la redoutable insistance des ivrognes. Une langue imprégnée de Martini força les lèvres de Malko et commença à s'agiter autour de la sienne. Les gens qui sortaient du *Houston* souriaient en les voyant ainsi plantés au milieu du trottoir. Malko écarta un peu Bridget.

— Venez, je vais vous raccompagner, proposa-t-il.

Elle le suivit sans discuter et il l'installa dans la Chrysler de Chris Jones. Tandis qu'il démarrait, elle demanda de la même voix pâteuse :

— Où habitez-vous ?

— A l'hôtel *Four Seasons*, fit Malko. Et vous ?

Elle secoua la tête, alluma une nouvelle cigarette, en manquant se brûler les cheveux.

— Je ne veux pas rentrer chez moi ! Je viens avec vous.

Sa cigarette allumée, elle se pencha vers lui et plaqua une main possessive sur son entrejambe.

— *I mean business !*[2] insista-t-elle.

Malko démarra, embarrassé, et remonta vers M Street. Il ne pouvait pas ramener Bridget Wise chez elle. Même ivre morte, elle se serait étonnée qu'il connaisse son adresse. Il revint à la charge plusieurs fois, lui demandant où elle habitait. Finalement, elle explosa.

— Je ne *veux* pas rentrer chez moi ! Mon putain de mari

1. Malko, vous êtes chouette ! Je veux baiser avec vous !
2. Je suis sérieuse !

est parti à New York baiser avec sa pute. Moi, je veux baiser avec vous...

— Nous ne nous connaissons pas, objecta Malko qui trouvait que les choses allaient un peu vite.

— On va faire connaissance ! grommela Bridget Wise.

Sans hésiter, elle fit descendre son zip, glissa la main dans son pantalon et en sortit son sexe sur lequel elle s'abattit comme un vautour aviné. En dépit des circonstances, Malko réagit rapidement à sa caresse. Fièrement, Bridget Wise redressa la tête un instant, pour lancer d'une voix pâteuse :

— Quand j'étais *Sophomore* à Stanford, j'étais la meilleure suceuse du campus ! C'est comme ça que j'ai attrapé ce salaud de Jonathan.

La vie à Stanford University ne devait pas être triste...

Elle replongea sur lui. C'est vrai qu'elle n'avait pas perdu la main, si on peut dire. Malko s'arrêta juste après le pont, sur Rock Creek. Sa fellatrice leva aussitôt la tête.

— Où on est ?

— Pensylvania Avenue.

— *Good !* Vous remontez New Hampshire jusqu'à Dupont Circle. Après, je vous garde. On va aller baiser chez moi. Ça lui fera les pieds, à ce salaud ! Je suis sûre qu'il ne va pas rentrer. J'habite 2830 Hillyer Street. Faut prendre par la 21e.

Malko ne répondit pas. Bridget reprit tranquillement sa fellation.

— Je suis toujours bonne, hein ? demanda-t-elle pendant une pause de quelques secondes.

Malko aurait eu mauvaise grâce à dire le contraire. Pourvu que Milton Brabeck ne l'ait pas suivi. Il aurait encore eu de mauvaises pensées... Impatiente, Bridget Wise lui balaya le gland d'un coup de langue impérieux, et demanda :

— Alors, on va chez vous ou chez moi ?

— On pourrait se revoir demain, objecta Malko qui répugnait à profiter de la situation.

La jeune femme s'étrangla de fureur.

— C'est *maintenant* que je veux baiser, glapit-elle. Depuis que ce salaud est parti ce matin, je ne pensais qu'à ça. J'ai été m'acheter chez Victoria's Secrets de quoi m'habiller en pute. Je savais que j'allais me faire baiser, mais j'avais trouvé personne.

Malko sursauta. Une voiture de police venait de glisser lentement à côté d'eux et s'était arrêtée devant la Chrysler. A Washington, on ne plaisantait pas avec le sexe. Il ne tenait pas à se faire arrêter en compagnie de Bridget Wise. Il redémarra et, aussitôt, comme pour le maintenir en forme, Bridget replongea sur son sexe. Elle ne cessa pas jusqu'à l'auvent du *Four Seasons*, quand Malko la força à se redresser.

Le portier noir lui jeta un regard égrillard. Bridget était barbouillée de rouge à lèvres et s'accrochait outrageusement à Malko. Elle traversa le *lobby* en chantonnant, balançant les hanches d'une façon presque comique.

— J'ai l'impression d'entrer dans un bordel, pouffa-t-elle.

A peine dans la chambre, elle fit passer son pull par-dessus sa tête et se débarrassa de sa jupe, apparaissant en soutien-gorge, porte-jarretelles et bas. D'un geste tout aussi naturel, elle fit glisser sa culotte et vint se frotter à Malko, avant de tomber à genoux devant lui et de reprendre sa fellation là où elle l'avait laissée, avec un entrain tout neuf.

Soudain, elle s'interrompit et lui jeta un regard allumé.

— Puisque je me conduis comme une pute, je veux que vous m'attachiez.

Où vont se nicher les fantasmes des jeunes filles en fleurs...

Comme Malko se contentait de sourire, elle se releva, courut aux rideaux et en arracha les embrasses. Elle les lui jeta.

— Allez ! Attachez-moi !

D'elle-même, elle s'allongea sur le ventre, en travers du lit, bras et jambes écartés. Malko, amusé, l'attacha dans cette position par les poignets et les chevilles. Bridget l'observait, les yeux brillants.

— Maintenant, lança-t-elle, violez-moi !

Cette situation inattendue commençait à exciter Malko. Déshabillé, il s'allongea sur elle et la pénétra, tandis qu'elle se tordait dans ses liens, marmonnant des conseils, des commentaires, et se plaignant de ne pas être assez violée ! C'était finalement une salope-née.

— Je vais vous violer, fit-il. Pour de bon.

Se retirant de son ventre, il remonta jusqu'à l'entrée de ses reins et pesa de tout son poids, sentant son sexe s'enfoncer de quelques millimètres. Bridget poussa un hurlement.

— Non ! *That hurts !* [1]

C'était trop tard pour reculer. Dardé dans l'étroite ouverture, le membre de Malko s'enfonça soudain d'un trait dans la croupe. Bridget poussa un cri. Malko défaillait de plaisir. La jeune femme grogna encore un peu, tétanisée, laissa échapper l'air de ses poumons avec un sifflement de pneu qui se dégonfle, puis commença à s'agiter doucement sous lui. Encouragé par cette bonne volonté, Malko commença à aller et venir entre ses reins. Cinq minutes plus tard, Bridget haletait comme un soufflet de forge, répétant :

— *You fuck my ass ! You fuck my ass !* [2]

Lorsqu'il se répandit au fond d'elle, cela déclencha un orgasme si violent qu'elle en rompit une des cordelières. Puis, elle bascula dans le sommeil, foudroyée par les Martini et son orgasme.

*
* *

Jonathan Wise avait d'abord fouillé son appartement comme si Bridget avait pu se trouver dans un tiroir. Tordu d'angoisse, il s'assit sur une chaise, après s'être servi une énorme rasade de Defender « Very Classic Pale ». Les jambes coupées. Il n'y avait qu'une explication à l'absence de Bridget : le FBI était venu l'arrêter !

Il en tremblait comme une feuille.

Fou d'angoisse, il descendit dans la rue, à la recherche de sa voiture. Son absence le rassura un peu, mais pas un mot, pas un message. Il n'osait pas téléphoner à Tim, son voisin.

1. Ça fait mal !
2. Vous m'enculez ! Vous m'enculez !

Les heures passèrent. Impossible de fermer l'œil. Il ne passait presque aucune voiture dans la rue et il avait beau guetter les bruits de la nuit, rien ne se produisait. Le niveau de la bouteille de Defender baissait. Il ne savait plus où il en était.

Peu avant six heures, son angoisse redoubla... Le FBI allait sûrement surgir et l'arrêter à son tour. Il pensa à téléphoner à son avocat. Laissa le jour se lever. Rien. Le laitier faillit lui causer un infarctus. Mais où était Bridget ?

A sept heures, il commença à se préparer pour aller à son bureau. Ce n'était pas le moment de flancher. Il savait que les documents secrets réclamés par Ariel Gur étaient sa seule chance de salut. Il lui fallait au moins quatre jours pour les réunir sans attirer l'attention. Chaque heure allait être une agonie.

A huit heures, il descendit, laissant un mot dans la cuisine : « Appelle-moi à Suitland dès que tu rentres ».

Il était gris de fatigue, le cerveau en bouillie, et manqua encadrer une voiture postale dont le conducteur noir l'insulta. Il ne prêta aucun attention au fourgon de blanchisseur qui le suivait. Il guettait les sirènes du FBI.

*

* *

Ariel Gur ne dormait plus depuis quatre heures du matin, depuis qu'un coup de fil de New York lui avait appris que ses « plombiers » n'avaient rien trouvé dans l'appartement d'Olivia de Portello. Ils avaient, bien entendu, ouvert le coffre qui ne contenait que de l'argent. Après cette nouvelle, Ariel Gur s'était levé tout doucement pour se préparer un café dans la cuisine, regardant d'abord les écureuils qui jouaient dans le jardin.

Il se trouvait au croisement le plus difficile de sa carrière. Certes, lui-même ne risquait rien : son statut diplomatique lui promettait, au pire, une expulsion, qui le laissait totalement indifférent ; il ne se sentait bien qu'en Israël.

Mais les enjeux de l'opération « Yahalom » étaient terrifiants. Israël avait un besoin pressant des documents concernant la Corée du Nord qui devaient être livrés par Jonathan Wise. Pour conjurer un des grands dangers des années futures. Le XXIe siècle risquait de se terminer pour le peuple juif par un holocauste pire que celui du siècle précédent. En effet, les Services israéliens avaient la conviction que l'Iran avait pu se procurer au Kazakhstan quelques têtes nucléaires, soustraites au démantèlement. Cela, combiné aux missiles de moyenne portée fabriqués avec l'aide technologique nord-coréenne, constituait un danger mortel pour Israël. Trois ou quatre projectiles nucléaires suffiraient à le rayer de la carte.

Depuis la confession de Jonathan Wise, la veille, le compte à rebours s'était encore accéléré. Si les documents subtilisés par Jonathan Wise et récupérés par sa maîtresse folle étaient entre les mains de la CIA, les Américains ne mettraient pas longtemps à identifier l'analyste. Et à l'arrêter. Or, Jonathan Wise n'était pas un espion professionnel. Il avait agi pour un certain nombre de motifs, mais s'effondrerait, confronté à la perspective d'une peine de prison à vie. Il parlerait. D'abord parce qu'il était fier de ce qu'il avait fait. Mais aussi pour tenter de s'en sortir. Hélas, il savait beaucoup de choses, dont les noms du général Eliahu et de Rafaël Gal. Il ignorait l'existence du Lakam, mais les Américains, eux, savaient parfaitement que Gal était le patron du Lakam, et travaillait directement pour le Premier ministre. Ils comprendraient qu'il s'agissait non pas d'une opération montée par des sous-fifres, mais d'une action commise avec le feu vert du plus haut niveau de l'Etat israélien.

Au mépris des accords signés par Israël avec les Etats-Unis.

Et ça, ils n'aimeraient pas du tout.

Ariel Gur était tétanisé. Benyamin Nétanyahou arrivait dans trois jours pour se rendre à Wye Plantation, où se déroulerait un ultime round de négociations avec les Palestiniens, sous l'égide du président des Etats-Unis. Nétanyahou avait l'intention de ne céder sur *rien*. Le président américain ferait tout pour le faire fléchir. Si l'affaire Jonathan Wise éclatait alors, ce serait un coup de poignard dans le dos pour Nétanyahou. Fous furieux, les Américains l'acculeraient à des concessions. Même les plus pro-Israéliens des Congressmen n'admettraient pas que le gouvernement juif soit venu espionner l'Amérique.

Ariel Gur se versa un peu de café. Il avait combattu dans toutes les guerres d'Israël, mais ne s'était jamais trouvé devant un tel dilemme. Il lui fallait prier, s'accrocher pour que Jonathan Wise ait le temps de récupérer ces fichus documents nord-coréens.

Il restait chaque seconde à la merci d'un accroc. Et depuis la veille, il avait un autre souci : l'agent de la CIA qui s'était trouvé à Miami soupçonnait Lia Bowles. Elle risquait d'être broyée à son tour dans cette affaire sordide. Elle qui avait déjà tant fait pour son pays. Cela, Ariel Gur ne pouvait le supporter. Il lui fallait, *au moins*, éliminer ce danger. Heureusement, Zvi Harel et Aharon Dan étaient encore là, planqués dans de petits hôtels new-yorkais.

CHAPITRE XIV

Malko se réveilla alors que Bridget Wise était déjà dans la salle de bains. Elle en sortit, fraîche comme une rose, démaquillée, très jeune fille. Elle vint s'asseoir sur le lit et jeta à Malko un regard pensif.

— Je ne me souviens plus très bien de ce qui s'est passé hier soir. J'avais bu.

— C'est exact, reconnut Malko, vous avez insisté pour que je vous ramène ici, à l'hôtel.

Bridget Wise eut un regard triste.

— Oui, je sais. Nous avons fait l'amour. C'est ce que je voulais. Vous avez dû me prendre pour une nymphomane.

— Non, corrigea Malko, pour une femme malheureuse. Mais je ne veux pas empiéter sur votre vie privée. Je vous ramène chez vous.

— Non, merci. Je vais prendre un taxi. Je voulais tromper mon mari, hier soir. C'est tombé sur vous.

— Je comprends, dit Malko. J'en suis content.

— Merci, dit-elle. J'aurais pu tomber plus mal. Vous n'êtes pas malade ?

— Pas que je sache. Pourquoi vouliez-vous tellement vous venger de votre mari ?

— Il a une maîtresse, dit-elle. A New York. Je crois qu'il est très amoureux.

— Comment le savez-vous ?

— Un jour, je l'ai fait suivre par une copine qu'il ne connaît pas. Il a retrouvé cette femme, ils se sont promenés la main dans la main, ensuite ils sont montés chez elle. Elle est jolie, et riche, je crois. Jonathan est tombé amoureux. Elle est même venue le retrouver ici, à Washington ! Je l'ai su. On les a vus ensemble, dans un restaurant français, pas loin d'ici. Et je crois qu'ils sont venus dans cet hôtel.

Qui frappe par l'épée...

— Cela lui passera.

— Je ne crois pas. Il est encore allé la voir hier à New York, en me racontant des histoires. Je ne l'ai plus supporté.

Malko eut du mal à rester silencieux. Impossible de dire qu'Olivia était morte. Bridget s'était donnée à lui pour rien. Jonathan était bien allé à New York, mais pas pour voir sa maîtresse. Pour trahir.

— Dites-lui de ne pas y retourner.

Elle secoua ses boucles blondes.

— Impossible. Il est comme fou. Il m'a dit qu'il devait encore y retourner la semaine prochaine. Qu'il y était obligé.

Malko enregistra. Jonathan Wise avait encore des choses à livrer. Cette fois, il faudrait le prendre sur le fait.

Bridget se méprit sur son silence. Elle prit le bloc sur la table de nuit et griffonna son numéro.

— C'est mon portable, dit-elle. Si vous restez à Washington, appelez-moi. Je préfère vous revoir plutôt qu'un inconnu. S'il repart à New York, je vous reverrai.

Elle se pencha et l'embrassa sur la bouche avant de sortir de la chambre. Malgré sa gêne, Malko triomphait : il saurait *directement* quand Jonathan, le traître, irait livrer ses documents. Il n'y aurait qu'à le suivre pour le prendre en flagrant délit.

*
* *

Jeffrey Townsend était arrivé en retard au petit restaurant italien de Tyson Corner, en Virginie, à deux miles de Langley. C'était plus discret que la Centrale. Deux jours s'étaient écoulés depuis la folle nuit de Malko. Jonathan Wise avait repris son travail à Suitland, huit heures-cinq heures. Chris et Milton le surveillaient discrètement. Il suffisait d'attendre.

— J'ai eu une longue conversation avec Franck Capistrano, annonça Jeffrey Townsend à Malko. Le Président suit de près l'affaire Jonathan Wise. Il nous presse d'obtenir des résultats. La conférence de Wye Plantation commence demain. Où en êtes-vous ?

— Au même point, avoua Malko. Bridget ne bouge plus une oreille et son mari non plus. Mais nous n'avons pas assez d'éléments pour passer l'affaire au FBI ?

Le *deputy-director* de la Division des Opérations secoua la tête.

— Non. Avec un bon avocat, il s'en tirera. Il nous faut les *deux* bouts de l'histoire. Nous ignorons encore à qui il remet les documents volés, même si nous pensons qu'il s'agit des Israéliens. Nous devons le surprendre en pleine transaction. L'exploitation du carnet d'adresses d'Olivia de Portello n'a rien donné.

Jeffrey Townsend termina son Defender « Success » et attaqua son steak. Il semblait préoccupé.

— Si seulement vous pouviez déboucher ! soupira-t-il. On pourrait enfin tordre le bras de Nétanyahou... Et obtenir quelque chose pour les Palestiniens.

— A part prier, répondit Malko, je ne vois pas ce qu'on peut faire. A propos, vous avez essayé de creuser du côté de Lia Bowles ?

— C'est en cours, affirma l'Américain.

Malko comprenait son impatience mais, dans ces affaires-là, on mettait souvent des mois avant d'obtenir un résultat. S'il n'avait pas recueilli la confidence de Bridget Wise indiquant un prochain voyage de son mari à New York, ç'eût été décourageant. Probablement pour se remonter le moral, Jeffrey Townsend commanda un Otard XO à la place du café. Comme la plupart des Américains, il préférait les alcools forts au vin. Puis les deux hommes se séparèrent dans le parking du restaurant.

*
* *

Malko était en train de rouler sur George-Washington Parway, en direction de la capitale fédérale, lorsque son portable sonna. Surprise : c'était Lia Bowles. Quand on parle du loup...

— Vous êtes à New York ? demanda la jeune femme.

— Non, toujours à Boston. C'est gentil de m'appeler.

— Vous m'oubliez, fit-elle d'un ton léger. C'est vous qui deviez me rappeler.

— J'ai été un peu débordé, s'excusa Malko.

— Vous ne venez pas à New York ? Je dois partir en Europe dans quelques jours. Cela m'aurait fait plaisir de vous revoir. Demain ou après-demain. Boston n'est pas si loin...

Qu'est-ce que cachait cette invitation ? Malko se dit que cela valait la peine d'aller voir. Un aller-retour se faisait dans la journée. Grâce à Bridget Wise, il était à l'abri d'une mauvaise surprise. Pour vingt-quatre heures, Chris et Milton veilleraient sans lui sur Jonathan Wise.

— Demain, dit-il, ce serait possible.

— A quel hôtel serez-vous ?

— Je vous appelle pour vous le dire.

— Vous pourrez passer la soirée à New York ? demanda-t-elle presque timidement, parce que dans la journée j'ai beaucoup à faire.

— Je vais faire tout mon possible, promit Malko. A demain.

Que signifiait cet étrange coup de fil ? Pourquoi Lia Bowles voulait-elle l'attirer à New York ? Il se demanda brutalement si Bridget n'était pas de mèche avec son mari, si l'histoire du voyage à New York n'était pas une invention. Peu probable. Lia Bowles voulait sans doute le rassurer, se laver de tout soupçon. Son numéro de soudain coup de cœur pour Malko était parfait. A un seul détail près : il n'y croyait pas une seconde. Pour une fois qu'il jouait le rôle de la chèvre dans la chasse au tigre, il était amusant d'aller rôder autour du fauve. Et il apprendrait peut-être quelque chose.

*
* *

Lia Bowles reposa le téléphone et annonça d'une voix neutre :

— Il vient demain.

Elle se trouvait dans son bureau, en compagnie de Joseph Yagor. L'Israélien baissa les yeux et ne fit aucun commentaire. On ne discutait pas les ordres d'Ariel Gur. Lia Bowles sentit sa réprobation muette et dit :

— Je sais ce que tu penses, Joseph, mais on n'en serait pas là si Aharon et Zvi ne s'étaient pas conduits comme des débutants. Ariel m'avait promis que je ne risquais *rien* en vous aidant... J'ai assez donné. Je veux terminer mes jours ici.

Elle avait beau se sentir juive à cent pour cent, elle préférait nettement New York à Tel Aviv. La paix à la guerre.

Joseph Yagor ouvrit la bouche et la referma sans répondre.

Zvi Harel et Aharon Dan, des débutants ! Des agents qui avaient commis des dizaines de meurtres sans la moindre anicroche... C'est vrai qu'il était plus facile de liquider des Palestiniens peu portés à la méfiance que des Américains. Lia avait raison. Si la CIA l'impliquait dans le meurtre d'Olivia de Portello, elle terminerait ses jours dans un pénitencier. C'est elle qui avait exigé d'Ariel Gur qu'on liquide ce témoin gênant, pendant que les deux hommes de l'Unité 72 étaient encore là. Ensuite, il serait trop tard, elle se retrouverait en face de bureaucrates comme Yagor. On lui conseillerait simplement de retourner vivre à Tel Aviv. Et ça, elle n'en voulait pas.

— J'ai à faire maintenant, dit-elle d'une voix lasse. J'espère que tout va bien se passer.

Joseph Yagor sortit du bureau sans un mot. Il comprenait la jeune femme, mais ils étaient tous pris dans un engrenage de folie. Depuis le « dérapage » du *Cipriani*, tout avait mal marché. Il était temps de redresser la barre. Joseph Yagor se sentait un peu lâche : en tant que diplomate, lui-même ne risquait pas grand-chose.

*
* *

Malko regarda Central Park par la fenêtre de sa suite. Il avait trouvé de la place au *Sherry-Netherland*, juste au-dessus du *Cipriani*. Il s'approcha du téléphone, un peu triste. N'importe quel homme aurait été fou de joie à l'idée de retrouver Lia Bowles. Lui savait que les dés étaient pipés. Qu'elle ne le voyait que par intérêt. Et cela, c'était l'hypothèse optimiste... Il avait fait le maximum pour prévoir le pire, mais dans son métier, il y avait toujours des impondérables. Le temps était magnifique, bien qu'on soit déjà mi-octobre, et les piétons se pressaient sur les trottoirs de Fifth Avenue.

Il décrocha son téléphone et composa le numéro de Lia Bowles. Elle répondit tout de suite.

— Où êtes-vous ? demanda-t-elle aussitôt.

— Au *Sherry-Netherland*. A quelle heure voulez-vous me rejoindre ?

— J'ai des rendez-vous tard. Disons huit heures...

— Alors, à tout à l'heure, je suis à la 2028.

Malgré tout, il était content de se retrouver à New York, de se distraire de la fastidieuse surveillance de Jonathan Wise. Son seul espoir reposait sur Bridget.

Il eut le temps de téléphoner à Liezen, sans trouver Alexandra, de feuilleter un catalogue de décoration où il trouva les dernières créations de Claude Dalle, et de regarder les nouvelles de CBS, avant que le téléphone ne sonne.

— Une dame vous demande à la réception, annonça le réceptionniste du *Sherry-Netherland*.

— Faites-la monter.

Il eut un choc en ouvrant la porte. Lia Bowles s'était déguisée en femme fatale. Une robe noire moulante, au décolleté carré, fendue sur le côté, des bas assortis et des escarpins. Un maquillage léger, soulignant ses yeux. Sa bouche soigneusement dessinée était une invite muette.

Sans crainte d'abîmer son maquillage, elle se colla à Malko et l'embrassa longuement avant même de dire un mot.

— A cette heure-ci, j'ai l'esprit libre, dit-elle d'un ton léger.

Elle s'approcha de la fenêtre dominant le croisement de Fifth Avenue et de la 58e Rue et poussa une exclamation ravie.

— Oh ! Vous avez vue sur les fiacres ! J'ai toujours rêvé de faire une promenade en fiacre dans Central Park. Mais vous devez trouver cela bêtement romantique.

— Pas du tout ! affirma Malko. Voulez-vous boire quelque chose, avant ?

— Avec joie. Un scotch, sur de la glace.

Il sortit du mini-bar une bouteille de Defender « Cinq ans d'âge » et lui prépara son drink, se versant ensuite une vodka. Lia Bowles s'était installée sur une méridienne, à côté de la fenêtre. Elle sortit un paquet de Gauloises blondes et Malko s'empressa aussitôt avec son Zippo à ses armes. Leurs regards se croisèrent. Les yeux de la jeune femme souriaient.

— Vous êtes très galant, remarqua-t-elle en trempant les lèvres dans son verre.

— Vous êtes très belle, répliqua Malko du tac au tac.

Elle avait replié sa jambe gauche et sa robe était remontée, découvrant le haut de son bas et un peu de peau nue. Malko posa les doigts sur le nylon, jouant avec la jarretière. La robe remonta encore un peu, révélant un triangle de satin noir, dans l'ombre des cuisses. Les prunelles vert émeraude foncèrent.

— Vous êtes très audacieux, fit Lia.

Comme si rien ne s'était jamais passé entre eux...

— Et vous, très provocante.

Ses doigts atteignirent la peau nue et, aussitôt, Lia Bowles serra les cuisses avec un sourire.

— Tout à l'heure, fit-elle, nous avons tout le temps.

Elle desserra les cuisses mais Malko n'en profita pas. Ils avaient tout le temps, en effet. Leurs regards se croisèrent à nouveau et, cette fois, c'est elle qui posa une main sur la nuque de Malko, l'attirant jusqu'à ce que leurs bouches se rencontrent. Pour un baiser lent, sensuel et profond. Lia soupira et posa son verre.

— Allons faire notre promenade. Vous me troublez. A propos, où m'emmenez-vous dîner ?

— En bas, au *Cipriani*.

— C'est une très bonne idée, approuva-t-elle sans ciller.

Elle se releva, lissa sa robe et prit Malko par la main.

— *Vamos !*

Ils traversèrent Fifth Avenue, main dans la main. Les fiacres étaient alignés le long de Grand Army Plaza et de Central Park South. Ils montèrent dans le premier, qui s'ébranla aussitôt, longeant le parc. Lia Bowles semblait ravie, elle se tordait le cou pour apercevoir le haut des buildings brillamment éclairés bordant la 58e Rue. Il faisait encore chaud, bien que la nuit soit tombée.

En face de l'Avenue of the Americas, le cocher tourna à droite, s'engageant dans une des allées de Central Park qui longeait le Pond, un petit lac en forme de haricot. Blottie contre Malko, Lia Bowles était muette. On n'entendait que le choc des sabots sur l'asphalte et le chuintement des voitures qui les doublaient. Lia se tourna vers Malko.

— Il paraît que Grace Kelly entraînait ses amants dans des promenades très érotiques dans ces fiacres, dit-elle. C'est une bonne idée, non ?

— En effet, reconnut Malko, se demandant si Lia se préparait à imiter la star.

Son regard avait une expression trouble, elle était tendue vers lui. Elle attendait un geste de lui pour briser la glace et il posa la main sur sa cuisse gainée de nylon. Bien qu'à l'air libre, ils étaient comme dans un cocon. Les voitures passaient trop vite pour les voir et les pelouses du parc étaient désertes.

Lia se pencha vers lui, écrasant sa bouche sur la sienne, nouant un bras autour de sa nuque. Il sentit sa langue s'agiter, son souffle court. Elle l'attirait vers l'intérieur du fiacre.

Soudain, il eut l'impression que le fiacre penchait légèrement sur la gauche. Machinalement, il tourna la tête et son pouls grimpa comme une fusée.

Un homme, le visage dissimulé par une cagoule, avait surgi sur le côté du fiacre, vraisemblablement en équilibre sur le marchepied. De la main gauche, il s'agrippait à un des montants de la capote. Sa main droite brandissait un pic à glace. Malko voulut réagir, mais le bras noué autour de sa nuque l'immobilisait comme un étau.

Avec horreur, il vit le pic à glace s'abattre avec une force inouïe en direction de sa poitrine.

Visant le cœur.

CHAPITRE XV

La détonation assourdissante claqua comme un coup de tonnerre. Malko eut l'impression qu'on venait de tirer tout contre son oreille. L'homme à la cagoule s'évanouit dans l'obscurité. Si le pic à glace n'avait pas été planté dans le cuir de l'accoudoir, Malko aurait pu croire qu'il n'avait jamais existé.

Le cheval se cabra, effrayé par la détonation, et le fiacre ralentit. Lia Bowles s'écarta brusquement de Malko, qui entendit le cocher crier :

— Hé, qu'est-ce qui se passe ?

Le fiacre stoppa, des voitures le contournèrent en klaxonnant. Il faisait trop sombre pour que Malko puisse déchiffrer l'expression de Lia Bowles qui, soudainement, s'était recroquevillée dans son coin. A son tour, elle demanda :

— Qu'est-ce qui se passe ?

— Un homme a essayé de me poignarder, fit Malko.

Il sauta à terre, se heurtant presque à Chris Jones qui accourait silencieusement sur ses baskets. Il avait encore son 357 Magnum à la main.

— Ce salaud guettait votre passage, planqué derrière un arbre, dit-il, je l'ai vu au dernier moment. Vous êtes OK ?

— De justesse, soupira Malko, encore secoué. Où est-il ?

Le « gorille » se retourna, désignant une forme allongée sur le bas-côté de l'allée.

— Là, fit-il. Il ne risque pas de bouger, il l'a prise en pleine tête.

Intrigué, le cocher sauta de son siège et se planta devant les deux hommes.

— *God damn it !* Qu'est-ce qui se passe ici ?

— Quelqu'un m'a attaqué, expliqua Malko. Monsieur, qui est policier, est intervenu. Tout va bien.

Le cocher scruta les cent dix kilos de muscles de Chris Jones et décida de ne pas poser de questions.

— On continue ? proposa-t-il.

— Une seconde, fit Malko. On va voir si on retrouve cet individu...

Le fiacre avait parcouru une trentaine de mètres, après que l'agresseur eut été touché, on distinguait son corps quand les phares des voitures l'éclairaient fugitivement. Le cocher secoua la tête, l'air dégoûté.

— Encore un de ces putains de junkies qui descendent de Harlem. OK. Quand vous me le dites, on continue.

Il remonta sur son siège. Malko lança à Lia Bowles, toujours tassée sur la banquette :

— Je reviens !

Escorté de Chris Jones, il marcha jusqu'au cadavre. La cagoule cachait en grande partie les dégâts causés par le projectile du 357 Magnum entré par la nuque. Le « gorille » retourna le cadavre et le fouilla rapidement.

Aucun papier, aucun objet, juste quelques billets. Malko arracha la cagoule poisseuse de sang, et éprouva un choc. Malgré le front éclaté, il reconnut facilement l'homme surpris en train de s'introduire dans le bungalow n° 6 et qui avait ensuite tenté de le tuer. Comme par hasard, embusqué à un mètre de la porte de Lia Bowles. Malko se releva.

— Laissons faire la police, dit-il. Je pense que Lia Bowles va avoir des choses intéressantes à dire.

Ses derniers doutes s'étaient dissipés. Lia Bowles l'avait attiré dans un guet-apens sophistiqué où il aurait dû laisser la vie. Astucieux. On aurait mis le meurtre sur le compte d'un drogué en manque attaquant un couple pour le dévaliser. Mais pourquoi avoir pris tant de risques pour l'éliminer ? Il n'y avait qu'une réponse : à travers elle, on pouvait remonter beaucoup plus haut. Alors que le cadavre du tueur ne mènerait nulle part.

Il arriva à la hauteur du fiacre. Le cocher attendait toujours, mais la banquette était vide. Lia Bowles s'était évanouie dans l'obscurité pendant qu'ils examinaient le cadavre du tueur. Regagnant le sinistre théâtre d'ombres qui s'agitait autour de Jonathan Wise. Semant la mort sans compter.

*
* *

— Alors ? cria le chauffeur.

— Allez-y ! répondit Malko.

Il posa un billet de vingt dollars sur le siège au moment où le fiacre repartait, et resta sur la chaussée avec Chris Jones. Personne ne s'arrêtait pour examiner l'homme allongé sur le bas-côté. Les conducteurs le prenaient probablement pour un ivrogne.

— Qu'est-ce qu'on fait ? demanda le « gorille ».

— Il faut alerter le FBI, dit Malko. Essayer de retrouver Lia Bowles. Langley a toutes ses coordonnées.

Il n'avait pas trop d'illusions : en face de lui, c'étaient des professionnels qui avaient dû prévoir un pépin. Chris Jones sortit son portable et, tout en marchant, appela Reynold Hurst.

*
* *

Jonathan Wise s'était couché très tôt. Maintenant, étendu dans le noir, il se demandait comment annoncer à sa femme, d'abord qu'Olivia de Portello était morte, ensuite qu'il avait trahi son pays, et enfin qu'ils allaient être obligés d'émigrer en Israël. C'était une question de jours. Dès qu'il aurait réuni les documents sur la Corée du Nord, il les remettrait à un de ses contacts israéliens et prendrait la poudre d'escampette...

Avant de se coucher, il avait regardé les *News* sur ABC, consacrées principalement à l'arrivée de Yasser Arafat et de

Benyamin Nétanyahou à Wye Plantation. Il se tourna vers Bridget. Depuis son voyage à New York, ils ne se parlaient presque plus. Il avait l'impression qu'elle s'était mise à boire. Il avait découvert une bouteille vide de Defender cachée dans le placard de la salle de bains.

Doucement, il posa une main sur la cuisse de la jeune femme. Aussitôt, elle se retourna et il la prit dans ses bras. Elle lutta mollement, mais il la serra encore plus fort et souffla à son oreille :

— Bridget, il faut que je te parle...

— De ta pute ! fit-elle entre ses dents.

— Elle est morte, tu n'as plus rien à craindre, annonça Jonathan. D'ailleurs, je n'en avais rien à cirer. C'était juste un coup de cœur.

— Un coup de queue ! corrigea Bridget.

Réveillée, elle se mit sur son séant et alluma.

— Elle est morte quand ? Depuis ton séjour à New York ?

— Non, bien avant. Presque quinze jours. Elle s'est noyée en se baignant à Miami. Un accident.

Elle le fixa longuement.

— C'est vrai ?

— Je te le jure.

Bridget le fixait, méfiante.

— Alors, qu'est-ce que tu as été faire à New York ? interrogea-t-elle. Voir une autre pute ?

Jonathan alluma une cigarette et sauta sur l'occasion.

— Non, fit-il d'un ton grave, c'était pour affaires. Des affaires très sérieuses.

— Tu es analyste à la Navy, pas homme d'affaires.

— Je suis juif, aussi...

Elle lui jeta un regard surpris.

— Et alors ?

— Je me sens très proche d'Israël.

— Oui, je sais, dit-elle sans comprendre où il voulait en venir. Qu'est-ce que cela a à voir avec tes voyages à New York ?

Jonathan Wise se lança d'un coup.

— Tout ! dit-il. Je fais de l'espionnage pour Israël. Je vais rencontrer des gens là-bas. Pour leur donner des documents.

Il baissa la tête, s'attendant à une explosion de fureur. Mais Bridget se contenta de le regarder avec un mélange de surprise et presque d'admiration.

— C'est dangereux ? Tu ne risques pas de perdre ton job ?

Jonathan Wise esquissa un sourire, soulagé. Elle prenait la chose plutôt bien.

— Oui, fit-il, c'est dangereux. Et je risque beaucoup plus que de perdre mon job. Aller en prison. Pour longtemps...

— Pourquoi fais-tu cela ? demanda-t-elle. Pour de l'argent ?

Il faillit dire « oui » puis se ravisa à temps. Il faudrait qu'il explique que cet argent avait financé ses escapades amoureuses avec Olivia. Et cela risquait de relancer les hostilités...

— Non, mentit-il, je fais cela par conviction. Les Etats-Unis se conduisent mal avec Israël qui est en danger. Moi, j'essaie de rétablir la balance.

Bridget Wise écouta toutes les justifications de son mari en fumant. Découvrir une facette de Jonathan qu'elle n'avait jamais soupçonnée la fascinait. D'un côté, elle l'admirait. Et de l'autre, elle se sentait soulagée par la mort de sa maîtresse. Elle le croyait quand il disait s'être rendu à New York pour ses affaires d'espionnage. Et du coup, elle se sentait presque coupable de l'avoir trompé. Elle faillit lui avouer son infidélité puis se ravisa. A quoi bon provoquer sa jalousie : elle ne reverrait jamais l'homme avec qui elle avait fait l'amour au *Four Seasons*... Elle s'étira, heureuse d'avoir récupéré son mari. Mais Jonathan Wise avait encore des choses à dire.

— Bridget, dit-il, aimerais-tu aller vivre en Israël ?

Elle le regarda, surprise.

— En Israël ? Je ne sais pas. Pourquoi ? On t'offre un bon job là-bas ?

— Oui. Mais je pense que de toute façon, je vais être obligé de quitter les Etats-Unis.

Bridget écarquilla les yeux sans comprendre.

— Obligé ? Pourquoi ?

— On risque de découvrir ce que j'ai fait. Je n'ai pas

envie d'aller en prison. Et je ne veux pas partir en Israël sans toi.

Elle ne s'attendait pas à une proposition aussi brutale.

— Je ne sais pas, il faut que je réfléchisse... répliqua-t-elle.

Jonathan eut envie de lui dire qu'elle avait surtout à réfléchir vite, mais il était fatigué et il en avait assez dit pour ce soir. La réaction de Bridget l'avait rassuré. Pas une fois elle n'avait prononcé le mot de traître... Les choses allaient peut-être s'arranger. Il se pencha vers elle et l'étreignit.

— Tu es formidable ! dit-il.

Elle sourit et l'embrassa. Il la caressa et elle se débarrassa de sa chemise de nuit. Cinq minutes plus tard, ils faisaient l'amour. Quand il la pénétra de toute sa longueur, Bridget gémit de bonheur et enfonça ses ongles dans son dos. Ils étaient vraiment réconciliés. C'est le cœur presque joyeux que Jonathan Wise s'endormit. Avec juste une petite pensée pour Olivia.

Il se sentait déjà citoyen d'Israël.

*
* *

Lia Bowles ne quittait pas des yeux le tableau d'affichage des départs. L'estomac noué, elle fumait Gauloise blonde sur Gauloise blonde pour tromper son angoisse.

Après s'être enfuie de Central Park, elle avait pris un taxi et s'était fait déposer d'abord chez elle. Elle avait mis une perruque brune et des lentilles de contact marron, pris une valise préparée la veille. Ensuite, elle avait marché quatre blocs avant de héler un taxi qui l'avait conduite à La Guardia. De là, elle en avait pris un second, pour Kennedy Airport.

Lorsqu'elle avait demandé à Ariel Gur d'éliminer l'homme qui menaçait sa sécurité, elle avait intégré la possibilité d'un échec. Sachant que, cette fois, elle n'aurait guère le choix : si cet agent de la CIA était remonté jusqu'à elle, c'est qu'il savait. Elle connaissait les Américains : pour une affaire semblable, elle risquait quinze ans de pénitencier. Elle avait imposé cette opération. C'était quitte ou double et elle avait perdu.

Son départ avait été soigneusement planifié. A l'heure qu'il était, le FBI était sûrement à ses trousses. Evidemment, ils surveilleraient en priorité les vols d'El Al. Il y en avait deux dans la soirée. Mais ils ne pouvaient pas « cribler » *tous* les passagers de *tous* les vols. Il aurait fallu des centaines d'hommes. De plus, lorsqu'on quittait les Etats-Unis, il n'y avait pas de formalités de police, sauf pour les visiteurs, qui remettaient le reçu de leur visa d'entrée à l'enregistrement.

Lia Bowles avait choisi la TWA, le vol 800 pour Paris, partant à 22 h 10. A l'aéroport, elle avait payé en liquide son billet établi à son nouveau nom, ce qui évitait un contrôle des listes de passagers. Dans la salle d'attente, on annonça que le vol avait deux heures de retard. Du coup, elle faillit repartir... Pesant rapidement les alternatives. Prendre un vol intérieur ? Elle restait aux Etats-Unis et laissait au FBI le temps de s'organiser. Il fallait tenir le coup, compter les minutes, ne pas paniquer. Peu à peu, son angoisse fit place à une immense tristesse. Elle qui avait souhaité finir ses jours à New York voyait cette ville pour la dernière fois.

Elle sursauta lorsqu'à minuit trente-cinq, les haut-parleurs annoncèrent enfin le départ. Son angoisse s'était atténuée et elle n'avait plus envie de partir...

Son pouls grimpa quand elle se présenta au départ. C'était le dernier moment dangereux. Puis, elle pénétra dans le 747, s'assit, boucla sa ceinture et essaya de ne pas penser. Elle regagnait un monde qui n'était plus le sien. Quand le 747 s'éleva lentement, elle pleurait à chaudes larmes et se tordit le cou pour apercevoir une dernière fois les lumières de Manhattan.

*
* *

Il était deux heures du matin et Malko n'avait pas sommeil. Il venait de discuter au téléphone avec Reynold Hurst. Alerté, le FBI avait surveillé les départs d'El Al, scruté les listes de passagers des autres compagnies aériennes, sans résultat. Les recherches reprendraient dès l'aube, pour les vols du matin.

Le téléphone ne répondait plus chez Lia Bowles. Malko était sans illusion. On ne reverrait jamais la jeune femme. Après être rentré de Central Park, il avait bu trois vodkas coup sur coup. Chaque flirt avec la mort le laissait ébranlé. Un jour, il perdrait. Pour se changer les idées, il avait appelé le *Cipriani*. C'était le jour de repos de Paola Ruggieri et son portable était sur messagerie. Il n'avait plus qu'à repartir dès le lendemain à Washington et relancer Bridget Wise.

Désormais, son seul atout.

Chris Jones, qui lui avait sauvé la vie, dormait dans une chambre voisine, ébloui par les boiseries du *Sherry-Netherland*.

*
* *

Ariel Gur lisait quelques pages de la Thora pour se calmer les nerfs.

Il avait craint que l'opération contre l'agent de la CIA ne tourne au désastre. Il s'y était résigné à regret, mais il ne pouvait refuser à Lia Bowles d'assurer sa sécurité, après l'avoir mise dans le bain... Il comprenait maintenant mieux pourquoi le Mossad avait accumulé les échecs ces derniers temps : ses agents n'étaient plus à la hauteur. Motivés psychologiquement, mais mauvais... Des trois hommes de l'Unité 72 qu'il avait fait venir aux Etats-Unis, Mordechai Erb et Zvi Harel étaient morts. Il ne restait plus que Aharon Dan.

Lia Bowles l'avait appelé d'une cabine pour le prévenir, avant son départ, et lui dire ce qui s'était passé. Il s'en voulait de ne pas avoir intégré les contre-mesures possibles de la CIA dans son plan.

Il posa son livre et se repassa mentalement la chaîne des événements. La fuite de Lia Bowles ne changerait rien.

Il résuma ce que savaient les Américains. Ils pouvaient

soupçonner Jonathan Wise, s'ils avaient fait la liaison entre Olivia de Portello et lui. Sinon, les documents pouvaient venir de n'importe qui. Au pire, ils allaient faire ce que font tous les services de renseignement confrontés à ce genre de problème : le mettre sous surveillance pour le prendre la main dans le sac.

C'était une course contre la montre. Il fallait, comme aux échecs, garder un coup d'avance.

Il ne préviendrait pas Jonathan mais, lorsque celui-ci viendrait à New York délivrer le dossier qu'il attendait, ce serait son dernier voyage. On l'exfiltrerait immédiatement. C'était un quitte ou double. Si seule la CIA était sur le coup, cela marcherait. Si le FBI était déjà prévenu, Jonathan ne quitterait pas les Etats-Unis... Ariel Gur se prit la tête à deux mains, comme pour accélérer ses réflexions.

Sa conclusion était simple : la CIA ne préviendrait le FBI qu'au tout dernier moment.

Pourtant, il se violenta pour faire un « kriegspiel » : que se passerait-il si Jonathan Wise était arrêté ?

Le résultat lui donna des frissons : Jonathan Wise parlerait. Ce n'était pas le type à se suicider. Il voudrait revoir sa femme, ne pas terminer ses jours dans un pénitencier.

Le vieil Israélien se tassa encore plus. Si Jonathan Wise disait tout ce qu'il savait, il déclencherait une crise majeure entre Israël et les Etats-Unis. Une crise où Israël avait tout à perdre...

Ariel Gur réalisa qu'il était en train de jouer à la roulette russe avec la sécurité de son pays et cela le rendit malade. En ce moment même, Benyamin Nétanyahou luttait pied à pied à Wye Plantation contre les Palestiniens appuyés par les Américains. Et c'était lui, Ariel Gur, le vieux fidèle, qui risquait de le poignarder dans le dos... Cette idée lui fit horreur et, pour la première fois, il envisagea une solution différente de tout ce qu'il avait envisagé. Mais il butait, cette fois, sur un frein culturel qui le paralysait : un juif ne tue pas un juif.

Encore un dilemme atroce.

Il pria le ciel pour qu'il ne se pose jamais, tout en sachant qu'il se mentait à lui-même.

CHAPITRE XVI

Il faisait encore plus chaud à Washington qu'à New York ! Et pourtant, on était le 16 octobre. Depuis qu'il était revenu de New York, Malko tentait de joindre Bridget Wise. Son portable était tout le temps sur messagerie et il ne tenait pas à laisser son nom. Chris Jones avait rejoint Milton Brabeck dans un des « sous-marins », pour espionner Jonathan Wise. L'analyste de la Navy menait une vie réglée comme du papier à musique. Hillyer Street-Suitland et retour. Il ne s'était plus arrêté pour téléphoner.

A tel point que la CIA se demandait s'il n'avait pas éventé la surveillance dont il était l'objet, ce qui signifiait une enquête de plusieurs mois avant de le confondre. Sans garantie. Jeffrey Townsend venait de rappeler à Malko que Bridget Wise demeurait leur seul espoir de dénouement rapide.

Si ce qu'elle avait dit à Malko d'un prochain voyage de son mari à New York était vrai, bien entendu.

Comme prévu, la police new-yorkaise n'avait trouvé aucun indice permettant d'identifier l'agresseur de Malko, un homme jeune, en excellente condition physique. Quant à Lia Bowles, à l'heure où Malko téléphonait, elle semblait avoir disparu de la surface de la terre, en dépit des efforts du FBI.

A travers la baie vitrée de sa nouvelle chambre au *Four Seasons*, Malko regardait des gens prendre le soleil de l'*indian summer* dans le jardin. Pour la quinzième fois, il refit le numéro du portable de Bridget Wise. Quatre sonneries, cinq... Il allait raccrocher quand il entendit enfin la voix de la jeune femme.

— Allô ?

— C'est Malko, dit-il, je suis heureux de vous entendre.

— C'est vous qui avez essayé de me joindre plusieurs fois depuis ce matin ? demanda-t-elle.

— Oui, tout à fait. Je suis de retour à Washington. On pourrait peut-être prendre un verre ensemble.

Il y eut un silence si long que Malko crut la communication coupée. Puis il entendit à nouveau la voix de Bridget Wise.

— Je n'ai pas beaucoup de temps ce matin. Une autre fois, peut-être.

Le moins qu'on puisse dire est qu'elle ne manifestait pas un enthousiasme débordant. Il marchait sur des œufs, ne voulant pas rompre ce dernier fil.

— Vous avez bien le temps de prendre un café, insista-t-il. Où êtes-vous ?

— A Georgetown. J'ai un cours d'histoire de l'art tout à l'heure, à l'université.

— Moi aussi, je suis à Georgetown, répliqua Malko, sans mentionner le *Four Seasons* qui pouvait rappeler des souvenirs embarrassants à Bridget Wise. Prenez dix minutes.

Nouveau silence, puis la jeune femme concéda sans enthousiasme :

— OK. Je serai dans le Georgetown Mall dans une heure. Retrouvons-nous au niveau 1, en face du *shoeshine*. Il y a une cafétéria. Mais je n'aurai pas beaucoup de temps.

Elle balisait à mort... Malko fonçait déjà vers l'ascenseur. Cela sentait mauvais, très mauvais. D'après son attitude, Bridget s'était réconciliée avec son mari et ne tenait pas à revoir Malko. La belle source semblait tarie. Il partit à pied dans M Street. Le Mall n'étant qu'à quatre blocs, il y fut en dix minutes. Il n'avait plus qu'à tuer le temps. Son regard fut attiré par la vitrine d'une bijouterie qui exposait une Breitling Emergency au milieu de plusieurs photos racontant une histoire peu connue. En 1997, les treize membres de l'expédition Mata-Rangi, en perdition sur un radeau à 1 800 miles au large du Chili, en plein Pacifique, avaient été sauvés par la balise de détresse de l'Emergency dont le signal avait été capté par un avion commercial.

Il continua, descendant peu à peu vers le niveau 1, en sous-sol. Il repéra le coffee-shop en face du cireur de chaussures et des ascenseurs menant au garage. Bridget n'était toujours pas arrivée. Encore vingt minutes à tuer. Il s'arrêta devant la vitrine de Sharper Image qui offrait une centaine de modèles différents de briquets Zippo pour les collectionneurs. Il y en avait pour tous les goûts. Il continua à traîner, guettant l'escalator. Au milieu de l'atrium, trois Noirs jouaient sans conviction du violon.

Bridget apparut enfin en bas de l'escalator. Lunettes noires, chemisier, jean. Quand Malko s'approcha, elle tendit sa joue en un geste dépourvu de tout érotisme, et n'ôta pas ses lunettes.

— Que voulez-vous boire ? demanda-t-il.

— Un café.

Il commanda deux cafés. L'atmosphère était à couper au couteau. Bridget ôta enfin ses lunettes et affronta le regard de Malko.

— Je ne veux plus vous revoir, dit-elle d'une voix tendue. Il faut oublier ce qui s'est passé entre nous.

Malko eut un sourire plein d'indulgence.

— Je suis heureux de voir que vous vous êtes réconciliée avec votre mari...

— Oui, c'est exact, confirma-t-elle. D'ailleurs, il a rompu avec sa maîtresse. Je suis venue aujourd'hui simplement par correction.

— Je vous en sais gré, enchaîna Malko. Vous n'avez rien à craindre de moi.

Le soulagement se peignit sur le visage de la jeune femme, qui tira un paquet de cigarettes de son sac. Malko lui en alluma une avec son Zippo armorié, qu'il posa sur la table.

— Merci de réagir de cette façon, dit Bridget. J'avais peur de...

— Je ne suis plus à l'âge où on embrasse les filles de force, fit Malko. Ce sera seulement un souvenir très agréable.

De nouveau, Bridget se rembrunit.

— *Please*. Ne me parlez plus de cela. J'ai honte. Maintenant, je vous laisse, j'ai vraiment des courses à faire. Ne m'appelez plus, je ne veux pas être désagréable.

Ils n'avaient plus rien à se dire. Malko cherchait désespérément comment maintenir le contact. Bridget était le seul lien avec Jonathan Wise. Sans sa collaboration, même involontaire, il se retrouvait dans le noir.

— Puisque tout est arrangé, il ne va plus à New York, remarqua-t-il d'un ton volontairement léger.

Le regard de Bridget se déroba et elle répondit d'une voix mal assurée :

— Oh non, je ne pense pas.

Elle mentait et c'était visible. Pourquoi ? Ce manque d'assurance dans sa réponse ne cadrait pas avec son attitude carrée. Elle aurait dû dire « non » sans hésiter. Sauf si...

Bridget Wise se leva sans avoir touché à son café et adressa un sourire amical à Malko.

— *Take care*.

Elle s'éloigna vers l'escalator. Malko la suivit des yeux, découragé. Chris Jones et Milton Brabeck n'étaient pas près d'abandonner leur « sous-marin ». Bridget ne le reverrait pas. Il se leva, laissant cinq dollars pour les cafés. Il se raccrochait à son impression fugitive. Jonathan Wise allait *bien* se rendre à New York et pas pour rencontrer Olivia de Portello. Le problème était que, désormais, personne ne lui dirait quand.

Il remonta à la surface et s'éloigna dans M Street, prenant au passage le *Washington Post* dans le distributeur automatique.

Les pourparlers de Wye Plantation s'engageaient très mal. Arrivé la veille, Benyamin Nétanyahou avait déjà failli repartir.

*

* *

Jonathan Wise s'éloigna de la photocopieuse d'un air dégagé. C'était le moment le plus dangereux. Le document qu'il venait de reproduire faisait la synthèse des « sources » américaines sur la Corée du Nord. Avec des noms, des précisions. Certains militaires chinois travaillaient en sous-main pour la CIA... Les jours précédents, l'analyste avait pu récupérer plusieurs dizaines de photos prises par les satellites espions de la NSA au-dessus de la Corée du Nord. Là aussi, des documents inestimables pour les Nord-Coréens, qui allaient enfin savoir si les Américains bluffaient ou non en prétendant surveiller de près leur programme nucléaire. Parce que, parmi les sites photographiés, il y avait des « leurres » connus des seuls Nord-Coréens.

Quand le jeune analyste regagna son bureau, il réalisa que sa chemise était collée à son torse par la transpiration. Pourtant, la clim marchait à fond... Il lui restait encore une brassée de documents à récupérer et il était paré pour son dernier voyage à New York. Il se voyait déjà remettre ces secrets sans prix à Ariel Gur. Il aurait bien mérité d'Israël.

Les bureaux commençaient à se vider et il boucla son attaché-case bourré de documents volés, saluant un peu plus tard la sentinelle à la sortie du *compound*. Cinq minutes plus tard, il roulait sur Suitland Avenue en direction de Washington. En passant devant une maison abandonnée aux fenêtres condamnées par des planches, il remarqua une voiture devant. La maison avait dû trouver preneur. Au début de son job à Suitland, il avait failli la louer. Il ne pouvait être plus près de son travail, mais Bridget avait poussé les hauts cris.

— Je ne veux pas vivre en Afrique ! Il n'y a que des Blacks ici !

Jonathan avait dû reconnaître qu'elle avait raison. Passé l'Anacostia River séparant Washington du Maryland, on se serait cru en Afrique. Que des Blacks et, à chaque centre commercial, un « pawnshop » [1], ce qui en disait long sur leurs difficultés.

Il arriva en bas de Suitland Avenue et d'engagea dans Alabama. Plus que deux jours avant la fin de la semaine, puis le week-end, et encore deux jours, la semaine suivante, pour

1. Prêteur sur gages.

compléter le dossier « nord-coréen ». Il pourrait alors effectuer sa livraison... Cela lui faisait un drôle d'effet de se dire qu'il allait quitter son pays natal, qu'il ne ferait plus de jogging avec Tim, qu'il n'irait plus skier dans le Colorado.

Dès qu'il eut franchi le pont sur l'Anacostia, les embouteillages commencèrent. Massachussets était bloqué, il bifurqua dans I Street, défoncée comme une piste africaine. Sans trop savoir comment, il se retrouva dans Vermont Avenue, qui remontait vers le nord, et s'y engagea. C'était l'heure où les premières putes en tenue phosphorescente — pour la plupart des Blacks — se mettaient au travail, hélant les automobilistes. Il faillit en écraser une, qui se jeta pratiquement sur son capot. Une Noire longiligne avec de gros seins siliconés, des bottes violettes et une robe de plastique assortie.

— *Hey, man*, je te connais, toi ! cria-t-elle.

Honteux, Jonathan accéléra, sans savoir si elle disait vrai. Il lui était déjà arrivé, lorsqu'il sortait très tard de Suitland, d'avoir recours à leurs services, pour une fellation à cinquante dollars dans une sombre impasse voisine, Vermont Court. Il éprouvait une excitation violente et un peu honteuse à se faire sucer par ces filles d'une vulgarité absolue, à la grosse bouche et aux seins de bronze, qui lui aspiraient la moelle en quelques minutes en lui faisant des compliments sur sa queue.

Il déboucha sur Thomas Circle et reprit Massachussetts, laissant les fantômes phosphorescents derrière lui. Ce soir, il allait faire une surprise à Bridget. Il l'emmènerait dans le restaurant français de Georgetown, la *Citronnelle*. Il lui restait encore un peu de l'argent israélien. Le lendemain, vendredi, il irait faire le plein d'alcool comme d'habitude au Liquor Store de Suitland Avenue, pour passer un week-end sans angoisse. Et ensuite...

Il était presque euphorique lorsqu'il passa devant la cabine de la 21e Rue où Olivia de Portello l'appelait. Il refoula tout remords : si elle ne l'avait pas fait chanter, elle serait toujours vivante. Il mit son clignotant et entra dans la petite allée menant à son immeuble.

*
* *

Ariel Gur avait attendu que la Mustang de Jonathan ait disparu dans la descente de Suitland Avenue pour démarrer. Il prenait un risque considérable en venant rôder dans Suitland où il n'avait rien à faire. Par sécurité, il avait quitté l'ambassade israélienne au volant de sa voiture de fonction en plaques CD et l'avait garée dans le parking souterrain de l'hôtel *Washington Hilton*, avant de prendre celle préparée par Aharon Dan, le survivant de l'Unité 72. Une Honda grise louée bien entendu sous un faux nom. Ariel Gur se méfiait des mesures de sécurité de la Navy Intelligence. Les abords du bureau de Jonathan pouvaient être patrouillés par des gens en civil ou surveillés par des caméras ; tout véhicule inconnu repéré.

Il roula quelques centaines de mètres sur le bas-côté de Suitland Avenue puis accéléra. Heureusement, la Mustang était bien visible. Il recolla à elle alors qu'elle était arrêtée à un feu rouge, et laissa une dizaine de véhicules entre eux.

L'Israélien examina attentivement les véhicules qui le séparaient de la Mustang, essayant de les mémoriser. Le parcours jusqu'à Dupont Circle était assez long, ce qui allait lui permettre de vérifier si un ou plusieurs véhicules suivaient la Mustang. Bien sûr, le FBI disposait de moyens sophistiqués et pouvait utiliser plusieurs voitures se relayant, ce qui rendait son enquête plus difficile. Mais sur un sujet comme Jonathan Wise, ils ne devaient pas se donner trop de mal, partant du principe que l'analyste ne se savait pas suivi.

L'un suivant l'autre, ils remontèrent Alabama, puis Good Hope Road, franchissant le pont de la 11e Rue avant de monter vers Lincoln Park pour rattraper Massachussets. Des véhicules qu'il avait repérés au feu en bas de Suitland Avenue, il n'en restait que trois. Une vieille voiture orange avec des Noirs, la musique à tue-tête, un cabriolet avec une femme et le fourgon d'une entreprise de plomberie. A Lincoln Park, la voiture orange tourna dans Caroline Avenue. Quatre blocs plus loin, sur Massachussets, Ariel Gur vit le fourgon de l'entreprise de plomberie griller un feu rouge sans raison apparente. Le pouls de l'Israélien monta brutalement. Il attendit sagement que le feu passe au vert et rattrapa la Mustang au feu suivant. Le fourgon, à trois voitures derrière celle de Jonathan Wise, était toujours là...

Lorsque la Mustang remonta Vermont Avenue pour tourner enfin dans Thomas Circle, Ariel Gur était pratiquement sûr que Jonathan Wise était suivi. Celui-ci dépassa Thomas Circle puis redescendit la 21e Rue et, enfin, tourna dans Hillyer Street. Le fourgon de plomberie, lui, avait continué tout droit dans la 21e Rue. Il stoppa cent mètres plus loin, derrière un fourgon CON EDISON garé en face d'une borne d'incendie.

L'homme qui en descendit n'avait vraiment pas l'air d'un plombier... Il échangea quelques mots avec le chauffeur du CON EDISON avant de regagner son véhicule et de repartir. Le second fourgon ne bougea pas, personne n'en descendit.

Ariel Gur était édifié. Il tourna dans Hillyer Street, remontant vers Dupont Circle. Ses pires craintes venaient de se matérialiser : les Américains, CIA, Navy Intelligence ou FBI, étaient remontés jusqu'à Jonathan Wise, qui se trouvait désormais sous surveillance constante. Il ressassa cette idée effroyable en remontant Connecticut jusqu'à sa maison de Yuma Street.

Il gagna tout de suite son bureau et s'assit dans le noir. Cette fois, il était au bout du chemin. C'est lui qui avait la responsabilité opérationnelle de l'opération « Yahalom ». C'était à lui à prendre les décisions. Les options qui lui étaient offertes étaient de moins en moins nombreuses. Mais il y avait une décision urgente à prendre. Jonathan Wise devait être en train de rassembler les documents nord-coréens, donc de prendre des risques, sans savoir qu'il était surveillé. Il allait se faire prendre en flagrant délit par le FBI.

Comment le prévenir ? Tout contact direct était hyper-dangereux.

Le dossier nord-coréen obsédait Ariel Gur. C'était rageant de devoir l'abandonner au dernier moment, sans parler des conséquences vis-à-vis de la Corée du Nord. Ariel Gur était vraiment pris entre Charybde et Scylla. Il risquait de perdre sur les deux tableaux.

Il devait récupérer le dossier nord-coréen sous le nez des Américains, et ensuite, s'occuper de Jonathan Wise. La seconde partie du programme était presque la plus facile. Il essaya de se mettre dans la peau du jeune analyste. Celui-ci allait forcément le contacter comme d'habitude, téléphonant cette fois d'une des cabines « agréées ». Ensuite, il prendrait l'avion pour New York avec les documents et le FBI à ses trousses... Evidemment, il ne trouverait personne au rendez-vous, mais le mal serait presque aussi grand. Il risquait de s'affoler et de téléphoner là où il ne devait pas...

Ariel Gur réfléchit une partie de la soirée. Quand la lune se leva, il avait décidé d'une solution. Pas forcément la meilleure, mais celle qui préservait les intérêts immédiats d'Israël. Benyamin Nétanyahou, en train de se battre à Wye Plantation, ne devait pas être poignardé dans le dos. Il lui restait quelques jours à tenir. Lui, Ariel Gur, disposait de vingt-quatre heures pour faire ce qu'il devait. C'est en repassant tout ce que Jonathan Wise lui avait raconté de sa vie qu'il avait trouvé une solution.

Il allait être obligé de liquider sa meilleure « source », mettant fin à l'opération « Yahalom » et cela, sous le nez des Américains...

*

* *

Jonathan Wise regarda sa montre. Cinq heures et quart. Il était euphorique. La chance avait été de son côté : il avait pu récupérer les derniers documents nord-coréens et les photocopier ! Il allait les emporter avec lui. Il essayerait de profiter du week-end pour se rendre à New York. Ensuite, il n'aurait plus qu'à attendre son exfiltration... Il avait reparlé avec Bridget de son départ en Israël et la jeune femme ne semblait pas trop réticente. Même si elle ne réalisait pas encore bien. En revanche, elle ne pouvait dissimuler sa fierté à voir les risques que Jonathan avait pris pour défendre son pays d'adoption... Elle était tellement soulagée de ne plus avoir de rivale qu'elle était prête à tout lui pardonner. Cette affaire d'espionnage avait un parfum d'aventure qui l'excitait beaucoup.

Les employés du NMIC commençaient à quitter les bureaux, échangeant des vœux de bon week-end. Jonathan Wise en fit autant, fermant son coffre et brouillant la combinaison. Il gagna le parking, regarda le ciel bleu et se dit que la vie était formidable. La sentinelle, à la sortie, lui adressa un signe joyeux et l'analyste quitta l'enceinte du NMIC, longeant les bâtiments du Census Bureau pour rejoindre Suitland Avenue. Arrivé au croisement, au lieu de tourner à gauche, il prit à droite, puis traversa un peu plus loin Suitland Avenue pour s'arrêter sur le terre-plein du Cedar Hill Inn, un petit bâtiment en briques rouges. Un panneau bleu annonçait « Liquor Store Restaurant and Carry out ». C'est là que, tous les vendredis, il faisait sa provision d'alcools. C'était moins cher qu'à Washington et toujours bourré en fin de semaine. En sus de la vente d'alcool, le patron encaissait les chèques des employés noirs du Federal Center, contre une modeste commission. Sur le côté, une « drive-in window » permettait de se servir sans descendre de voiture. Jonathan Wise était un des rares clients blancs.

Il descendit de sa Mustang, sa mallette à la main. C'était un peu bizarre de ne pas la laisser dans la voiture, mais il ne voulait prendre aucun risque.

Le Liquor Store était bondé. Une demi-douzaine de clients faisaient la queue devant le comptoir. Jonathan Wise s'attarda aux murs tapissés de bouteilles. Il n'était pas pressé.

*

* *

— Putain ! J'ai cru qu'il nous avait repérés !

Chris Jones avait eu des sueurs froides en voyant la Mustang de Jonathan Wise venir vers eux. Ils avaient pris l'habitude de surveiller la sortie du NMIC du terre-plein du Cedar Hill Inn, où il y avait toujours plusieurs véhicules en stationnement. Cette fois, le « sous-marin » était un fourgon blanc sans aucune inscription. La TD possédait une douzaine de ces véhicules, rarement utilisés mais bien utiles.

Des gens entraient et sortaient sans arrêt du Liquor Store, des packs de bière ou des bouteilles enveloppées de papier marron à la main. Certains, installés sur un muret, commençaient à se saouler tranquillement sur place. Personne ne prêtait attention au fourgon blanc. Juste en face, il y avait une station-service avec un lavage automatique, ce qui attirait encore plus de monde.

Soudain, les trois hommes sursautèrent. Une vieille Dodge verte bourrée de Noirs, glaces baissées, la radio à fond, venait de s'arrêter à côté d'eux. Les tôles du fourgon blanc en tremblaient ! Trois Noirs émergèrent de la Dodge, hilares, de toute évidence « chargés » à mort. L'un d'eux, tranquillement, ouvrit sa braguette, en sortit un long sexe et commença à uriner sur la tôle du fourgon. Chris Jones, à l'intérieur, fit un bond en arrière comme s'il allait être atteint. Outré.

— Putain de négros ! explosa-t-il. C'est vraiment des animaux. Qu'est-ce qu'il fout là-dedans, Jonathan, au milieu de tous ces Blacks ? Moi, j'oserais pas entrer là-dedans...

Une autre voiture, une japonaise, s'arrêta à côté de la Dodge verte. Malko, l'œil collé à un des mouchards, vit un jeune Blanc aux cheveux noirs, sans cravate, en blouson et jean, en sortir et entrer dans le Liquor Store.

— Vous voyez, Chris, remarqua-t-il, il y a des Blancs qui viennent se servir ici...

Vexé, Chris Jones ne répondit pas. Planquer ainsi ne correspondait pas à son caractère.

*
* *

Aharon Dan, une fois entré dans le Liquor Store, observa les clients pendant quelques instants, laissant ses yeux s'habituer à la pénombre relative. De la porte, il ne voyait que des Noirs, agglutinés le long du comptoir. A sa gauche, il aperçut ensuite Jonathan Wise. Ce dernier lui tournait le dos, plongé dans la contemplation des étagères remplies de bouteilles qui tapissaient les murs de la boutique. Il était à demi dissimulé par un gros Noir en train de compter des billets froissés. Personne ne prêtait attention au nouvel arrivant. Il sortit de la poche de son blouson une cagoule en soie noire, l'enfila et arracha de sa ceinture un gros pistolet automatique Glock 9 mm. Il n'avait pas envisagé qu'il y ait tant de monde. De toute la force de ses poumons, il hurla, pour dominer le brouhaha des conversations :

— *Everybody freeze ! It's a stick-up !*[1]

Personne ne broncha. Alors, sans hésiter, il tira un coup de feu dans le plafond.

*

* *

Assourdi par la musique de la Dodge, Malko reprit son observation. Jonathan Wise ne ressortait toujours pas. Brutalement, Malko se demanda pourquoi il avait emporté son attaché-case à l'intérieur du Liquor Store. Et que faisait cet autre Blanc dans cette boutique excentrée ? Il n'avait pas le look des employés de la Navy.

Et si, tout simplement, le Liquor Store servait de lieu d'échange ? Sous leur nez.

— Chris, dit-il, il y a quelque chose de bizarre.

— Quoi ? demanda le « gorille », hurlant pour couvrir la musique.

Malko n'eut pas le temps de répondre. Une détonation venait de couvrir le fracas de la musique.

1. Que personne ne bouge ! C'est un hold-up !

CHAPITRE XVII

Le brouhaha cessa d'un coup. Les clients du comptoir se retournèrent, dans un silence de mort. Certains levèrent les bras, d'autres demeurèrent figés, l'air mauvais, d'autres encore se jetèrent à terre.

— *Motherfucker !* grommela un colosse en bomber bleu ; essaie de prendre mon pognon !

Il avait déjà tiré de sa poche un énorme coutelas... Aharon Dan l'ignora. Brandissant son arme, il s'approcha du comptoir, à gauche, là où se trouvait la caisse. Trois Noirs s'écartèrent prudemment. Le caissier, un vieux Noir avec un bonnet de laine rouge malgré la chaleur, le fixait par en dessous, les mains à plat sur le comptoir. Aharon Dan aperçut alors le préposé au comptoir « drive-in » en train d'essayer de se glisser à l'extérieur par son guichet, le corps à l'horizontale. Il tira un second coup de feu dans sa direction...

— *Don't move !*

Le Noir s'immobilisa, le torse à l'extérieur, agitant les jambes comme un poisson hors de l'eau. L'Israélien braqua son arme vers le caissier.

— *Gimme the money. Now !*

Comme l'autre hésitait, il tira un troisième coup de feu, à quelques centimètres de sa tête. Il fallait que les témoins se souviennent d'un voyou très excité qui tirait partout. Cette fois, le caissier fit un bond en arrière. Aharon Dan passa le bras par-dessus le comptoir, plongea dans le tiroir ouvert et commença à saisir les billets par poignées, les fourrant dans un sac de papier qu'il tenait dans la main gauche. En quelques secondes, la caisse fut vide. Il recula et cria de nouveau :

— Tout le monde par terre. *Lay down !*

C'était le moment.

Il pivota et balaya la boutique du regard, croisant le regard affolé de Jonathan Wise, sa mallette à la main. Braquant le Glock dans sa direction, il hurla :

— *You too !*[1]

Son doigt pressait déjà la détente.

*
* *

Malko repoussa à toute volée la porte du Liquor Store, photographiant du regard l'intérieur, en une fraction de seconde. Entre les gens étendus sur le sol, ceux alignés le long du comptoir, les mains en l'air, et l'employé de la « drive-in window » toujours à l'horizontale, la scène était presque comique.

Ce qui l'était moins, c'était l'énorme Noir en bomber, un couteau à la main, Jonathan Wise, livide, adossé au mur de bouteilles et l'homme encagoulé qui le menaçait de son arme, et n'avait pas encore vu Malko.

— *Drop your gun !* cria celui-ci à son intention.

L'homme encagoulé se retourna d'un bloc. Malko vit ses yeux froids à travers les trous de la cagoule et la crispation de son doigt sur la détente. Instinctivement, il appuya sur celle du Beretta 92 qui sauta dans sa main. L'homme à la cagoule noire recula, touché, et le bras qui tenait toujours le Glock retomba le long de son corps. Au même moment, l'énorme Noir en bomber fit un pas en avant et, de toutes ses forces, lui planta son poignard dans le dos avec un han ! de bûcheron.

Chris Jones passa devant Malko, son 357 Magnum au poing. Le gros Noir lâcha précipitamment son poignard

1. Toi aussi !

planté dans le dos de l'homme encagoulé et leva les mains en criant :

— *He, cool, man !*[1]

L'homme encagoulé était tombé à genoux. Il lâcha son Glock sur le plancher poussiéreux. Aussitôt, les Noirs, qui semblaient en catalepsie quelques instants plus tôt, se ruèrent sur le blessé, le bourrant de coups de pied. Jonathan Wise, livide, cramponné à sa serviette, fixait l'agresseur, toujours adossé à ses bouteilles. Il balbutia d'une voix blanche :

— Il allait sûrement me tuer ! *My God, you saved my life !*

Milton Brabeck et Chris Jones écartèrent sans douceur la meute qui s'acharnait sur le blessé. Les Noirs se congratulaient bruyamment. Le caissier brandit une épaisse liasse de billets de cent dollars en hurlant :

— Cet enculé ne les avait pas vus !

Il sauta par-dessus le comptoir et récupéra le sac de billets, donnant au passage un coup de pied à l'homme à terre. Celui-ci ne bougeait plus. Avec le projectile tiré par Malko et le poignard planté dans son dos, il était en train de se vider de son sang... Le hululement d'une sirène de police se rapprochait. Le son vint mourir tout près. Avant que Malko et les deux « gorilles » aient pu bouger.

Un policier en uniforme surgit, arme au poing, et s'arrêta, effaré. Chris, Milton et Malko avaient discrètement rentré leurs armes.

— Qu'est-ce qui s'est passé ? demanda le policier en s'approchant du corps étendu. Les types du restaurant ont entendu des coups de feu.

C'est le caissier qui répondit.

— Ce type-là a voulu piquer la caisse. Il s'est mis à tirer dans tous les sens.

Le policier secoua la tête.

— Ça devait arriver, avec tout le pognon que vous avez le vendredi !

Il s'accroupit près du corps et posa un doigt sur une des carotides du cagoulé. Il releva aussitôt la tête.

1. Doucement, mec !

— Hé, il est mort. Qui lui a donné ce coup de couteau ?

— C'est moi, fit de mauvaise grâce le géant noir en bomber. Il allait flinguer le Blanc, là.

Il désignait Jonathan Wise, toujours figé sur fond de bouteilles. Le policier prit la cagoule et la tira, révélant le visage du mort.

— *Dirty white boy !*[1] grommela-t-il.

Dehors, le son d'une sirène se rapprochait. Les renforts arrivaient. Quelques instants plus tard, trois policiers firent irruption, l'arme au poing. Juste au moment où le premier, penché sur le corps, s'exclamait :

— Il a une autre blessure. On lui a tiré dessus !

Silence de mort. Le policier se redressa et regarda autour de lui, apostrophant le caissier.

— C'est vous qui avez tiré ?

Le Noir secoua la tête.

— Non, c'est lui.

Il pointait le doigt sur Malko. Le policier s'approcha de lui, les sourcils froncés.

— C'est vous qui avez tiré, *sir* ?

— Oui, fit Malko.

— Où est votre arme ?

Malko tira le Beretta 92 de sa ceinture et le tendit au policier en le tenant par le canon.

— La voilà.

— Vous avez le droit d'avoir cette arme, *sir* ? Vous possédez une licence ?

— Elle n'est pas à moi, répliqua Malko, mais à ce monsieur.

Il désignait Chris Jones. Le « gorille » s'approcha du policier, tenant dans le creux de sa main une carte plastifiée.

— *Moi*, j'ai une licence, annonça-t-il calmement.

Les autres policiers, perplexes, contemplaient la scène sans intervenir. Les clients noirs commencèrent à regarder les trois Blancs d'un drôle d'œil. Tout cela était bien bizarre.

— Vous avez un ID ? réclama le policier.

1. Sale Blanc !

Chris Jones sortit son accréditif de la Central Intelligence Agency.

— Voilà.

Milton Brabeck s'avança à son tour et montra également ses papiers. Les policiers étaient visiblement embarrassés. Venus pour un hold-up dans un Liquor Store minable où il n'y avait d'habitude que des Noirs, ils tombaient sur des agents de la CIA. Qui, en plus, s'étaient servis de leur arme.

C'est à ce moment que Jonathan Wise se glissa près du policier et exhiba à son tour sa carte plastifiée du Navy Intelligence Maritime Center.

— Je travaille en face, expliqua-t-il, j'étais juste venu acheter un peu de scotch. Je peux partir ?

Le policier nota son identité sur son calepin et l'accompagna jusqu'à la porte. Dehors, il lui demanda à mi-voix.

— *Sir*, vous connaissez les trois Blancs qui se trouvent là ?

— Absolument pas, c'est la première fois que je les vois. Pourquoi ?

Le policier eut un sourire embarrassé.

— *Well*, vous travaillez à la Navy Intelligence et eux à la CIA. Vous auriez pu avoir rendez-vous...

Au mot CIA, Jonathan Wise sentit ses jambes se dérober sous lui. Le policier lui jeta un regard intrigué.

— Ça ne va pas, *sir* ? Vous êtes tout blanc.

— Si, si, croassa Jonathan Wise, ça va. J'ai eu très peur, n'est-ce pas, cet homme était sur le point de m'abattre. Je peux...

— *No problem !* Faites attention en conduisant.

Jonathan Wise s'enfuit littéralement jusqu'à sa Mustang. Sa main tremblait tellement qu'il eut du mal à mettre la clef de contact. Il démarra, laissant une partie de ses pneus sur le ciment. Le cerveau en ébullition. Si ces agents de la CIA avaient surgi si vite, c'est qu'ils *le* surveillaient. La Centrale CIA se trouvait à Langley, en Virginie, à quarante minutes de là. Ça ne pouvait pas être un hasard.

Il était tellement bouleversé qu'il grilla le feu en bas de Suitland Avenue. Juste après, il s'arrêta à un petit supermarché et acheta une bouteille de Defender. Il allait en avoir besoin. Tous ses plans étaient bouleversés. Plus question d'aller à New York. Il regarda son attaché-case posé sur le siège, à côté de lui. Si ces agents de la CIA avaient su ce qu'il contenait...

Et dire qu'il s'apprêtait à passer un week-end détendu ! Il accéléra. Il avait hâte de partager son angoisse avec Bridget. Un moment, il pensa laisser un message sur le répondeur d'Ariel Gur. Mais à quoi bon ? Pour le moment, il fallait surtout réfléchir.

*

* *

— Téléphonez à mon chef, il vous expliquera, dit Chris Jones au lieutenant de police qui avait pris la direction des opérations.

Il lui donna le numéro du standard de Langley et celui de l'extension de Jeffrey Townsend, puis alla s'accouder au comptoir du Liquor Store. Les affaires avaient repris. Une ambulance venait d'arriver et d'emmener le cadavre. Bien entendu, il n'était porteur d'aucun papier.

Le policier se retira sans sa voiture pour téléphoner. L'attente se prolongea près de trois quarts d'heure... Enfin, le lieutenant de police revint, pas vraiment content.

— Vous pouvez y aller, annonça-t-il. J'ai le feu vert du Police Commissionner. On ne parlera même pas du coup de feu. Dans notre rapport, on mettra que ce type est mort d'un coup de couteau...

— Merci, fit Chris Jones. On peut partir ?

— Vous pouvez partir. Tous les trois. Le policier se ravisa et demanda à voix basse : *Holy shit !* Qu'est-ce que vous veniez faire ici ? Il n'y a que des négros.

— On venait faire le plein de *booze* pour le week-end, affirma Chris Jones sans ciller.

Le policier les regarda monter tous les trois dans le « sous-marin ». Il secoua la tête : c'était la première fois qu'il voyait des agents de la CIA en chair et en os... A peine dans le fourgon, Milton Brabeck demanda :

— Vous croyez qu'il s'est rendu compte de quelque chose ?

Malko eut un sourire résigné.

— Un mongolien de quatre ans aurait compris. Evidemment qu'il nous a repérés. Mais il n'a pas tout compris.

— C'est-à-dire ? interrogea Chris Jones.

— Ce n'était pas un vrai hold-up, raisonna Malko. Je pense que l'homme que j'ai abattu venait tuer Jonathan Wise. Pour le compte des Israéliens. C'était bien monté.

Au volant, Chris Jones s'engagea dans Suitland Avenue. Malko se dit que sa mission virait à l'impossible. Il fallait désormais surprendre en flagrant délit un homme qui se savait surveillé et empêcher les Israéliens de le liquider. Apparemment, ceux-ci avaient compris qu'il représentait un danger mortel pour eux.

Seul, Jonathan Wise l'ignorait encore. C'était le dernier atout de Malko.

*

* *

Bridget Wise avait écouté le récit de son mari, glacée. Elle avait préparé à manger, mais ni l'un ni l'autre n'avait faim. Et brutalement, elle venait de réaliser autre chose, d'encore plus affreux.

— Celui qui a tiré, demanda-t-elle, comment était-il ?

— Un grand blond, avec des yeux comme un chat. Jaunes.

Bridget Wise eut l'impression qu'on lui enfonçait un pic à glace dans le cœur. Sa raison lui conseillait de se taire, mais ce fut plus fort qu'elle.

— Je crois le connaître, dit-elle.

Jonathan la fixa, stupéfait.

— Lui ? Mais d'où ?

— Le soir où tu étais à New York, je suis allée au *Houston Restaurant*. J'ai beaucoup bu. J'étais très triste. Il m'a draguée. Sur le moment, j'ai cru naïvement qu'il voulait simplement coucher avec moi. Maintenant, je comprends.

Jonathan blémit.

— C'est pour ça que tu n'es pas rentrée !

Bridget trouva encore la force de mentir.

— Je ne tenais pas debout. J'ai couché dans sa chambre, mais je n'ai rien fait, je te le jure. D'ailleurs, dit-elle, ce n'est pas moi qui l'intéressais, c'est toi...

Jonathan Wise était prêt à croire n'importe quoi. Il posa la main sur la cuisse de sa femme avec un sourire un peu forcé.

— Qu'est-ce qu'on va faire ? demanda-t-il. J'ai rapporté les derniers documents. Il sont ici, dans mon attaché-case.

— *My God !*

Bridget regarda l'attaché-case noir comme s'il allait lui exploser à la figure. Devant sa terreur visible, Jonathan l'attira par les épaules.

— Ce soir, on va dormir. Je trouverai une idée.

Ils gagnèrent la chambre sans toucher au dîner. Aucun d'eux n'aurait pu avaler un petit pois.

*

* *

Au volant du fourgon blanc, Chris Jones venait de faire trois fois le tour du bloc, de Hillyer Court jusqu'à Massachussets et retour par la 26e Rue. Rien ne bougeait au 2830 Hillyer Street et les deux voitures du couple Wise étaient bien là.

— On décroche pour ce soir, décida Malko. On reprendra demain matin, quoique je ne pense pas qu'il se passe grand-chose.

— Je me dévoue, fit Milton Brabeck. Il n'y a rien à la télé ce soir.

*

* *

Jonathan Wise n'avait pas dû dormir plus de deux heures, passant et repassant les données de son problème dans son cerveau enfiévré. Lorsque Bridget ouvrit les yeux, il lui adressa un demi-sourire.

— Je crois que j'ai trouvé, annonça-t-il. D'abord, je vais utiliser la ligne de détresse dont je t'ai parlé. Pour avoir un contact urgent.

Bridget ouvrit de grands yeux.

— Mais comment vont-ils faire ? Tu es...

— Ils se débrouilleront, coupa Jonathan. Mais il y a plus urgent : nous ne pouvons garder tous ces documents « Top secret ».

— Tu vas les brûler ?

C'était une solution à laquelle il n'avait même pas songé.

— Non, fit-il. On les déposera dans une consigne du National Airport. Nous allons prendre la voiture et nous rendre au Georgetown Mall comme pour faire du shopping. Je conduirai. Dès que nous serons dans le parking souterrain, tu prendras l'attaché-case avec les papiers et tu ressortiras par la porte du niveau 1 qui donne sur le bord du canal. Tu prendras ensuite la passerelle qui l'enjambe pour gagner Grace Street. Là, tu trouveras sûrement un taxi, ou tu marcheras jusqu'à Wisconsin. Ensuite, tu iras à National Airport, tu mettras l'enveloppe dans une consigne et tu reviendras. Je t'attendrai au Deli du premier niveau.

— Parfait, fit simplement Bridget. J'espère que tout se passera bien.

Elle vivait cette histoire un peu comme un feuilleton de télévision, sans bien faire la part de la réalité. Grisée d'être une espionne... Jonathan alla prendre sa douche. Sous les jets d'eau tiède, il se demanda s'il ne ferait pas mieux de foncer à l'ambassade d'Israël et de s'y réfugier comme dans un rassurant cocon.

*

* *

Ariel Gur avait l'habitude de lire le *Washington Post* tous les matins en prenant son breakfast, face à son jardin. La politique d'abord, puis les nouvelles locales. Il n'avait aucune nouvelles de Aharon Dan, mais il *savait* que les choses ne s'étaient pas déroulées selon son plan. Seulement, ce n'était encore qu'une intuition.

Il ouvrit le journal à la page B1. Là, réunis sous la manchette « Around the region », le *Post* regroupait tous les faits divers violents de la veille. Il parcourut les articles et son pouls s'accéléra lorsqu'il lut : « Armed robbery in Suitland ».

« Un homme de race caucasienne, non identifié, a tenté un hold-up dans un Liquor Store de Suitland, le Cedar Hill Inn. Il a été poignardé par un des clients et il est mort sur le coup... »

Ariel Gur reposa son journal, bouleversé. Le « Caucasien » non identifié était Aharon Dan. Que s'était-il passé ? Pas un mot sur Jonathan Wise. Donc, celui-ci avait échappé à l'attentat. Et Ariel Gur avait perdu un homme de plus.

Il se sentait étreint d'une profonde tristesse. Ces jeunes morts pour leur pays, enterrés anonymement. Et lui, impuissant, intouchable et brisé. C'est lui qui avait imaginé ce moyen de liquider Jonathan Wise sous le nez de ses anges gardiens.

Il était parti du principe que ceux qui surveillaient Jonathan Wise le faisaient de loin, pour ne pas se faire repérer. Ils ne l'accompagneraient sûrement pas dans un Liquor Store. Là-dessus, il ne s'était pas trompé... Mais quelque chose avait déraillé, et Aharon était mort.

Seule consolation : Jonathan Wise ne devait pas se douter une seconde que ses amis avaient voulu le tuer.

C'était le sabbat. A Wye Plantation, les négociations israélo-palestiniennes étaient interrompues pour la journée. Le combat reprendrait dimanche. Benyamin Nétanyahou n'avait rien cédé. Ariel Gur se vida le cerveau, priant Dieu de l'aider, bien qu'il ne soit pas particulièrement croyant. Il se demanda soudain si l'échec de l'assassinat de Jonathan Wise n'était pas un signe du ciel signifiant que l'opération « Yahalom » devait continuer, en dépit du risque effroyable encouru.

CHAPITRE XVIII

Jonathan Wise mordit à belles dents dans son « pastrami sandwich ». Un peu rassuré. Bridget était revenue de National Airport et, apparemment, tout s'était bien passé. L'attaché-case contenant tout le dossier nord-coréen — plus de dix centimètres d'épaisseur — se trouvait dans un casier des consignes automatiques de l'aéroport Ronald Reagan. De son côté, il avait laissé un message sur le répondeur qui lui servait à correspondre avec Ariel Gur : une femme en tailleur vert viendrait acheter des disques lundi, à l'heure habituelle. Il fallait lui demander si elle avait rendez-vous avec un certain Dan Cohen.

Pendant qu'il attendait le retour de Bridget en admirant, au quatrième étage, un show-room offrant les dernières créations de l'architecte d'intérieur Claude Dalle, il avait eu le temps de réfléchir à la conduite à suivre. Il regarda Bridget mastiquer son sandwich et but une gorgée de bière. Bien que passionnément pro-israélien, il n'était pas très religieux et n'observait pas le sabbat.

Dès que Bridget eut fini de manger, il posa sa main sur la sienne et dit avec une chaleur inhabituelle :

— Tu es formidable !

La jeune femme sourit sans répondre. Jonathan Wise enchaîna aussitôt :

— Je vais encore te demander de m'aider. Maintenant que je suis certain qu'on me surveille, il y a certains risques que je ne peux pas prendre. Ces documents doivent être livrés à New York. Est-ce que tu accepterais de le faire pour moi ?

Bridget n'hésita que quelques secondes.

— Oui, dit-elle, si ce n'est pas trop difficile.

— C'est très facile, affirma son mari. Lundi matin, tu pars d'ici, comme si tu allais faire des courses. Tu mets ton tailleur vert. Ensuite, tu prends un taxi et tu files sur National Airport où tu achètes un billet pour le premier *shuttle* en partance pour New York. US Air ou Delta. Bien sûr, avant de t'envoler, tu récupères les papiers.

— Et ensuite ? A New York ?

Bridget était passionnée : elle avait l'impression de pénétrer dans une vie secrète de son mari.

— Il faut que tu sois vers midi au magasin de disques Sam Goodies, au coin de la 42e Rue et de Second Avenue. Tu restes en face du rayon « hits » et quelqu'un te contactera, en te demandant si tu attends Dan Cohen.

— Et si personne ne venait ?

— Tu te rends au restaurant *Muldoon's*, sur la Troisième Avenue, entre la 42e et la 43e Rue. C'est le rendez-vous de secours.

Bridget lui jeta un regard inquiet.

— Ils viendront, malgré ce qui se passe ?

— D'abord, ils ne le savent pas encore, prétendit Jonathan Wise. Ensuite, ils ont absolument besoin de ces documents. Il viendront.

— J'espère que...

Jonathan la coupa.

— Je vais leur faire croire que je pars à New York par l'aéroport de Baltimore. Pour les attirer. Tu seras tranquille. Je vais faire une réservation à mon nom.

Bridget approuva d'un sourire. Elle trouvait son mari formidable. Mais elle avait les pieds sur terre.

— Et si, malgré tout, on me prenait avec les documents ? interrogea-t-elle. Qu'est-ce que je fais ?

Jonathan avait prévu cette question.

— Tu dis que tu ignores ce que contient l'attaché-case. Que c'est moi qui te l'ai donné et que tu dois le remettre à un diplomate pakistanais de la délégation pakistanaise aux Nations unies, Mohammed Iqbal Butt. Il faut que tu notes son nom quelque part.

— Qui est-ce ? demanda-t-elle, étonnée.

— Un type que je connais vaguement. C'est pour détourner les soupçons. Je *sais* qu'il travaille pour l'ISI, les Services pakistanais. Mais, rassure-toi, rien n'arrivera et, le soir, je t'emmène dîner au *Marrakech*.

Bridget esquissa un sourire. Elle adorait ce restaurant. Jonathan continua sur sa lancée :

— Tu comprends qu'avec tout ce qui se passe, nous allons être obligés de partir très vite pour Israël...

— Je comprends, admit Bridget.

Depuis qu'elle avait découvert l'activité secrète de son mari, elle avait l'impression de vivre dans un monde virtuel, de disputer un jeu vidéo. Jonathan se leva.

— Viens, on va faire un peu de shopping. Il y a une boutique Victoria's Secrets, au troisième.

Bridget adorait la lingerie. Il ne comprit pas pourquoi elle rougissait mais mit cela sur le compte de tout ce qui lui arrivait.

*
* *

— Voilà Jonathan, annonça Milton Brabeck, l'œil collé à un des mouchards du « sous-marin » garé dans la 21e Rue.

Lui et Malko étaient dans le fourgon blanc déjà utilisé la semaine précédente. Chris Jones planquait dans Hillyer Street, au volant d'une Ford beige. Ils avaient profité du week-end pour muscler le dispositif, afin d'être à l'abri de toute surprise. Depuis l'aube, un Falcon 50 appartenant à la CIA était en *stand-by* à l'aéroport Ronald Reagan. Ainsi, Jonathan Wise ne pourrait plus leur filer sous le nez, s'il n'y avait pas de place d'avion. A New York, deux agents du bureau de l'Agence faisaient le pied de grue à La Guardia, munis de photos de Jonathan et de sa femme. Chacun à l'arrivée des navettes US Air et Delta.

Tous étaient reliés par portables, il y avait peu de chances que Jonathan Wise puisse passer à travers les mailles du filet.

— Chris, prenez-le en charge, demanda Malko dans son portable. Il va arriver sur Dupont Circle par P Street. Nous nous occupons de Bridget.

Il était huit heures et, comme tous les lundis matins, Jonathan Wise semblait partir pour le bureau. Sa Mustang pointa le nez à la sortie de l'allée menant à son immeuble et fila devant eux, tournant deux blocs plus loin dans P Street. D'où ils se trouvaient, Malko et Milton Brabeck avaient dans leur champ de vision la Subaru blanche de Bridget Wise, garée dans Hillyer Street.

*

* *

A neuf heures cinq, Bridget Wise, vêtue d'un tailleur vert, sortit du 2830 Hillyer Street et partit à pied vers Connecticut Avenue.

— Suivez-la, ordonna Malko à Milton Brabeck.

La jeune femme, au bout de la rue, tourna à droite, vers Dupont Circle et gagna ensuite l'autre trottoir de Connecticut, pour entrer dans le salon de coiffure Harlow, au 1607. Milton appela Malko qui, au volant du fourgon, gagna Dupont Circle et s'arrêta sur le rond-point. Ils n'attendirent pas longtemps. Vingt minutes plus tard, Bridget Wise ressortit et marcha jusqu'à Dupont Circle où elle héla un taxi.

Juste à ce moment, le portable de Malko sonna. C'était Chris Jones, très excité.

— Il ne va pas à Suitland ! annonça-t-il. Il vient de s'engager sur le 95 en direction du nord-est. On dirait qu'il va vers Baltimore.

Malko se précipita sur la carte affichée sur une des parois du fourgon. Effectivement, le Freeway 95 allait vers Baltimore, mais un embranchement desservait aussi Baltimore Washington International Airport.

— Ne le lâchez surtout pas ! recommanda-t-il. Il va peut-être prendre l'avion pour New York.

Milton Brabeck se retourna.

— On descend New Hampshire, annonça-t-il. On va arriver à Washington Circle.

Malko vint derrière lui. Le taxi de Bridget fit le tour du rond-point et s'engagea dans la 23e Rue, plein sud. Arrivé au Lincoln Memorial Circle, il prit à gauche et s'engagea sur l'Arlington Memorial Bridge enjambant le Potomac. Puis, en direction du sud, le taxi prit le George-Washington Parkway.

— Ils vont à National Airport, lança Malko. Prévenez l'équipage du Falcon. Jonathan ou elle va à New-York. Ou les deux.

Milton déposa Malko devant le terminal et partit se garer. Bridget fila au comptoir du *shuttle* US Air, observée de loin par Malko. Dès qu'elle eut son billet, elle partit vers les arrivées. Le cœur de Malko battit plus vite lorsqu'il la vit s'approcher des consignes automatiques. Et son pouls grimpa à 150 quand elle en sortit l'attaché-case noir. Cette fois, il n'y avait plus aucun doute. Il la suivit encore jusqu'à la salle des départs avant de s'éclipser. Milton Brabeck le retrouva au « meeting-point ».

— Venez, dit-il, l'appareil est prêt à décoller.

Cette fois, ils avaient une longueur d'avance sur Jonathan Wise. Grâce au Falcon de la CIA, Malko arriverait à New York avant Bridget.

*
* *

Jonathan se gara dans le parking du Baltimore Washington International Airport, prit la navette et gagna l'aérogare. Il commanda un café au bar, s'y installa quelques minutes, jusqu'à l'heure de décollage de l'avion qu'il était supposé prendre, puis fit le même parcours en sens inverse. Ravi de son stratagème. Sans apercevoir à aucun moment Chris Jones qui ne le lâchait pas d'une semelle.

L'analyste repartit sur le Freeway 195, puis le 95, en direction du sud. Quand il s'engagea dans Suitland Avenue, il n'était même pas onze heures.

Il se gara dans le parking du Navy Intelligence Maritime Center et gagna son bureau, priant pour que Bridget mène à bien sa mission. Ils avaient convenu de ne pas se téléphoner, à cause des écoutes possibles. Il lui fallait donc attendre le soir pour savoir ce qui s'était passé à New York.

*
* *

Ariel Gur avait eu le message de Jonathan, le samedi à une heure dix. C'était clair : l'analyste envoyait sa femme à sa place, afin de diminuer les risques, ce qui était peut-être illusoire. Dans n'importe quel autre cas, il aurait donné l'ordre à Joseph Yagor de ne pas aller au contact. Seulement, il avait un besoin pressant des documents nord-coréens. Ariel Gur savait que si Bridget repartait pour Washington avec, il n'avait plus aucune chance de les récupérer.

D'un autre côté, si les Américains surveillaient Jonathan, ils ne surveillaient peut-être pas sa femme.

Le risque était de toute façon élevé.

Cependant, au point où il en était, il n'avait plus le choix. Il décrocha son téléphone, priant pour que Dieu, cette fois, soit de son côté. Problème supplémentaire : avec la disparition de Aharon Dan, il ne disposait plus de personne. Il ne lui restait que Joseph Yagor qui, normalement, n'aurait jamais dû monter en première ligne. L'Unité 72 du Mossad le décevait. Ses trois membres avaient trouvé la mort, sans autre résultat que d'aiguiller les Américains sur une opération qui aurait dû demeurer « hermétique ».

Lorsqu'il eut Joseph Yagor en ligne, sur un circuit protégé, en appelant d'une cabine publique à Washington une autre cabine publique à New York, il lui expliqua la situation et ce qu'il préconisait pour limiter les risques au maximum. Ariel Gur était obligé de faire ce qu'on évitait *toujours* : impliquer quelqu'un occupant une position officielle dans une opération secrète et compromettante.

*
* *

Bridget Wise sursauta en entendant son nom dans le haut-parleur du terminal US Air de La Guardia. Elle venait juste de débarquer du *shuttle* et le voyage l'avait un peu détendue. Rien d'inquiétant ni de suspect. Le haut-parleur répéta : « *Mrs. Bridget Wise, please contact information desk, in the lobby.* »

Bridget hésita. Est-ce que ce n'était pas un piège, pour la désigner à d'éventuels suiveurs ? Mais cela pouvait également être un message de Jonathan, qui lui donnait des instructions complémentaires ou annulait l'opération... L'employée du *desk* lui adressa un sourire chaleureux.

— Mrs. Wise, on m'a déposé un mot pour vous.

Elle lui tendit une enveloppe fermée. Bridget Wise l'ouvrit. Il n'y avait que quelques mots tapés à la machine. « Le rendez-vous est changé. Allez au New York Mall, sur Broadway, à la 34e Rue. »

Bridget Wise gagna la sortie pour prendre un taxi.

Elle aurait donné n'importe quoi pour entendre la voix de son mari, mais c'était impossible. Dans le taxi, elle se retourna plusieurs fois pour voir si on ne la suivait pas.

*

* *

Malko et Milton Brabeck étaient arrivés vingt minutes avant Bridget Wise à La Guardia. Milton l'avait « cueillie » à l'arrivée du *shuttle* et suivie dans l'aérogare, tandis que Mako attendait dans une limousine « Stretched » aux vitres noires fournie par la CIA avec deux agents du bureau new-yorkais. A peine la jeune femme se fut-elle dirigée vers la sortie, que le « gorille » se précipita à l'*Information desk*, exhibant sa carte du *Secret Service.*

— Quel était le message pour Mrs. Wise ? demanda-t-il d'un ton sans réplique.

L'employée, une Portoricaine d'une vingtaine d'années, paniqua, sans même voir que la carte était depuis longtemps périmée. Terrifiée par les yeux gris et froids du « gorille », elle lui dit qu'elle n'avait pas lu le message. Milton Brabeck fonça aussitôt vers la limousine.

— Elle vient de partir en taxi, annonça-t-il à Malko.

La circulation était fluide et il ne leur fut pas difficile de rattraper le taxi. Ils mirent à peine plus d'une demi-heure à arriver à Manhattan, par le Midtown Tunnel. Ils traversèrent ensuite Manhattan d'est en ouest. Bridget Wise se fit déposer juste devant eux et pénétra dans l'immense New York Mall. Celui-ci comprenait six étages et s'étalait sur un bloc entier, de la 34e à la 33e Rue, avec une demi-douzaine d'accès.

Malko et Milton Brabeck plongèrent dans la foule qui prenait d'assaut les escalators et les ascenseurs transparents. Ils se séparèrent aussitôt. Milton demeura au rez-de-chaussée, surveillant Bridget qui s'était immobilisée devant l'*Information desk*, tandis que Malko gagnait le premier, d'où il voyait mieux les mouvements de foule du rez-de-chaussée.

La jeune femme, immobile, son attaché-cas à bout de bras, regardait autour d'elle, apparemment perdue. Au bout de quelques minutes, elle emprunta un des escalators, sa mallette à bout de bras. Malko prit un peu de champ. Milton Brabeck et les deux autres agents de la CIA new-yorkaise prirent l'escalator à leur tour.

*
* *

Malko jeta un coup d'œil à sa Breitling B-1. Une heure s'était écoulée depuis que Bridget Wise était arrivée. Elle errait dans le Mall, passant d'un étage à l'autre, s'arrêtant devant les vitrines, visiblement désorientée, bousculée par les badauds. Il la vit entrer dans un ascenseur à la dernière minute et filer vers le sous-sol. Ses suiveurs, pris de court, se ruèrent dans les escalators. Deux minutes plus tard, le portable de Malko sonna.

— Nous l'avons perdue, annonça Milton Brabeck.

Malko jura entre ses dents. Ils n'allaient pas se faire avoir une fois de plus ! Une pensée horrible le traversa. Depuis ce qui s'était passé au Liquor Store de Suitland, il savait que les Israéliens voulaient liquider Jonathan Wise. L'ordre s'étendait peut-être à sa femme, et ce rendez-vous dans un lieu public n'avait peut-être pour but que de la liquider après avoir récupéré des documents... Il rappela aussitôt le « gorille ».

— Milton, faites demander Bridget Wise par les haut-parleurs. Vite ! Les autres s'apprêtent peut-être à la tuer.

Quelques minutes plus tard, les dizaines de haut-parleurs qui servaient aux annonces publicitaires répercutèrent la même annonce : « Mrs. Bridget Wise, s'il vous plaît, contacter immédiatement le *desk* information, au rez-de-chaussée. »

L'appel fut répété une dizaine de fois, dans l'indifférence générale. Milton Brabeck et les deux agents de la CIA s'étaient rabattus sur le rez-de-chaussée, surveillant les portes. Il fallait avant tout éviter que Bridget Wise leur file entre les doigts. Du premier étage, Malko scrutait la foule. Le tailleur vert demeurait invisible.

L'angoisse lui serrait la gorge. A chaque seconde, il s'attendait à découvrir un drame. Les Israéliens avaient démontré qu'ils ne reculaient devant rien.

*

* *

Joseph Yagor, en entendant l'annonce, eut l'impression de recevoir un coup de poing en plein visage. Depuis une demi-heure, il surveillait Bridget Wise à distance, essayant de voir si elle était suivie. Les ordres d'Ariel Gur étaient simples : arracher l'attaché-case à la jeune femme sans avoir aucun contact avec elle, et filer le plus vite possible. Une voiture du Mossad attendait à l'extérieur, garée en double file, avec deux agents de soutien empruntés au consulat. Joseph Yagor n'était pas armé. Même si Bridget Wise était surveillée, l'échange se ferait trop vite pour que les Américains puissent intervenir. Seulement, Joseph Yagor n'avait jamais fait une chose pareille et son cœur battait la chamade.

Il se trouvait alors dix mètres derrière Bridget Wise, au second étage. La jeune femme venait d'acheter un pull chez

Gap. Il la vit hésiter, regarder autour d'elle, puis faire demi-tour et se diriger vers les escalators. Il lui emboîta le pas. Impossible d'agir dans les étages : les agents de la sécurité risquaient de l'intercepter. Il était obligé de lui arracher l'attaché-case au rez-de-chaussée, à proximité d'une porte.

Bridget Wise était très pâle quand elle passa devant lui, marchant comme une automate. Elle hésita un peu avant de s'engager dans l'escalator. Joseph Yagor se faufila derrière elle, les mains moites, le pouls à 130. Ils arrivèrent en même temps au rez-de-chaussée. De nouveau, Bridget Wise hésita, regardant autour d'elle. Profitant de son immobilité, Joseph Yagor, prenant son courage à deux mains, surgit derrière elle et lui arracha si brutalement l'attaché-case que la jeune femme tomba à terre avec un cri !

Joseph Yagor fonçait déjà vers une des portes donnant sur Broadway. Il la franchit d'un seul élan. Il se croyait déjà sauvé lorsqu'il se heurta à une masse compacte. Il s'apprêtait à s'excuser lorsque deux bras se refermèrent sur lui, le soulevant du sol et le serrant à lui briser les côtes. Il leva les yeux, vit un regard gris et froid et entendit une voix moqueuse lancer :

— Ce n'est pas bien de voler les dames sans défense !

Tout se passa très vite. L'homme qui le ceinturait traversa le trottoir, rejoignant une immense limousine noire arrêtée le long du trottoir. La portière arrière fut ouverte de l'intérieur et Joseph Yagor projeté la tête la première dans le véhicule. Aussitôt, deux costauds l'attrapèrent, lui arrachèrent l'attaché-case qu'ils jetèrent sur le plancher. Ils l'immobilisèrent, et il se retrouva couché à plat ventre sur la banquette.

— C'est illégal ! hurla-t-il, je suis diplomate !

On le fouilla et un des deux hommes sortit son passeport diplomatique israélien qu'il feuilleta.

— Mais c'est vrai ! fit-il. C'est très intéressant. Pourquoi donc avez-vous volé cet attaché-case à cette dame ? Que contient-il ?

On l'assit sur la banquette et Joseph Yagor réalisa que les glaces teintées de la voiture, d'un noir très foncé, empêchaient les passants de voir l'intérieur... Son voisin ouvrit l'attaché-case et souleva le couvercle. La première chose que vit Joseph Yagor fut un énorme tampon rouge rectangulaire : « TOP SECRET » US GOVERNMENT. Il réprima une violente envie de pleurer et sut que les choses étaient très mal parties.

*

* *

Malko arriva à la hauteur de Bridget Wise au moment où on l'aidait à se relever. Il avait vu Milton Brabeck intercepter l'homme qui avait volé l'attaché-case et était rassuré de ce côté-là. Il attendit quelques instants que des gens se pressent autour de la jeune femme en pleurs. Celle-ci ne l'aperçut pas immédiatement, mais quand les badauds commencèrent à s'écarter, il se trouva pratiquement face à elle et leurs regards se croisèrent.

Il lut dans celui de Bridget d'abord une immense stupéfaction, puis une rage incontrôlable. Ses joues se creusèrent, ses lèvres se réduisirent à un trait et ses prunelles devinrent fixes. Elle demeura figée quelques instants, tétanisée. Malko fit un pas vers elle.

— Bridget, commença-t-il, il faut que...

Les yeux toujours rivés à lui, elle plongea la main dans son sac et la ressortit, serrant un petit Browning calibre 25, une arme de femme. Sans hésiter, elle le braqua sur Malko, à quelques centimètres de son visage, et appuya sur la détente.

CHAPITRE XIX

Malko, pendant quelques fractions de seconde, ne vit que le petit trou du canon, à quelques centimètres de son visage. Une peur viscérale, animale, le figea. Son cerveau lui disait qu'il allait mourir et son corps qu'il n'avait pas le temps d'éviter cette mort. Des images se bousculèrent en un éclair dans sa tête : Alexandra, un soir où elle était particulièrement belle, dans une longue robe de velours brodé, le château de Liezen enneigé, Hong Kong, Rio, Bajram-Curri, l'Angola. Des bribes de souvenirs forts ou violents qui s'entrechoquaient, se mêlaient, se diluaient. Par-delà le petit pistolet, il vit soudain le regard de Bridget Wise s'emplir de stupéfaction, puis de rage, et il réalisa que si l'arme était toujours braquée sur lui, aucun coup de feu n'était parti.

Ses réflexes lui revinrent d'un coup. Sa main droite partit avec la rapidité d'un crotale, arrachant le petit 25 des doigts de Bridget, qui poussa un cri de douleur.

Malko comprit instantanément ce qui lui avait sauvé la vie : elle avait tout simplement oublié d'ôter le cran de sûreté. Maintenant, elle se tenait la main droite, des larmes dans les yeux.

— Salaud ! couina-t-elle. Mon doigt ! Vous m'avez cassé le doigt !

Des gens s'attroupèrent autour d'eux. Voulant jouer les Don Quichotte, un bonhomme massif, affublé d'une chemise de trappeur à carreaux rouges, s'approcha de Malko, menaçant.

— Qu'est-ce que vous lui avez fait, à la dame ?

— Il ne lui a rien fait. *Hit the road*[1], fit une voix derrière lui.

Il se retourna. Quand il vit les yeux gris et la carrure de Milton Brabeck, il perdit instantanément de sa galanterie, et s'éloigna en grommelant...

Malko prit fermement Bridget Wise par le bras et lui dit à voix basse :

— Venez. Je dois vous dire que je travaille pour le gouvernement américain, comme le monsieur qui m'accompagne. Cela ne servirait à rien de faire du scandale.

Elle se dégagea violemment et lança :

— Ce sont eux qui m'ont volé mon attaché-case ! Rendez-le-moi !

— Ce n'est pas nous, corrigea Malko. Mais ceux à qui vous deviez le remettre. Heureusement, nous l'avons récupéré. Venez.

Elle se laissa entraîner de mauvaise grâce et franchit avec lui les portes du Mall. La limousine de la CIA était restée garée le long du trottoir. Malko installa Bridget Wise à l'avant, entre le chauffeur et lui. Joseph Yagor, coincé entre le deuxième agent de la CIA et Milton Brabeck, avait blêmi en voyant Bridget. Malko se retourna et lui demanda :

— Vous connaissez cette femme ?

— Non, affirma l'Israélien d'une voix blanche.

— Pourquoi avez-vous tenté de lui voler son attaché-case ?

L'Israélien se cabra brusquement.

— Je ne répondrai à aucune de vos questions, lança-t-il d'une voix furibonde. Je suis diplomate et j'exige que vous me laissiez descendre immédiatement de cette voiture.

— Je crains que cela ne soit impossible, dit calmement Malko.

— D'abord, qui êtes-vous ?

— Vous allez le savoir assez tôt, répliqua Malko. Je vous rassure, nous ne sommes pas des gangsters.

1. Dégage !

Ils roulèrent une vingtaine de minutes avant de s'arrêter devant une petite « brownstone » de la 47e Rue, entre Madison et Park Avenue. Une « safe-house » de la CIA. On leur ouvrit et plusieurs agents poussèrent Joseph Yagor dans une pièce et Bridget Wise dans une autre.

*

* *

Lorsque Malko pénétra dans le salon où on avait installé Bridget Wise, la jeune femme était prostrée dans un fauteuil de cuir, le regard éteint, les yeux rouges de larmes. Malko vit que son index droit était rouge et enflé.

— Je suis désolé de vous avoir fait mal, dit-il, mais vous avez voulu me tuer.

La jeune femme leva sur lui un regard plein de haine.

— Je regrette de ne pas avoir réussi ! gronda-t-elle. Vous êtes un ignoble salaud. Déjà, un soir, vous avez abusé de moi, en vous faisant passer pour ce que vous n'étiez pas !

— Abusé n'est pas le mot, corrigea Malko. Je pense que vous avez éprouvé autant de plaisir que moi, mais là n'est pas le problème. Ce soir-là, vous étiez prête à faire l'amour avec n'importe qui, vous me l'avez dit.

Bridget Wise demeura muette quelques instants avant de demander :

— Que voulez-vous ? Pourquoi m'avez-vous entraînée ici ?

— Pour vous dire un certain nombre de choses qui vous concernent directement. Je pense que vous le savez, votre mari, Jonathan, espionne depuis plusieurs mois pour Israël. Il a communiqué au gouvernement israélien de nombreux documents « Top secret », nuisant gravement aux intérêts de son pays. L'attaché-case que vous apportiez à New York contenait des documents « Top secret » dérobés à la Navy Intelligence.

— Je devais les remettre à un Pakistanais.

— Bridget, assez de contes de fées. J'ai des révélations à vous faire qui risquent de vous faire très mal. Nous savons beaucoup de choses. Des choses que *vous* ignorez. Par exemple, que les Israéliens ont décidé d'assassiner votre mari, en dépit des services qu'il leur a rendus.

— C'est faux, sursauta-t-elle. Comment pouvez-vous prétendre une chose aussi monstrueuse ?

— Dans le Liquor Store de Suitland, continua Malko, j'ai sauvé la vie de votre mari. Il a dû vous le raconter. Ce n'était pas un véritable hold-up. Juste une mise en scène pour le tuer sans que nous nous en apercevions. Cela aurait pu marcher.

— Comment pouvez-vous dire cela ?

— L'assassin a été identifié, prétendit Malko, il travaillait pour les Israéliens. Comme ceux qui ont assassiné la maîtresse de votre mari, Olivia de Portello.

Bridget Wise se décomposa.

— Assassinée ! protesta-t-elle, mais Jonathan m'a dit qu'elle s'était noyée...

— Il vous a menti. *Lui* sait comme nous qu'elle a été liquidée par un commando israélien. Même si nous n'en avons pas la preuve. Vous n'y êtes bien sûr pour rien. Je pense que jusqu'à une période récente, vous n'étiez au courant de rien, sauf de la liaison de votre mari avec cette Olivia. C'est d'ailleurs cette liaison qui a tout déclenché. Nous pensons qu'Olivia de Portello, ayant appris l'activité clandestine de votre mari, l'a fait chanter et que les Israéliens l'ont éliminée pour cela. Après avoir, par erreur, tué quelqu'un à sa place.

— *Oh my God !*

Bridget Wise semblait s'être recroquevillée. Elle sortit une cigarette de son sac et Malko la lui alluma avec le briquet de table Zippo Lady Barbara. Il la laissa se détendre quelques instants avant de continuer :

— Je voudrais vous tenir en dehors de cette histoire, mais cela va être très difficile. Tant que vous traitez avec nous, vous avez une chance. Le jour où l'affaire passe au FBI, c'est fini.

— Qui est-ce, « nous » ? demanda-t-elle d'une voix tremblante.

— La Centrale Intelligence Agency. Si vous collaborez, je vous donne ma parole que vous avez une chance de vous en sortir.

— C'est quoi, collaborer ?

— D'abord, dit Malko, faire une confession écrite de votre main avec *tout* ce que votre mari vous a dit, et tout ce que vous avez fait. Y compris le voyage d'aujourd'hui.

Bridget secoua la tête.

— Mais c'est horrible ! Vous me demandez de trahir mon mari !

— Non, corrigea Malko, de vous sauver. Vous ne pouvez plus rien pour lui. Il y a cependant une chance minuscule que les choses s'arrangent, même pour lui. Cela ne dépend pas de moi. Acceptez-vous de rédiger cette confession ?

— Oui, fit-elle dans un souffle.

— Alors, je vous laisse. Je reviendrai dans une heure. Je pense que vous aurez fini.

*
* *

Ariel Gur téléphonait toutes les dix minutes au consulat israélien de New York. Joseph Yagor n'avait pas reparu depuis deux heures. Les radios ne parlaient d'aucun incident, mais cela sentait *très* mauvais. Et il n'y avait rien à faire qu'à attendre... Le vieil Israélien se voûtait encore un peu plus, plongé dans de noires pensées.

A cinq heures, bien qu'il soit plus de minuit en Israël, il se résigna à appeler Jérusalem pour avertir Rafaël Gal, le patron du Lakam, que la situation lui avait peut-être échappé. Par sa fenêtre, il regarda les employés de l'ambassade qui rentraient chez eux. Lui n'était pas près de partir.

Quand le téléphone sonna, il se jeta dessus. Ce n'était qu'un appel de sa femme lui demandant s'il rentrerait dîner.

*
* *

Malko pénétra dans la pièce où se trouvait Joseph Yagor, une liasse de papiers à la main. Le diplomate israélien, visiblement abattu, n'avait pas touché au café qu'on lui avait apporté. Dès qu'il vit Malko, il se leva et lui jeta d'une voix hargneuse :

— Je proteste de la façon la plus absolue contre ce kidnapping ! Je suis un diplomate régulièrement accrédité auprès du gouvernement américain et je donnerai à cet incident les suites qu'il mérite...

Malko s'installa en face de lui et lui adressa un sourire froid.

— Je n'en doute pas, monsieur Yagor. D'abord, je dois dire que vous n'êtes en aucune façon kidnappé. Nous avions simplement besoin d'avoir une longue et fructueuse conversation avec vous.

— A quel sujet ?

— Au sujet de l'opération « Yahalom », répondit paisiblement Malko.

Il vit l'Israélien marquer le coup. Malko avait trouvé le terme dans la confession de Bridget Wise. Son mari lui avait appris avec fierté que c'était son nom de code, tant les informations qu'il transmettait étaient précieuses.

— Je ne sais pas ce que vous voulez dire, répliqua Joseph Yagor.

— Dans ce cas, fit Malko, je vais vous l'expliquer. Vous avez recruté un citoyen américain, Jonathan Wise, pour procurer à votre gouvernement un certain nombre d'informations secrètes. Quand je dis « vous », il s'agit en réalité d'un autre diplomate de votre pays, Ariel Gur, un ancien du Mossad qui travaille lui-même pour une structure directement rattachée au Premier ministre israélien, le Lakam. Nous ne reparlerons pas des meurtres que votre organisation a été amenée à commettre pour couvrir votre opération clandestine. Je sais que vous n'y êtes pour rien... Aujourd'hui, nous possédons ici trois éléments : une mallette bourrée de documents secrets concernant la Corée du Nord, dérobés à la Navy Intelligence, documents dont certains portent les empreintes de Jonathan Wise. De l'épouse de celui-ci, Bridget, une confession dont je vous invite à prendre connaissance. Et enfin un diplomate israélien, vous-même, qui a été surpris en flagrant délit, en train de voler à Mme Wise ces documents secrets.

Joseph Yagor, le cerveau en ébullition, réussit à demander d'une voix presque maîtrisée :

— Qu'attendez-vous de moi ?

— D'abord que vous lisiez cette confession, afin que vous sachiez que je ne bluffe pas. Par ailleurs, vous êtes parfaitement libre de quitter cet immeuble, nous ne vous retiendrons pas. Il s'agit pour l'instant d'une tentative de règlement à l'amiable d'un contentieux extrêmement délicat. Vous savez comme moi qu'une fois cette affaire rendue publique, *personne* n'en maîtrisera tous les développements...

Il tendit le document à l'Israélien qui s'en saisit après une seconde d'hésitation. Malko ressortit aussitôt de la pièce pour aller retrouver Reynold Hurst, le chef de station de la CIA à New York, accouru des bureaux de Park Avenue. De Langley, Jeffrey Townsend suivait l'évolution des événements. Pendant près d'une heure, lui, Malko et Reynold Hurst avaient examiné les possibles évolutions de l'affaire. La situation actuelle ne pouvait pas se prolonger longtemps. La CIA n'avait absolument pas le droit de retenir contre leur gré Joseph Yagor et Bridget Wise. Tout dépendait maintenant de l'attitude de Joseph Yagor.

*
* *

Joseph Yagor avait posé la confession de Bridget Wise sur un guéridon et regardait le mur. Malko s'assit en face de lui.

— Mr. Yagor, dit-il, nous sommes entre professionnels, aussi passons sur le fait que votre opération a provoqué la mort de cinq personnes, dont deux citoyennes américaines. Je suis à peu près certain que l'assassin de Stacy Lak, l'homme qui a voulu me poignarder et celui que j'ai dû abattre au Liquor Store de Suitland appartenaient à votre Service.

— Je ne...

Malko le coupa :

— Allons droit au fait. Il suffit que nous convoquions le FBI et que nous leur donnions les preuves en notre possession. *Vous* ne risquez rien d'autre qu'une expulsion. Les époux Wise, eux, risquent pas mal d'années de prison, mais surtout vous n'ignorez pas l'impact de cette affaire sur l'opinion américaine et, surtout, sur la classe politique. Grâce à Bridget Wise et aux confidences que lui a faites son mari, nous avons une idée précise de l'organisation de votre opération « Yahalom ». Grâce à ces révélations, nous savons que toute l'affaire a été menée par le Lakam. Et le Lakam, c'est le gouvernement israélien...

Il laissa Joseph Yagor méditer quelques instants cette évidence. C'est l'Israélien qui relança le dialogue, d'une voix étranglée :

— Qu'attendez-vous de moi ?

— Que vous appeliez votre chef, Ariel Gur, à l'ambassade israélienne de Washington. Que vous le mettiez au courant de ce qui s'est passé aujourd'hui et d'où vous appelez.

— Et ensuite ?

— Qu'il se mette en rapport avec Franck Capistrano, à la Maison-Blanche. C'est lui qui est en charge de ce dossier. Voilà le numéro de sa ligne directe : 202 756 7834.

Joseph Yagor regarda longuement le téléphone comme si c'était un objet incroyablement hostile, puis, d'une main tremblante, souleva le récepteur et commença à composer le numéro.

*

* *

Le soulagement d'Ariel Gur ne dura que quelques secondes, lorsqu'il reconnut la voix de Joseph Yagor. Une voix d'outre-tombe qui lui annonça d'emblée :

— Je vous téléphone d'un bureau clandestin de la Central Intelligence Agency, à New York...

Il écouta le reste de l'histoire avec l'impression d'être déjà mort, puis nota soigneusement le numéro de téléphone de

Franck Capistrano. Après avoir raccroché, il demeura prostré. Désespéré et en fureur contre lui-même. C'était lui qui avait été chargé par Rafaël Gal de « l'évaluation » de Jonathan Wise. En raison de sa longue expérience du renseignement, on lui faisait totalement confiance. Or, il avait trahi cette confiance en se trompant. Aveuglé par les sentiments pro-israéliens de Jonathan Wise, il n'avait pas deviné la fragilité et l'imprudence du personnage. Sa première indiscrétion avec Olivia de Portello avait fait dérailler une opération qui aurait dû se dérouler dans le secret le plus absolu.

Là encore, Ariel Gur s'en voulait. Il aurait dû « démonter », comme on le fait dans ce cas-là. Faire une croix sur la source « Yahalom », quel que soit son potentiel. Seulement, il avait agi comme un investisseur à qui on propose un rendement financier mirobolant... et qui oublie qu'il y a la plupart du temps une arnaque derrière.

Ensuite, il avait joué de malchance.

Enfin, le chef de mission que les Américains avaient mis sur l'affaire s'était révélé plus brillant que prévu...

Le reste était presque mathématique, un peu comme le joueur perdant, au casino, qui double sa mise pour tenter de se refaire. Lui, Ariel Gur, non seulement ne s'était pas refait, mais il avait tiré le « snake's eye », le double zéro, le numéro du casino.

Et maintenant, il fallait payer l'addition. L'invitation à téléphoner à la Maison-Blanche, la modération apparente de la CIA signifiaient une chose : l'affaire quittait le terrain du renseignement pour celui de la politique. Tout ce qu'il avait redouté. Il savait d'avance ce qu'on allait lui demander. Des concessions politiques contre le silence. Lui-même en aurait fait autant.

Il alluma sa pipe et, la tête plus que jamais enfoncée dans les épaules, il commença à réfléchir, envisageant les possibilités qui lui restaient. On était le 19 octobre. Les pourparlers de Wye Plantation duraient déjà depuis cinq jours. Ils ne pourraient se prolonger au-delà de vendredi, cinq jours plus tard. Après, c'était le sabbat, et les autres protagonistes, dont Bill Clinton, avaient d'autres choses à faire. Jusque-là,

Benyamin Nétanyahou n'avait rien cédé aux Palestiniens soutenus par les Américains. Si Ariel Gur ne téléphonait pas à la Maison-Blanche, que se passerait-il ? La CIA préviendrait le FBI qui arrêterait très certainement Jonathan Wise et sa femme. En cinq jours, l'affaire avait-elle le temps d'éclater ? Hélas, Ariel Gur était incapable de répondre à cette question. Mais la Maison-Blanche n'hésiterait pas à rameuter tous les journalistes amis, à transformer le scandale en affaire d'Etat. De toute façon, c'était une décision qui ne lui appartenait pas. Seul Rafaël Gal, en liaison constante avec le Premier ministre, pouvait trancher.

Ariel Gur disposait de quelques heures encore. D'une main ferme, il composa le numéro de Rafaël Gal, à Jérusalem, sur sa ligne protégée. En espérant qu'elle le soit vraiment. La merveilleuse histoire de la « source Yahalom » se transformait en abominable cauchemar. Et, de toute façon, sonnait la fin de sa carrière.

*
* *

Lorsque Malko pénétra dans le bureau où se trouvait Bridget Wise, il trouva la jeune femme en larmes. Entre-temps, il s'était à nouveau entretenu avec Joseph Yagor et avait eu plusieurs entretiens avec Langley. Jeffrey Townsend nageait dans la joie, autant pour avoir démantelé l'opération israélienne que pour avoir pris la Navy Intelligence en flagrant délit d'imprudence. On en parlerait longtemps dans l'*espionage establishment*...

Malko avait marqué un point énorme, mais la partie n'était pas terminée. Il avait affirmé à Joseph Yagor que le vol de l'attaché-case avait été filmé, mais il n'en était rien. Tout s'était passé trop vite. Donc, juridiquement, rien ne reliait le diplomate israélien à l'affaire. Devant un tribunal, il nierait... Restaient les documents dérobés par Jonathan Wise. Aucun ne portait ses empreintes, contrairement aux affirmations de Malko. Actuellement, tout reposait sur la confession de Bridget Wise et ce qu'on pourrait extorquer à son mari. Seule une confession de sa part donnerait l'arme absolue aux Américains.

Malko s'approcha de Bridget Wise et lui effleura l'épaule.

— Nous avons à parler, dit-il en s'asseyant en face d'elle.

— De quoi ? renifla-t-elle.

— De vous et de Jonathan. Voilà le *deal* que je vous propose. Vous allez sortir d'ici, libre. Bien entendu, nous gardons votre confession. Vous reprenez l'avion pour Washington, et vous rentrez chez vous.

— Mais qu'est-ce que je vais dire à Jonathan ?

— Rien, dit Malko. Que tout s'est bien passé. Que vous avez remis les documents à un homme dont vous lui fournirez la description, ce qui rendra votre récit crédible. Au New York Mall. Dites toute la vérité, sauf l'essentiel.

— Je ne vais pas y arriver.

— Alors, vous coucherez en prison ce soir.

Il s'en voulait d'être aussi brutal, mais en face de lui, il n'avait pas des enfants de chœur. Deux femmes innocentes étaient mortes à cause de la trahison de Jonathan Wise. Bridget renifla encore et leva vers lui un regard brouillé par les larmes.

— Et ensuite ?

— Ensuite, rien. Vous faites ce que vous dit votre mari et vous me tenez au courant.

— C'est tout ?

— C'est tout. Moi-même, je ne sais pas comment les choses vont évoluer...

— Mais les Israéliens vont le prévenir...

— Peut-être, mais je ne le pense pas. Du moins, pas immédiatement.

— Pourquoi me demandez-vous cela ?

— Pour éviter que votre mari ne fasse des bêtises, dit Malko. Il y a une toute petite chance pour que vous vous en sortiez.

Bridget Wise resta silencieuse un long moment, puis finit par dire :

— D'accord. Je vais essayer. J'espère que Jonathan ne s'apercevra de rien... Mais ensuite, que va-t-il se passer ?

— Cela ne dépend pas de moi. Mais vous vous en sortirez, puisque vous collaborez. Vous avez voulu aider votre mari, sans réaliser ce que vous faisiez. Si l'affaire éclate, vous pourrez toujours prétendre que vous ignoriez le contenu de cet attaché-case. Et personne, de notre côté, ne prétendra le contraire... C'est le prix de votre confession.

— Mais j'ai écrit exactement le contraire ! remarqua la jeune femme. Ce n'est pas logique.

— La vie n'est pas logique ! conclut Malko. Cette confession ne sera pas livrée à la justice. Venez, il ne faut pas rentrer trop tard à Washington, cela risquerait d'alerter votre mari.

Elle le suivit sans résister. La longue limousine noire était garée devant l'immeuble, le chauffeur leur ouvrit la portière. Une vitre noire les séparait du chauffeur. La jeune femme se laissa tomber sur les coussins. Malko était plongé dans ses réflexions lorsqu'il sentit soudain Bridget Wise se blottir contre lui.

— Je vous en supplie, protégez-moi ! murmura-t-elle à son oreille.

Presque aussitôt, la bouche de la jeune femme glissa jusqu'à la sienne et Bridget Wise sembla s'embraser. Il eut l'impression de recevoir une décharge électrique. La jeune femme semblait avoir oublié son cauchemar et ne penser qu'à une chose : faire l'amour avec lui. Elle glissa sur le plancher de la limousine et le prit dans sa bouche, comme la première fois, jusqu'à ce qu'il soit au bord du plaisir. Ensuite, elle remonta la jupe de son tailleur vert, écarta sa culotte de nylon blanc et vint s'empaler sur lui, agitant ses hanches comme un pommier secoué par le vent. Tout cela, sans un mot. Malko sentit que ce n'était même pas calculé. Simplement le réflexe basique d'une femme qui demande une protection et la paie avec ce qu'elle possède.

Il explosa en elle, alors qu'ils quittaient le Queen's Boulevard, et elle resta collée contre lui jusqu'à La Guardia.

Dans l'aérogare, elle regarda nerveusement autour d'elle, les yeux au milieu de la figure, gonflés d'avoir pleuré. Elle avançait d'une démarche mal assurée. Malko la conduisit jusqu'à l'embarquement du *shuttle* US Air et lui sourit.

— Je ne reviens pas avec vous, expliqua-t-il. On ne sait jamais. Si votre mari venait vous chercher à Ronald Reagan Airport... Mais je vous appellerai sur votre portable, pour vous tenir au courant.

Spontanément, elle l'embrassa. Malko la regarda s'éloigner pensivement. Ils se conduisaient comme deux amants alors qu'ils n'étaient que complices dans une affaire dramatique.

Il fit demi-tour pour monter dans le Falcon de la CIA. Se demandant comment l'affaire « Yahalom » allait se terminer.

CHAPITRE XX

Jonathan Wise sauta littéralement de son fauteuil en entendant la clef tourner dans la serrure. Il était rentré de Suitland un peu avant six heures et il en était presque huit. Or, Bridget aurait dû être revenue avant lui... Il se précipita à sa rencontre et l'étreignit sans un mot. Elle n'avait plus l'attaché-case. Elle était encore pressée contre lui lorsqu'il demanda :

— Alors, c'est fait ?

— C'est fait, confirma-t-elle en posant par terre le sac de Gap. J'ai même eu le temps de faire du shopping. Donne-moi quelque chose à boire.

Il se précipita vers le bar et lui servit un Defender « Very Classic Pale » sur de la glace, qu'elle but d'un trait.

— Pourquoi rentres-tu si tard ?

— Oh, j'ai un peu traîné dans Manhattan, après, dit-elle ; il faisait si beau et il y a tant de boutiques... J'ai vu, dans une boutique, un canapé magnifique, rouge sang, dessiné par un décorateur français, Claude Dalle.

— Tu as bien fait, ma chéri, approuva Jonathan, tellement soulagé qu'il en aurait crié.

Le récit que lui fit Bridget acheva de le rassurer. Ainsi, il avait réussi la dernière partie de sa mission. Maintenant, tout ne pouvait que bien se passer. Fini les angoisses la nuit et au bureau, où il lui semblait toujours croiser des regards suspicieux.

— Il ne t'a pas parlé de ce que nous devions faire ?

— Non, dit-elle, prise de court.

Jonathan Wise ne s'aperçut pas de son trouble. Bridget se leva.

— Je vais prendre une douche.

Jonathan Wise termina son scotch. Dès que Bridget réapparut, enroulée dans son peignoir de bains, il l'attira à lui, glissant une main dans l'échancrure du tissu éponge pour emprisonner un sein, sans faire mystère de ses intentions. Elle se dégagea avec un sourire d'excuse.

— Je suis un peu fatiguée, j'étais très tendue, tu sais ! Je vais me coucher.

Il la laissa, restant dans le living à réfléchir. Etant donné la surveillance dont il faisait l'objet, comment les Israéliens allaient-ils à présent entrer en contact avec lui ? Il se rassura en se disant qu'un homme comme Ariel Gur avait plus d'un tour dans son sac.

*

* *

Malko, installé dans un fauteuil de sa chambre du *Four Seasons*, regardait les *News* de sept heures. Cela faisait quarante-huit heures qu'il était revenu de New York, et tout semblait s'être figé. Une surveillance étroite continuait à être exercée sur Jonathan Wise. Les deux « gorilles » et lui se relayaient en une routine monotone. La veille, l'analyste était allé travailler à l'heure habituelle, et ce mercredi aussi. Malko avait laissé Chris Jones planquer à Hillyer Street, au cas où Jonathan Wise serait ressorti.

Il n'avait pas appelé Bridget et elle ne lui avait donné aucun signe de vie.

Côté CIA, c'était tout aussi calme. Jeffrey Townsend avait félicité Malko pour ce qui s'était passé à New York, lui laissant entendre que sa mission n'était pas terminée. Donc, Langley n'avait pas encore passé le relais au FBI. Ce qui signifiait que les tractations entre les Israéliens et la Maison-Blanche continuaient. Rien de cette lutte souterraine ne transparaissait dans les pourparlers de Wye Plantation. Benyamin Nétanyahou était toujours aussi intransigeant et tous les commentateurs politiques prédisaient l'échec de la conférence.

En Israël, l'extrême-droite triomphait.

Malko avait tenté en vain de joindre Franck Capistrano. Le *Special Advisor* de la Maison-Blanche n'avait pas encore retourné son appel.

Il monta le son : on parlait de Wye Plantation. Le visage fermé de Benyamin Nétanyahou tenait tout l'écran, puis ce furent les lèvres tremblantes de Yasser Arafat, et le commentateur se lança dans un résumé de la journée. C'était simple : Nétanyahou disait non à tout...

*
* *

Jonathan Wise, en survêtement, termina son bol de céréales et lança à Bridget :

— A tout à l'heure.

Il faisait un temps superbe mais il avait l'estomac noué. Pourquoi les Israéliens ne lui donnaient-ils plus signe de vie ? Il n'osait pas appeler lui-même. Une pensée atroce s'insinuait peu à peu en lui : et si, après avoir récupéré le précieux dossier nord-coréen, ils le laissaient tout simplement tomber ? Se débrouiller avec le FBI ?

On était jeudi. Trois jours s'étaient écoulés depuis la livraison de New York. Il se dit que s'il n'avait aucune nouvelle d'ici le lendemain soir, il laisserait un message à Ariel Gur. Il partit au petit trot et tourna dans la 21e Rue, la remontant à contre-sens pour tourner ensuite dans la rue R. Il aperçut tout de suite une Nissan noire stationnée au milieu de la rue. Au moment où il s'en approchait, la portière s'ouvrit et un homme en sortit, en tenue de jogging lui aussi.

Ariel Gur.

Jonathan Wise crut que son cœur jaillissait de sa poitrine. Plus voûté que jamais, le vieil Israélien souriait, ses yeux bleus illuminés d'une joie sincère.

— C'est le grand jour, annonça-t-il d'un ton enjoué. Allez au cineplex Odeon de la 19e Rue pour la séance de deux heures. Salle une. Vous y rencontrerez quelqu'un qui vous donnera des instructions. Emportez votre nouveau passeport.

— Mais alors, je ne vais pas travailler ? balbutia Jonathan Wise.

— Prévenez-les que vous êtes malade, dit l'Israélien. Cela n'a plus beaucoup d'importance.

Il remonta dans sa Nissan noire et démarra, tournant aussitôt dans la 21ᵉ Rue. Jonathan reprit son jogging, mais il n'avait plus le cœur à courir. Pour qu'Ariel Gur se soit déplacé lui-même, en dépit des risques, c'était la phase finale. La recommandation de prendre son passeport était claire : il s'agissait de son départ. Brutalement, le jeune analyste fut pris de vertige : dans quelques heures, son univers allait basculer. Quand il retrouva Hillyer Street, il était encore très perturbé. Il se demandait comment annoncer à Bridget qu'il allait disparaître le jour même, peut-être définitivement.

*
* *

Malko saisit son portable qui sonnait. Il était resté au *Four Seasons*, Chris et Milton se dévouant pour « accompagner » Jonathan Wise jusqu'à son bureau de Suitland.

— Il est neuf heures et il n'est pas encore sorti, annonça Chris Jones. On dirait qu'il va se passer quelque chose.

— Je vous rejoins, dit Malko. Où êtes-vous ?

— Moi, dans la 21ᵉ Rue. AT & T. Milt dans une compacte blanche dans Hillyer.

Malko était dans l'ascenseur lorsque son portable sonna à nouveau. Son pouls grimpa à toute vitesse quand il reconnut la voix de Bridget. La jeune femme chuchotait.

— Je suis dans la salle de bains, dit-elle. Il a rencontré Ariel Gur pendant son jogging : il doit se rendre dans un cinéma au début de l'après-midi. Je crois qu'il s'en va.

Elle lui donna rapidement tous les détails avant de raccrocher.

*

* *

Le cinéma Odeon Dupont 5, sur la 19e Rue, affichait trois films. La salle no 1 passait *Meeting Mr. Black.* Malko et les deux « gorilles » s'étaient garés presque en face, dans le « sous-marin » AT&T, surveillant l'entrée du multiplex. A deux heures moins dix, Milton Brabeck, l'œil collé à un des mouchards, annonça :

— Le voilà !

Jonathan Wise arrivait à pied de Dupont Circle, descendant la 19e Rue. L'endroit n'était pas éloigné de son domicile de plus de cinq cents mètres. Il portait une veste à carreaux sur un polo avec un pantalon gris, et paraissait plutôt détendu. Il le virent pénétrer dans le cinéma et acheter son billet, puis patienter dans le minuscule hall où on vendait du pop-corn. Personne ne lui adressa la parole. Une petite foule d'une vingtaine de personnes patientait avec lui. Tous entrèrent dans la salle. L'attente commençait.

— Il doit sûrement rencontrer quelqu'un dans le cinéma, pronostiqua Malko. Il ne restera pas jusqu'au bout de la séance.

*

* *

Jonathan Wise, le cœur battant, s'installa dans la demi-obscurité. Aux Etats-Unis, la lumière ne s'éteignait jamais complètement. Il avait acheté un grand gobelet de pop-corn, ayant été incapable d'avaler quoi que ce soit au déjeuner. Bridget était sombre et préoccupée et il avait été obligé de la rassurer. Il tâta machinalement, dans sa poche, le beau passeport israélien au nom de Moshe Karsenty. N'arrivant pas à croire qu'il était en train de changer de vie. Il avait eu beau regarder autour de lui, personne ne lui avait paru correspondre au profil d'un envoyé de Gur. A tout hasard, il avait laissé une place libre à côté de lui, ce qui ne posait aucun problème, la salle étant aux trois quarts vide.

Le film commença. Il se tordait le cou pour regarder en direction de la sortie, mais fut pris par surprise quand une femme vint s'installer à ses côtés. D'abord, elle ne dit rien, ne tourna même pas la tête vers lui. Il retint son souffle. Enfin, à un moment où la musique était très forte, elle se pencha et dit à voix basse :

— Jonathan, je viens de la part d'Ariel.

Son pouls grimpa vertigineusement. Ça y était.

— Bien, dit-il, vous avez un message ?

— Vous partez aujourd'hui, dit-elle. Vous faites « Aliyah ».

Le cœur de Jonathan battit encore plus vite : il ne s'était pas trompé, il partait pour Israël.

— Comment ? souffla-t-il.

— Dans dix minutes, vous allez quitter ce cinéma, dit la femme, et gagner à pied l'hôtel *Westin*, sur Massachussets. Devant le *Westin*, il y a toujours des taxis. Vous en prendrez un et vous vous ferez conduire à Union Station.

— A la gare ? demanda Jonathan Wise, étonné.

— Exactement. Nous pensons que c'est plus prudent de prendre le train que l'avion. C'est moins surveillé.

Elle parlait d'une voix calme, avec un accent hébreu assez prononcé. Jonathan Wise lui trouva un beau profil. Elle avait la quarantaine, était vêtue de noir, parfumée.

— Et ensuite ? demanda-t-il.

Il n'allait pas se rendre en Israël en train...

— Vous achèterez un billet pour New York, Pennsylvania Station. Il y a un train express qui part à trois heures. Porte C, voie 12. Vous le prenez. Quelqu'un vous attendra à l'arrivée. Ce soir même, vous partez pour Israël, sur notre vol El Al. Pour plus de sécurité, vous prendrez la place d'un stewart. Tout est arrangé. Demain matin, vous serez à Tel Aviv.

Jonathan Wise était, malgré tout, un peu sonné. On lui demandait d'abandonner sa vie en quelques heures, sans même repasser chez lui ! Il n'avait pas imaginé cela.

— Et Bridget, ma femme ?

— Elle vous rejoindra, affirma sa voisine. Tout est prévu. Ce serait trop risqué de vous faire partir ensemble. Ne soyez pas inquiet, nous nous occupons de tout. A propos, vous avez de l'argent ?

— Une centaine de dollars, mais j'ai mes cartes de crédit.

— Ne les utilisez pas. Tenez, prenez ceci.

Il sentit qu'elle lui tendait une enveloppe qu'il mit aussitôt dans sa poche. La femme se pencha si près qu'il sentit son parfum.

— Au revoir, filez dans cinq minutes. Vous avez juste le temps.

Elle se leva et il la vit s'installer quelques rangs plus loin. Elle avait dû entrer en même temps que lui, mais il ne l'avait pas remarquée. Son cœur battait la chamade. Il laissa s'écouler quelques minutes, puis se leva et se dirigea vers la sortie.

*
* *

— Il sort ! annonça Chris Jones. Il part à pied vers Dupont Circle.

— Suivez-le, dit Malko. Vous nous dites ce qu'il fait. Nous restons là. Il ne rentre sûrement pas chez lui, le film n'est pas terminé...

— Ou alors, il est *très* mauvais, laissa tomber Milton Brabeck.

Chris Jones sortit du « sous-marin » et partit vers Dupont Circle, remontant la 19e Rue. Il disparut aux yeux des deux hommes. Rien ne se passa pendant une dizaine de minutes, puis le portable de Malko sonna. La voix du « gorille » éclata dans le haut-parleur.

— Il vient de prendre un taxi blanc « Capitol » en face du *Westin*, sur Massachussets. Il se dirige vers l'est. Il y a un autre taxi derrière, je le prends.

Milton Brabeck avait déjà démarré, rejoignant Dupont Circle où ils arrivèrent presque en même temps que le taxi blanc. Malko aperçut Jonathan sur la banquette arrière. Le taxi de Chris Jones suivait derrière. Les trois véhicules descendirent la large avenue, débouchant, vingt minutes plus tard, sur la grande esplanade en face d'Union Station, la gare de Washington.

Jonathan Wise descendit de son taxi et pénétra dans l'immense hall où se tenait une exposition de dessins d'enfants. Pendant un moment, les trois hommes qui se maintenaient à bonne distance pour ne pas être reconnus crurent l'avoir perdu. Ils le repérèrent devant les guichets d'Amtrak où il faisait la queue. Cela ne dura pas longtemps. En possession de son billet, Jonathan Wise gagna un second hall, plus petit, en réalité une galerie commerciale, face aux salles d'attente délimitées par un mur de consignes automatiques. De là, on pénétrait directement sur les quais, mais les portes ne s'ouvraient que quelques minutes avant le départ du train. Jonathan Wise s'installa en face de la porte C. Malko fonça vers le tableau d'affichage.

Un Amtrak direct partait pour New York à trois heure pile. Il était deux heures quarante.

Il se retourna en entendant la sonnerie d'un portable. Chris Jones écoutait quelqu'un, l'appareil collé à l'oreille.

— Ils demandent ce qui se passe, expliqua-t-il. Je vais prendre des billets.

Il retourna aux guichets d'Amtrak. Malko et Milton Brabeck firent les cent pas devant les boutiques. Jonathan Wise était toujours assis devant la porte C. Un brusque afflux de passagers surgit de la droite, des voies 21 à 28 où se trouvaient le départ et l'arrivée des trains de banlieue. Chris Jones revint avec trois billets pour New York.

A trois heures moins dix, les portes donnant sur le quai s'ouvrirent et la salle d'attente commença à se vider. Jonathan Wise sortit parmi les premiers. Les deux « gorilles » et Malko suivaient de près. La rame en partance se trouvait un peu sur la droite, à la voie 12. L'espace entre les salles d'attente et les quais était presque désert. En principe, interdit aux gens non munis de billets. Malko aperçut soudain, à l'entrée de la voie 12, un homme de petite taille, le bras en écharpe, le cou dans les épaules, presque bossu, qui semblait attendre quelqu'un.

Jonathan Wise se dirigeait dans sa direction.

Tout à coup, Malko sentit son pouls monter en flèche. L'homme au bras en écharpe était Ariel Gur ! Le patron de toute l'opération « Yahalom ».

A la suite de la confession de Bridget, quatre jours plus tôt, la CIA s'était procuré des photos de lui, et les avait distribuées à Malko et à tous ceux qui travaillaient sur l'affaire. Jonathan Wise avait aperçu Ariel Gur. Il bifurqua dans sa direction.

Bizarre, pensa Malko. Pourquoi l'Israélien prenait-il le risque de rencontrer Jonathan Wise alors qu'il savait l'analyste sous la surveillance de la CIA ? Tout à coup, il eut une illumination.

— Chris ! lança-t-il. L'homme au bras en écharpe, là-bas, c'est Ariel Gur. Il faut l'intercepter, il est venu tuer Jonathan Wise !

Au moment où il parlait, Jonathan Wise et l'Israélien n'étaient plus séparés que par quelques centimètres, au milieu de la foule des voyageurs se bousculant vers le quai.

Il vit soudain Jonathan Wise tituber et s'effondrer à l'entrée du quai. Tranquillement, Ariel Gur fendit la foule à contre-sens, traversant l'esplanade vers la gauche, à une dizaine de mètres de Malko et des deux « gorilles ». Là-bas, en face de la voie 12, Jonathan Wise gisait, immobile, sur le dos, au milieu d'un petit groupe de badauds. Un homme se pencha sur lui, ouvrit sa veste, croyant probablement à un malaise.

— *Himmel !* Il l'a tué ! cria Malko. Coincez-le !

Lui-même voulut se précipiter vers l'Israélien, mais les doigts d'acier de Chris Jones s'enfoncèrent dans son bras, le bloquant.

— On n'intervient pas, annonça le « gorille » d'une voix tendue. Ce sont les ordres. Désolé.

Malko croisa son regard et y lut un mélange de honte, de tristesse, mais surtout une détermination implacable. Milton Brabeck l'avait saisi par l'autre bras. Il était totalement immobilisé entre les deux hommes. La rage au cœur, il vit Ariel Gur s'éloigner sans se presser le long des quais et sortir par la porte A, à l'extrême gauche. Les deux « gorilles » attendirent qu'il ait disparu pour lâcher Malko.

Celui-ci, ignorant Jonathan Wise entouré maintenant d'employés d'Amtrak, se précipita vers la sortie A qui débouchait en face des toilettes. Il regarda autour de lui : aucune trace de l'Israélien. Mu par une impulsion subite, il pénétra dans les toilettes. Une rangée de voyageurs attendait devant les urinoirs. Un Noir se rasait en face d'un lavabo. Derrière, se trouvaient les cabines fermées. La porte de la première était ouverte. Malko aperçut quelque chose de blanc par terre et le ramassa. C'était un « cast », un plâtre qu'on enfile sur le bras.

Ce qui avait servi à Ariel Gur à dissimuler son arme.

Malko repartit comme un fou, bousculant les gens, traversant les deux salles, jusqu'à l'esplanade. Aucune trace d'Ariel Gur. Celui-ci avait eu dix fois le temps de filer. La rage au ventre, il revint sur ses pas. Les deux « gorilles » l'attendaient là où il les avait laissés.

Penaud, Chris Jones parla le premier :

— Nous avions des ordres, expliqua-t-il. Du DDO. Il ne fallait pas intervenir si quelque chose arrivait à Jonathan Wise. On ne devait rien vous dire. Nous sommes désolés.

— De quand datent ces ordres ?

— Ce matin, neuf heures. Il vous expliquera sûrement.

Sans répondre, Malko marcha jusqu'au corps étendu de Jonathan Wise. L'analyste du National Maritime Intelligence Center gisait sur le dos. Personne ne lui avait encore fermé les yeux et il semblait regarder la verrière sale de la gare. Une femme se signa en passant près de lui. Une mare de sang s'élargissait sur le ciment autour de lui. Il avait été atteint de plusieurs projectiles dans la poitrine. Un petit calibre équipé d'un silencieux. Personne dans la foule n'avait rien remarqué.

Méthode israélienne classique...

Malko pensa à Bridget, et se sentit horriblement coupable. Mais qui était vraiment coupable, dans cette histoire ? Il se retourna vers Chris et Milton qui attendaient silencieusement.

— On rentre.

Les deux Américains fuyaient son regard, mal à l'aise. Eux qui avaient pour mission de faire respecter la loi, ils avaient volontairement laissé tuer un homme sous leurs yeux.

*
* *

Ariel Gur pénétra dans la grande synagogue de Washington et plaça sa kippa sur sa tête. Il avait l'impression d'avoir cent ans. Il gagna un coin éloigné et commença par réciter le *Viddouy*, la prière qui implore le pardon de Dieu. Lui, juif, venait de tuer un autre juif. Le crime suprême. Nier l'image de Dieu. Celui que même le Yom Kippur ne pardonne pas. Quelque part dans le Grand Livre, son nom était désormais écrit à l'encre rouge. Il pouvait se donner toutes les excuses du monde, il avait commis un péché terrible. Même s'il n'avait fait qu'obéir aux ordres. Des ordres destinés à protéger son pays, Israël.

Jonathan Wise représentait un risque mortel. Il avait montré son manque de maturité. Vivant, c'était une bombe à retardement. Les Américains avaient signé des engagements, mais pouvaient les renier. Ce n'était jamais que de l'encre sur du papier.

Mort, Jonathan Wise deviendrait un héros du sionisme. Personne, à part une poignée de gens qui pouvaient se compter sur les doigts d'une main, ne saurait jamais qu'il avait été tué par un autre juif. Et ceux qui étaient au courant essaieraient de l'oublier de toutes leurs forces... Seulement, Ariel Gur reverrait jusque dans sa tombe le regard de l'analyste, à l'instant où il avait compris que l'homme qu'il admirait le plus au monde venait le tuer.

Des larmes dans la voix, Ariel Gur se mit à réciter le « kaddish », la prière des morts. Pour Jonathan Wise, l'homme qu'il avait assassiné.

*
* *

Frank Capistrano était déjà là lorsque Malko pénétra dans la salle à manger un peu vieillotte de l'Army and Navy Club, au coin de I Street et de Connecticut Avenue, non loin de la Maison-Blanche. Le *Special Advisor* du Président avait le visage grave. Il serra longuement la main de Malko et lui annonça d'emblée :

— Je vous dois des félicitations *et* des explications.

— Commençons par les explications, voulez-vous ?

L'Américain ne se déroba pas.

— Mardi dernier, le 20, lendemain du jour où vous avez intercepté Bridget Wise à New York, Ariel Gur est venu me voir à la Maison-Blanche. Je lui ai transmis le message du Président. D'abord sa colère devant l'affaire Jonathan Wise. Le gouvernement américain considérait que les Israéliens avaient violé des règles établies, d'un commun accord, depuis longtemps. Ariel Gur a reconnu les faits et présenté, officieusement, les excuses de son gouvernement. Et proposé une « neutralisation » de l'affaire. C'est là que je l'attendais. Je lui ai mis le marché en main. « Nous sommes mardi, lui ai-je rappelé. Les pourparlers de Wye Plantation se terminent irrévocablement vendredi. Nous *savons* par nos informateurs que votre Premier ministre, Benyamin Nétanyahou, a l'intention de ne rien céder aux Palestiniens. Ce qui équivaut à l'enterrement définitif du plan de paix d'Oslo. Ce que nous voulons éviter à tout prix. Je vous donne quarante-huit heures. Si, dans quarante-huit heures, la position de Benyamin Nétanyahou n'a pas changé, nous faisons arrêter Jonathan Wise par le FBI, puis nous révélons à la presse et au Congrès tous les dessous de l'affaire. Ce qui mettra M. Nétanyahou dans une position très délicate, sans parler de l'avenir des relations entre nos deux pays. Par contre, nous acceptons de passer l'éponge, de ne parler de rien à personne, si, d'ici jeudi soir, M. Nétanyahou accepte les concessions que lui demande la délégation américaine... » Il m'a quitté mardi à onze heures sans me donner de réponse, bien entendu. Cela ne se situait pas à son niveau.

— Et alors ? demanda Malko.

— Nétanyahou a signé secrètement les engagements que

nous lui demandions hier jeudi, à huit heures quarante-cinq. Ils seront rendus publics aujourd'hui, en fin de journée, lors de la clôture de la conférence. Ariel Gur m'a téléphoné hier, à neuf heures. Je lui ai confirmé que nous tenions nos engagements, que désormais, Jonathan Wise lui appartenait. Que nous ne ferions plus rien contre lui, ni contre sa femme.

— Il vous a dit qu'il allait le tuer ?

— Non, bien sûr. Mais je me suis douté de quelque chose, après le coup de fil que sa femme vous a donné, expliquant son « exfiltration ».

— Pourquoi ?

— Jonathan Wise n'avait plus aucune raison de se cacher. Lui l'ignorait, mais Ariel Gur le savait. Il y avait donc une manip de sa part.

— Puisque l'affaire était résolue sans casse, pourquoi le liquider ? interrogea Malko.

Franck Capistrano eut une mimique évasive.

— Seuls les Israéliens le savent. L'hypothèse la plus plausible est qu'ils ont craint que nous revenions sur notre parole. Jonathan Wise vivant était une bombe à retardement.

Le maître d'hôtel en blanc se gratta la gorge et annonça le « special » du jour. A l'Army and Navy Club, la nourriture était toujours aussi infecte, mais servie dans de la vaisselle du XVIIIe siècle... Lorsqu'il se fut éloigné, Malko demanda encore :

— Pourquoi ne pas avoir levé une surveillance qui ne servait plus à rien ?

— Elle a servi, répondit placidement Franck Capistrano. Nos gens ont filmé Ariel Gur en train d'assassiner Jonathan Wise. Un jour, cela pourra servir de monnaie d'échange.

Un ange passa et s'enfuit à tire-d'aile, horrifié par une telle noirceur.

Calmement, Franck Capistrano prit un cigare dans un étui de cuir et, ensuite, un coupe-cigare Zippo à double lame. Il guillotina avec délectation son énorme Don Raymond, conseillant à Malko :

— Mangez, cela va être froid.

Etant donné la qualité de ce qui était dans l'assiette, cela n'avait pas une importance énorme... Un maître d'hôtel s'approcha, portant religieusement une bouteille, et se pencha vers le *Special Advisor* de la Maison-Blanche.

— Château-Latour 1982, annonça-t-il, plein de componction.

Franck Capistrano le goûta et son visage s'éclaira.

— Merveilleux !

Devant le visage fermé de Malko, il ajouta aussitôt, sortant une enveloppe de sa poche et la poussant vers Malko :

— J'ai une surprise pour vous.

Malko ouvrit l'enveloppe. Elle ne contenait qu'un chèque d'un million de dollars, tiré sur la Chase Manhattan, sur le compte de M. Hormouz Lak. A l'ordre de Malko Linge.

— Nous avons fait savoir à M. Lak que vous aviez éclairci le mystère de la mort de sa femme, expliqua Franck Capistrano. Il a voulu à tout prix tenir sa promesse. Je pense que vous avez bien mérité cet argent.

Malko regarda le chèque. Evidemment, c'était merveilleusement inattendu et cet argent lui permettrait de donner un coup de jeune au château de Liezen. Le bordeaux, aussi, était excellent...

— Je sais ce que vous ressentez, dit Franck Capistrano. Je vous comprends. Mais sachez que vous avez fait avancer la paix.

C'était sûrement vrai. Malko demeura silencieux. Une fois de plus, il s'était sali les mains. Il but un peu de Château-Latour. Le bordeaux, pourtant merveilleux, lui parut avoir un vague arrière-goût d'amertume.

Achevé d'imprimer en mars 1999
sur les presses de l'Imprimerie Bussière
à Saint-Amand (Cher)

Malko Productions — 46, avenue Foch — 75116 Paris

— N° d'imp. 422. —
Dépôt légal : avril 1999

Imprimé en France

Achevé d'imprimer en mars 1994
sur les presses de l'imprimerie Bussière
à Saint-Amand (Cher)

[illegible] — 26, avenue Foch — 75116 Paris

— N° d'imp. 422 —
Dépôt légal : avril 1994

Imprimé en France